我的父母——伯纳德和罗谢尔（照片中他们二十来岁），是我挑战不可能的榜样。他们想尽一切办法逃离了反犹主义盛行的波兰，来到美国开启了新生。

在他们四十来岁的时候，已经成为我们所在的芝加哥社区的支柱。父亲总是提醒我：我能拥有的最重要的东西是一个好名声。

五岁的我。你还指望美国20世纪40年代的移民孩子能打扮成什么样？

到1955年高中时,我已经开始了人生的第一次创业——向我的朋友倒卖《花花公子》杂志。

1963年,我刚刚获得学士学位,然后进入法学院继续深造。

鲍勃·卢瑞是一个有趣、活泼、善于分析和富有创造力的天才。他是我唯一的真正的合伙人,他的友谊和价值是无可比拟的。

鲍勃曾经开玩笑地在一份合同中加了一条——涉及任何争议时,谁更高,就听谁的。不管这张照片的角度如何,这场争论从未解决。

20世纪80年代末,我在与银行家的一次会议上拿出了这张照片的10英寸放大版。这是我让这些银行家放心的方式,让他们相信我对拥有克拉克零售加油站的 Apex 石油公司进行资本重组的决心。有时一张照片胜过千言万语。

对于我来说,摩托车代表着自由。我和朋友们一年骑行两次,去探寻环游世界的曲折道路。我们称自己为"泽尔天使"。

在波兰因超速驾驶被拦下，我试图用随身携带的加州圣达菲县警长徽章来吸引这位警官的注意力。

"皇帝没穿衣服"，这是我1999年度音乐盒礼物的主题——以表达我对互联网热潮的不敬。

戴夫·卡尔森（Dave Carlson）摄

戴夫·卡尔森（*Dave Carlson*）摄

我的 IPO 路演 T 恤一直很有趣，但也很尖锐。1993 年的这件挑战了人们对移动房屋社区的负面刻板印象。

戴夫·卡尔森（*Dave Carlson*）摄

两只鸭子在我办公室外面的露台上开会。

照片由密歇根大学提供

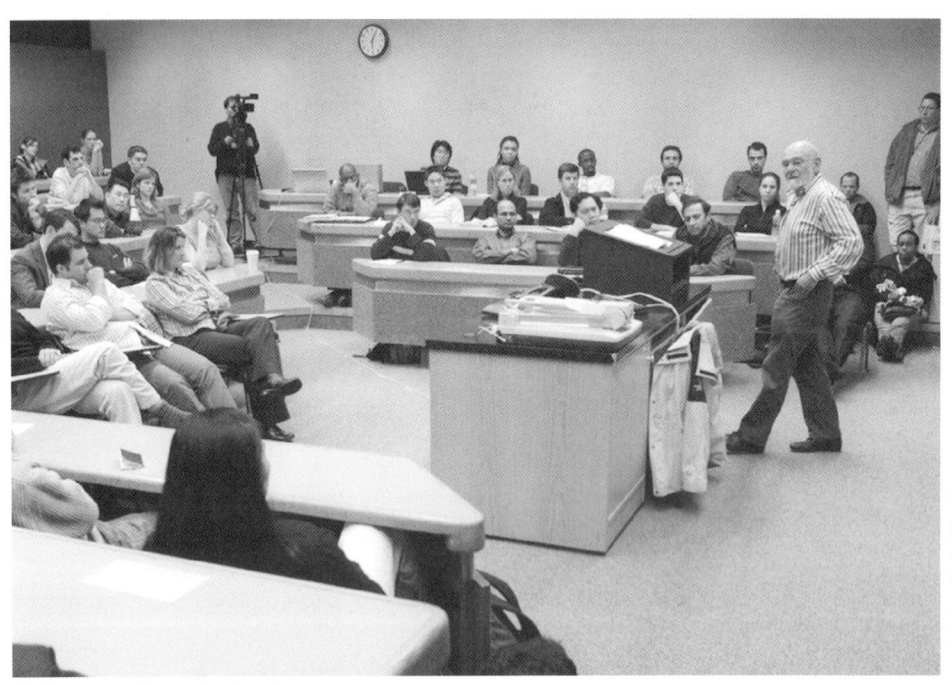

在密歇根大学罗斯商学院授课。

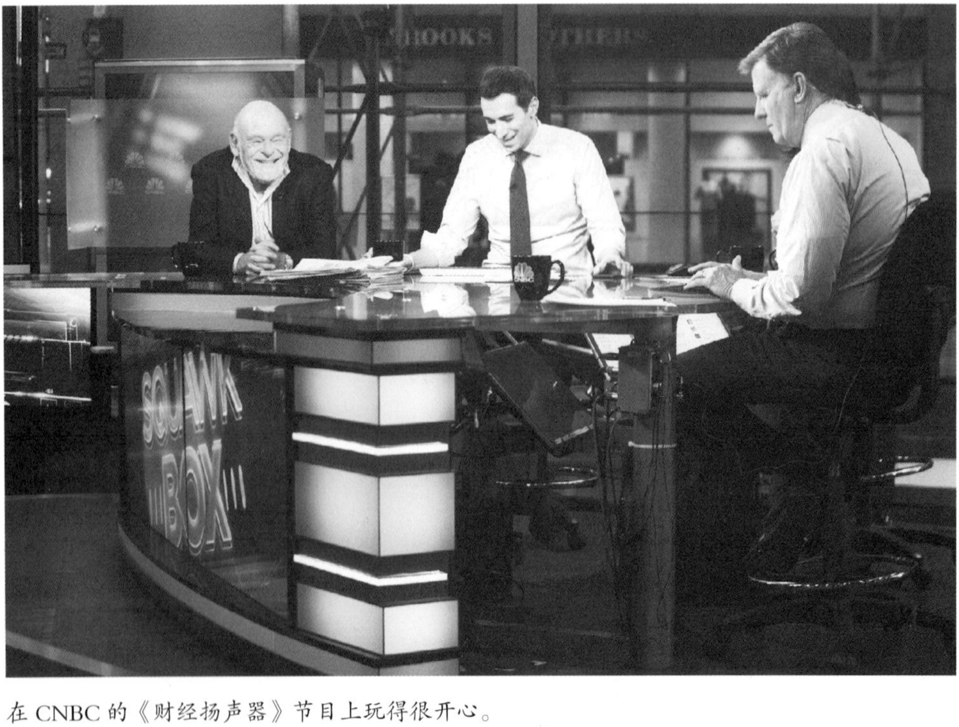

在 CNBC 的《财经扬声器》节目上玩得很开心。

蒂姆·克莱因（Tim Klein）摄

在芝加哥创意周上发表演讲。

我滑雪时的做法就像我对待生活的态度：我把滑雪板指向下坡，然后就滑下去了。

图片由克雷恩（*Crain*）通信公司提供

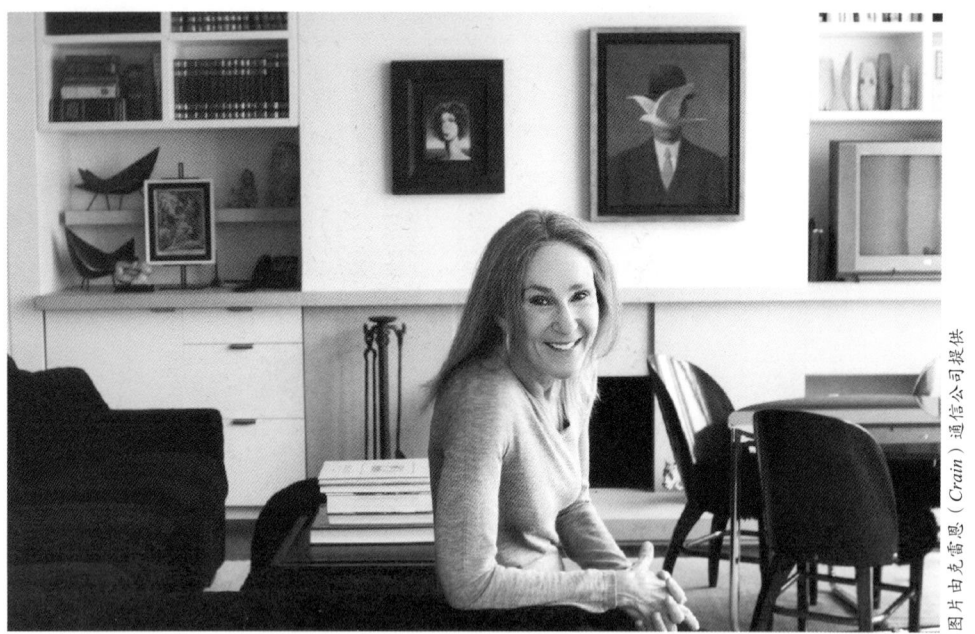

妻子海伦和我对超现实主义和现代艺术有着同样的热情。

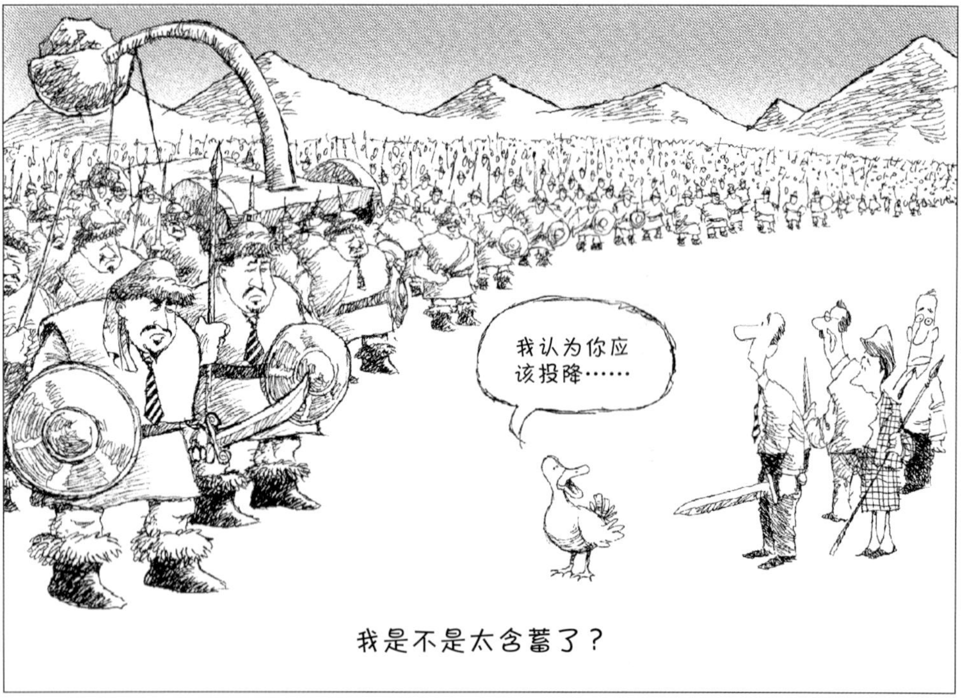

这是我的“小红书”里的一幅漫画，里面收录了我最喜欢的语录。我经常把它当作名片发给别人。

适度不敬

REITs 之父
萨姆·泽尔自传

[美]萨姆·泽尔 著
Sam Zell

侯伟鹏 译

中信出版集团 | 北京

图书在版编目（CIP）数据

适度不敬：REITs 之父萨姆·泽尔自传 /（美）萨姆·泽尔著；侯伟鹏译 . -- 北京：中信出版社，2025.3.
ISBN 978-7-5217-7354-5

Ⅰ. K837.125.38

中国国家版本馆 CIP 数据核字第 2025B160B6 号

AM I BEING TOO SUBTLE? Straight Talk from a Business Rebel by Sam Zell
Copyright © 2017 by Sam Zell
All rights reserved, including the right of reproduction in whole or in part in any form.
This edition published by arrangement with Portfolio, an imprint of Penguin Publishing Group, a division of Penguin Random House LLC.
Simplified Chinese translation copyright © 2025 by CITIC Press Corporation.
ALL RIGHTS RESERVED.
本书仅限中国大陆地区发行销售

适度不敬——REITs 之父萨姆·泽尔自传

著者：[美]萨姆·泽尔

译者：侯伟鹏

出版发行：中信出版集团股份有限公司
（北京市朝阳区东三环北路 27 号嘉铭中心　邮编　100020）

承印者：北京通州皇家印刷厂

开本：787mm×1092mm　1/16	印张：19.25	字数：202 千字	插页：4
版次：2025 年 3 月第 1 版	印次：2025 年 3 月第 1 次印刷		
京权图字：01-2019-4127	书号：ISBN 978-7-5217-7354-5		
定价：79.00 元			

版权所有·侵权必究

如有印刷、装订问题，本公司负责调换。

服务热线：400-600-8099

投稿邮箱：author@citicpub.com

向那些让这一切成为可能的移民致敬。

写在前面

萨姆·泽尔之所以能够跻身全球最成功的企业家之列,与他所具备的一系列特质密不可分,也正是这些特质,推动他成为美国企业界最具创新力、最神秘莫测、最特立独行的风云人物之一。

从白手起家到亿万富翁的泽尔,总是能够发掘出一般人所无法看到的投资良机。这些投资机会包括:在上高中的时候,他就为定价不菲的《花花公子》杂志找到一片市场蓝海;面对动荡的行情,他毫不犹豫地低价买入房地产资产;身处乏善可陈的传统行业,他也总能发掘出长期价值投资机会……无论是作为市场的供给端还是需求端,泽尔总是能够积极作为,勇敢成为第一个吃螃蟹的人。事实上,在他看来,市场投资机会简直是无处不在——无论是如同天书一般的法律条文当中的只字片语,还是在阿布扎比召开的沙漠主题会议,其中都蕴含着无数的投资良机。

泽尔经常说:"当所有人都向左的时候,你不妨看看右边。"对他来说,传统的智慧积累并没有什么大不了的,只是自己投资分析时的一项参考罢了。所以他一直强调要对传统保持"适度不敬"之心，不盲从，也不随波逐流，坚定地跟着自己的心走。历经多年的投资实践和无数的投资交易，他总是能够摒除外界喧嚣的投资噪声，尽可能抓取更多的有用信息，之后，一切就全部交给自己的直觉去判断。在他来看，自己独立、审慎的投资判断能力，与父母的遗传密不可分，他们曾经是二战时为逃命而背井离乡的犹太难民。

随便找些业内人士聊一下你就会发现，他们对于泽尔的评价可能会大相径庭。在泽尔同意接管论坛报业公司一年之后，这家公司陷入破产困境，此事在媒体舆论界一度引发了轩然大波。与此同时，他那像雷达一般敏锐的投资嗅觉，在华尔街可谓家喻户晓，十多起IPO 的背后，都有他活跃的身影。面对包袱缠身的不良资产，他被人们称作"坟墓舞者"，而与此同时，他也曾创造出成千上万的就业岗位。在他的公司中，各个层级的员工可以说是数不胜数，他们对泽尔无比忠诚，数十年来不离不弃。

一直以来，泽尔可谓个性张扬鲜明，他把"适度不敬"演绎得活色生香。在人们眼里，他总是离经叛道、直率鲁莽、满怀好奇而又勤勉努力。正是这个人，在 20 世纪 60 年代，当办公室里一片灰西装海洋之时，他就开始穿着牛仔裤上班了。1985 年，他还对《华尔街日报》大放厥词："不好玩的事情，我们坚决不干。"他跟朋友组建了"泽尔天使"车队，一起骑着摩托车环游世界，还在办公室外的露台上养了几只鸭子。

正如他所说的："我不怎么在乎社会习俗的传统规则。我认定的底线是：只有真正擅长某个领域，你才能在这个领域展现真实的自己。"他敢于不敬的底气，来自真正擅长某件事，并且做到极致。

这本自传，体现了泽尔最乐于采取的问题解决方式——带领读者纵览自己的投资版图和投资生涯。全书以朴实幽默的笔调，向读者展示了作者自己投资的成功经验和失败的苦涩教训，以及在这个过程中的不断成长，后者才是作者希望传达的更重要的内容。

对于新一代传统颠覆者、企业家、投资人来说，这些都是不容错过的重要参考资料。

2023年，泽尔离我们而去，很遗憾，他未能看到自己传记的中文版面世。不过，他生前曾经说过："试图在所有时间里都做到完美无缺，最终只会导致停滞不前。"这位天生乐观的商界传奇人物似乎从不遗憾，也许他只是去了宇宙中的某个平行时空，骑着摩托，继续着他那充满冒险与精彩的旅行。

本书编者

目录

引言 / 001
当所有人都向左的时候,你不妨看看右边

01 **移民的后裔** / 011

在我所认识的将不可能之事变成可能的人当中，父亲应该算是第一个。34 岁的时候，他在纳粹德国的恐怖阴影中带着我的母亲和姐姐历经 21 个月的大逃亡，最终到达安全之地。

02 **大学时的第一桶金** / 039

大三的时候，我的朋友跟我提到他的房东准备把两所房子打通，改造成一栋有 15 个单元的学生公寓。于是我俩鼓捣出一份简单的说明手册，就去向这个房东毛遂自荐来负责管理公寓了。

03　我的个人准则 / 061

我来到了芝加哥,原本打算在法律行业开启自己的职业生涯,但是在被拒绝了43次之后,我不禁开始怀疑自己。我不知道到底是哪里出了问题。

04　坟墓舞者 / 097

美国历史上最大规模的房地产贷款和建筑热潮,造成了大量房地产"僵尸"企业,于是就相应地出现了某个人或者公司专门让这些企业起死回生——这也正是我"坟墓舞者"称号的由来。

05　危机驾临 / 129

我一直坚信,当面临最差的情形时,反而能够激发出最好的自己。在20世纪90年代早期,危机接踵而至,挑战异常艰巨,对我来说,这是前所未有的考验。

06　卡珊德拉的预言 / 147

卡珊德拉是古希腊神话中的人物,虽拥有准确预测未来的能力,却因为阿波罗的诅咒而无人信她。我就像这位女祭司一样,对房地产行业做出了严重的警示和提醒,可悲哀的是没有人真正当回事儿——"不能铭记过去的人,未来注定要重蹈覆辙"。

07 教父的要约 / 171

理查德是这样答复黑石集团的:"萨姆说,必须得是教父要约才行——条件好到令人根本无法拒绝。"最终,这笔房地产交易的总价值为390亿美元。在市场最高点出售其实并非我的本意,我只是收到了一份难以拒绝的"教父要约"罢了。

08 希望渺茫 / 189

2009年我所准备的年度礼物叫"希望渺茫"。这次不是往常的音乐盒,15年来,这是我首次寄出没有音乐的年度礼物,附带的便签上第一句就是"音乐已经停止"。

09 无远弗届 / 211

当我得知路易威登和其他高端零售品牌正在蒙古国开设店铺,不禁心生疑问:蒙古国只有不到300万人,其中超过70万人属于游牧民,那些游牧民怎么会需要路易威登呢?于是我就踏上了对蒙古国的考察之旅。

10 幕布之后 / 231

许多企业都是遵照丛林法则运营的——一个人的成功,必然取决于另外一个人的失败。但这在我们公司行不通,因为我们这里十分强调分享,一味遮遮掩掩只会让你埋没不显。我会挖掘出员工最大的潜力，而他们也会让我展示出最好的自己。这是一个双赢的局面。

11 "他让世界有所不同" / 249

美国的发展成长离不开企业家精神，而这在很大程度上是由移民所带来的。从本质上来说，来到这里的移民都是自己选择的。他们选择冒巨大的风险，离开自己的祖国，远离自己熟悉的一切，追求未知的未来。这是理念和信仰的力量。

12 我的工具箱 / 269

一天，我跟芝加哥公牛队的主教练菲尔·杰克逊共进晚餐，聊到了迈克尔·乔丹，感叹这位运动员的优秀和伟大。菲尔说："真正让乔丹与众不同的，是他能够让其他所有人都变得更好。"我简直想象不出比这更高的赞美之词了。

致谢 / 293

引言
当所有人都向左的时候,
你不妨看看右边

当会议结束,人们离开会场后,无须再琢磨我的意图。我在讲话的时候,总是清晰明了、坦诚公正,同时直截了当。当我在传达显而易见的信息时,总是不忘巧妙地提示一句:"我是不是太含蓄了?"有时候还会再加上一句,"如果需要的话,我可以说得更慢一些",以确保听众明白我的想法。

表面上看我可能比较粗鲁,这一点我也知道,而且我可能也没什么耐心。我内心深处总是有一种危机感,我不明白,为什么其他人都没有这种感觉。但从很小的时候我就知道,跟同龄人相比,我的视野和观点与他们存在根本的不同。我宁愿真实可靠,也不愿随波逐流——即使这意味着我将成为一个异类,甚至孤军奋战,我也在所不惜。

在这本书中,我将与你分享:一个在美国芝加哥长大的男孩——从不安分守己,总是保有一颗好奇探索之心——是如何一步步跨入《福布斯》全球富豪榜前400的行列。我也会讲述自己承担的一些风险,它们有些给我带来了回报,有些则让我空手而归——

在这个过程中所学到的经验教训，我也会向你一一道来。我会带你进入我的商业世界，在这里，居于主导地位的当数企业文化。也就是说，我们特别注重做事的方式——必须公开透明，标准统一，而且相互信任。

我曾经创立过几家大型商业房地产机构，并且推动了公共房地产业的发展，如今后者的规模已经达到了 1 万亿美元，这可能是我最广为人知的事迹。但实际上，我绝大部分投资都集中在其他行业，比如能源、制造、零售、旅游、物流、健康护理等。你可以认为我是一名投资者，或者说是资本的调配者，但从真正意义上说，我是一名企业家。我的注意力并没有专门聚焦在某个特定行业上，而是更多用于发掘因市场异常所蕴含的投资机会，或者一些引起我关注的市场发展趋势。

我也会从风险中寻觅市场机会。我特别注重了解市场的不利形势，而且我跟踪市场风险的成绩虽然并非完美无缺，但也可以说是相当不错。在这种风险水平上，经历市场的大起大落是不可避免的。当然，这些通常不会在几年之内同时出现，但对我来说，2007—2008 年却真实经历了这种情况。当时我们以 390 亿美元的价格出售了办公物业公司（Equity Office Propertise，简写为 EOP），这是我白手起家创立的公司；还有就是在经济大衰退之初以 80 亿美元的价格将论坛报业集团（Tribune Company）私有化，但一年之后该公司破产倒闭了。

在房地产行业，大家都认为我是"坟墓舞者"。这是我在 1976 年写过的一篇文章的题目，从此这个称号就贴在了我身上。有些人可能认为，利用他人的各种错误，制定投资决策并攫取利益，是一种剥削。但在我看来，这是在给任何行业中被忽视或者贬值的资产赋予新生。而且在我的职业生涯中，经常出现的情况就是，我是这类资产唯一的竞价者，从而也是这些资产得以盘活的唯一机会。当然，我也并不是自诩有多么无私，我只是十分自信，坚信自己能够把这些资产重新利用起来。

在我看来，这才是真正的企业家——不光能看到各类问题，还能看到解决方案，以及其中蕴含的市场机会。

身为一名企业家，所面临的很基础的一部分工作，就是要努力走出传统思维的桎梏，对此我们不应该有丝毫的怀疑。我曾经说过，"当所有人都向左的时候，你不妨看看右边"。传统观念只是参考，实际上，我认为传统观念可能会变成十分沉重的负担。一群人大喊着："往这边走！"而一旦人群开始行动，声音就会变得非常嘈杂。20世纪七八十年代的商业地产开发热潮，90年代的互联网泡沫，还有21世纪前10年的次级抵押贷款狂热，一切都折射出这种传统思维的影响。

我特别注重排除外界噪声的干扰，集中注意力从事对自己有意义的工作。我希望听取每个人的意见，因为做一个好的倾听者将受益匪浅。但在听取各方意见之后，我就会自主决策。我希望能够做到明确清晰，如果事情还是不太清楚，我就会寻求更多的信息。这可能意味着，我会阅读各种渠道的资料，搞清楚新的法律规定，或者跨越半个地球跟知情人见面沟通。最重要的是，我不会任意设定假设前提。

不过，确定自己的观点只是最简单的一项内容。一旦观点确定之后，我就会绝对相信自己的判断，并据此执行下去。这也就意味着，我会以此开展各类投资活动。我自己的判断和决心通常都比较坚定，即使周围每个人都说我的思路有问题，我依然不会动摇，这种情况可不少见。如果每次听到"萨姆，你真的不明白"这句话，我都能得到 5 美元的话，那我早就成有钱人了。

我对商业经营的基本要素坚信不疑，包括供给和需求、流动性等于价值、良好的公司治理以及可靠的合作伙伴等等——这适用于各个行业。这些要素会影响我的决策制定，或者说我的业务领域，正如同我的思维理念会决定我做事的方式方法一样。

在经营企业的过程中，我一直严守道德指引，崇尚精英管理。听到这种说法不自觉挑起眉头的人，也就是那些认为除非能够把其他人打得满地找牙，否则就无法登上人生巅峰的人，我想说你这种思路是错误的。如果你是一个市场上的常客，如果你的生活就是为了创业打拼，而创业打拼就是你生活的全部，那么所有一切都涉及人与人之间的长期关系。在任何一场谈判中，我都一定会在谈判桌上留有余地。在任何一对关系中，我都坚信双方要利益共享。我有很多交易对手，数十年来一直开展合作从未更换，其原因就在于，我们的目标是让双方都能够获益。我也有很多员工，他们追随我长达二三十年甚至更久，原因就是，如果我过得好，他们也会过得好。

保持好这些长期的合作关系，是父亲传授给我的最重要一课。他让我知道，如何为人处世。他经常告诉我，对一个人来说，没有什么比声誉更重要。声誉是一个人最重要的资产，你所做的一切，你所说的一切，都将成为你自己永久记录的一部分。你的名声反映了你的品行。无论自己取得多么大的成就，我从来没有忘记这一课。我一直在不断地努力，让自己成为一个信守承诺的人。

我远非道德完人。我曾经结过三次婚，而且必须承认，在我年轻的时候，我的事业经常与我作为丈夫和父亲的角色相互冲突，而最后的结果往往是我选择以事业为重。但一直以来，我总是希望能够把从父母那里学到的有益经验教给我的孩子们——要脚踏实地，务求实效，要拥有责任意识，当然，必须爱惜声誉。

就如同大多数人一样，经过岁月的沉积和时间的磨炼之后，如今我的格局更加开阔。如果走进我的办公室，首先映入眼帘的将是一块27英寸的大屏幕，上面滚动播放着我妻子、孩子和孙子的照片。我很珍惜与他们每个人在一起的时光。如今我的生活更加和谐，对家族传统也更加重视。其中我最喜欢的一段经历，是庆祝我跟妻子海伦（Helen）结婚20年的欧洲之旅，旅行时我还把孙子孙女都一起带上了，让这趟旅行成为他们年满16周岁的庆祝仪式。我希望通过这次旅行，能够激发他们对这个世界始终保持好奇，帮助他们从更加宽广的意义上来看待自己的生活。我希望他们能够拥有自己独立的观点，并更加自信，按照自己的意愿行事。毕竟，正是这些特质拯救了我的父母、姐妹和我自己，随后我将向大家一一详述。而这种视角也是我事业能够取得成功的主要原因。

但是,财富积累并非我努力奋斗的唯一动力,甚至可以说并不是主要的动力。有一部老电影名叫《大富翁趣事》(The Wheeler Dealers),里面有一句台词:"人一辈子不断折腾的目的,并不是赚取金钱,而是追求快乐。金钱只是在比赛中计分的一种手段。"我也这样认为。一直以来,各种经历才是更能让我激情澎湃、努力奋斗的动力所在。

我一生一直在不断挑战自己的能力极限,并且在这个过程中自得其乐。我坚信,1+1可能等于3,或者4,或者6。其中的乐趣和满足在于,找到实现这些的办法。对我而言,经营企业并不是一场需要权衡利弊的战斗,而是一个有待解决的迷局。最终的目标也并不是积攒起众多玩物,然后放松享乐。我12岁时,会利用下午时间独自穿梭在芝加哥的大街小巷去探险,对于新的生活经历,我一直保持着热情和渴望。所以,我很难理解传统上对于"工作"和"娱乐"的严格区分。如果面对一些需要大脑高速运转的情况,如果从事自己从未做过的工作,如果可以利用自己的创造力、调动各种资源解决问题,如果能够持续不间断地学习进步——这些才是乐趣所在。

我在内心深处一直保有适度的不敬之心,并且身体力行——在内在思维和外在表现上都秉持这样的态度。很早的时候,我就确立了这样一种哲学思维,我自己将其称为"第十一诫"——"不要太把自己当回事",而最终这成了我生活的一条指导原则。有时候大笔的投资交易会让人飘飘然，这时候就很容易觉得，自己的名气比工作表现更重要。我绝不希望自己变成这样。

而让我感到十分庆幸的是，这种情绪是可以传染的。把时钟拨回到1985年，当时《华尔街日报》刊登了一篇关于我的头版报道，并引用了我的说法，"If it ain't fun, we don't do it."（不好玩的事情，我们坚决不干。）第二天，我来到办公室，看见邮件收发室的每个同事都穿着印有这句话的T恤。为此我感到特别高兴，因为他们想到了这样做，也认为自己可以这样做，并且做到了。这正是我们股本集团投资公司（Equity Group Investments，简写为EGI）企业文化的缩影。

舆论对我最严厉的指责之一，就是我常常口吐脏话。当然，有时候我房地产公司的同事会公开或私下打赌，看看我在一场会议中是否会，或者什么时候会抛出"去他妈的"这枚语言炸弹。我只是不喜欢遵从一些繁文缛节罢了。我认为，人们过于关注这些表面文章了。举例来说，从20世纪60年代开始，我就一直穿牛仔裤上班，当时距这一类举止被人们接受还远着呢。直到今天，在财经峰会上，或者在美国消费者新闻与商业频道（CNBC）的《财经扬声器》（Squawk Box）节目上，我通常还是唯一一个穿着牛仔裤的人。归根结底，如果在自己的领域内确实属于行家里手，那么你就有自由做真实的自己。

我是当年从波兰逃离大屠杀并最终来到美国的犹太移民的后代。我一生之中始终坚信，自己正是伟大美国梦的一部分。我的梦想，是利用自己的才能，发掘他人看不到的市场机遇，解决他人解决不了的棘手难题，做伟大的交易，盘活各类问题资产，培育伟大的企业。简言之，我希望自己有所作为。我说这些并不是出于虔诚。我说的是进步——动摇死水一潭的现状，推动波澜壮阔的变革，构建有价值、有意义的存在。我希望不断努力涉足他人未曾涉足的领域。我做的一些最有意思、利润最为丰厚的投资，其中有一部分在当初看来似乎有悖常理，比如说当行业陷入低迷的时候积极投资有轨电车行业，或者是在其他投资人唯恐避之不及的时候大胆杀入预制房屋业务领域。

人们经常会问我："你什么时候退休呢？"此时我会反问："从哪里退休？"我一辈子都没有像人们所说的那样工作过一天。我自己所做的每一件事，都是因为深沉的热爱，都是基于快乐的投入。我喜欢启发别人，喜欢给他们压担子，喜欢为他们提供新的发展机会，也喜欢看到他们茁壮成长，每当他们取得各种成就的时候，我就感到无比骄傲和自豪。而且我也一直没有停止努力鞭策的脚步——对象既包括我自己，也包括其他人。我在75岁的时候，仍然每天早上4：45起床，6：30来到办公室，晚上7：00之前不会下班回家。

我希望开拓的业务辽阔无边，我希望倾诉的话语恣肆汪洋。对我来说，每天都是一场新的冒险。

下面就是我的故事，希望你能喜欢。

01
移民的后裔

在我所认识的将不可能之事变成可能的人当中,父亲应该算是第一个。34岁的时候,他在纳粹德国的恐怖阴影中带着我的母亲和姐姐历经21个月的大逃亡,最终到达安全之地。

在我所认识的将不可能之事变成可能的人当中，父亲应该算是第一个。34岁的时候，他在纳粹德国空军把轨道炸毁前几个小时，成功搭上最后一班火车逃离了家乡波兰，然后带着我母亲还有两岁的姐姐，踏上了为期21个月、横跨两大洲的大逃亡，最终到达安全之地。

这件事带来的影响就是，随着年龄的日益增长，我愈发坚信，一切皆有可能。如果思维上没有任何制约，也就没有什么能阻止你去冒险尝试。

父亲和母亲都成长在中产阶级家庭，住在离德国边境不远的波兰小镇上。他们各自的家族都很庞大，双方都是犹太人，而且都受过良好的教育。他俩属于远房表亲，通过家人介绍相识，1936年结婚之后，他们就在当地一个名为索斯诺维茨（Sosnowiec）的小镇安顿了下来。

父亲伯纳德（Bernard）的谷物贸易生意遍及整个东欧。由于不停奔波于不同国家，与不同的人和文化打交道，相比家族其他成员和左邻右舍，父亲的视野要更为宽广，对地缘政治有敏锐的洞察力。他还热衷于关心时事，由于波兰对广播实施审查制度，他就依靠他的短波收音机收听各种新闻。他和母亲会收听各种语言的报道，包括德国、英国和美国的新闻消息。所以他非常清楚，波兰犹太人的危险在不断加剧，而当时许多缺乏见识的朋友和亲戚却都认为不可能出现极端不利的情况。

父亲是一个现实主义者，同时也极具先见之明，并且能够果断采取相应措施。1937年，波兰的反犹太主义日益盛行，德国入侵威胁不断加剧，这一切都足以让父亲下决心采取行动。母亲罗谢尔（Rochelle）把珠宝首饰缝到衣服里，以备逃亡时可以使用，但他们也清醒地知道，他们需要更多的钱，单凭这种方式根本带不了多少。当时，波兰当局规定把资产运送到国外为非法行为，那些被认定属于经济犯罪的人，最终都悄无声息地消失了。因此父亲偷偷地把钱转移到了一家位于特拉维夫（当时属于巴勒斯坦）的银行，这样做可谓冒着天大的风险。为了避免被当局发觉，他要求银行不给自己提供存款证明。

一年之后，当1938年底"水晶之夜"①事件爆发的时候，父亲最终下定决心要离开这里。但他首先希望在波兰之外为自己奠定更加坚实的经济基础。他的计划是，首先确定自己寄到巴勒斯坦的盎格鲁－巴勒斯坦银行（Anglo-Palestine Bank）的钱已经到账，然后

---

① 指1938年11月9日至10日凌晨，希特勒青年团、盖世太保和党卫军袭击德国和奥地利的犹太人的事件。——译者注

把这些钱汇往美国一家银行，再从波兰国内拿出更多资金继续存到盎格鲁-巴勒斯坦银行。这场资金转移得到了一个犹太人组织的支持，他们帮助犹太人把资金撤离波兰。为了转移资金，父亲也需要母亲的帮助，而且他们必须特别小心。

父亲拿着三个礼拜的旅游签证来到了特拉维夫，每天都给母亲写信，好让他跟家里的联系看起来很平常。每封进出波兰的信都会被警察审查，因此父亲需要隐晦地告诉母亲自己希望她怎么做。父亲的每封信都强调数字"50"，母亲因此知道自己需要准备 50 000 兹罗提（波兰货币单位，约 10 000 美元，他们把所有在波兰的钱都放在家里）。一天，母亲又收到了惯常的一封信，但打开信之后却只是几片撕碎的信纸，上面依稀可见几个字。这种情况可不寻常，母亲知道其中必有深意，但自己却捉摸不透。随后，在父亲假期的最后一周，一个陌生人出现在我们家门前的台阶上。这本身就是一件令人担惊受怕的事情。来人声称，自己是盎格鲁-巴勒斯坦银行的总裁，并且掏出了几片碎纸信件的副本，也就是母亲前几天从父亲那里所收到的那封信，于是母亲拿出 50 000 兹罗提交给了他。这个陌生人可能是警察派来的，也可能会把这些钱据为己有，对于其身份的真假，母亲根本无从判断。但事情最终还算是圆满，父亲完成任务返回家里，他已经把钱存到了特拉维夫银行的账户上，并将其转移到了纽约的银行，还把自己跟母亲的签名印在了银行账户的存款人名单上。

父亲和母亲各有 6 个兄弟姐妹，他俩无数次请求兄弟姐妹和自己的父母离开波兰，但家庭的每个成员都拒绝考虑这样做。就如同当时犹太社区的许多人一样，尽管反犹运动就发生在他们眼前，甚至许多人有过切身经历，但他们依然认为，如果能够坚持下去，自己终将安然无事，就像他们在第一次世界大战中的经历一样，毕竟，德国人是有教养的文明人。可以想见，一想到需要把整个家族抛在身后，父亲离开的决定就不禁动摇起来。

随后，在1939年8月24日，父亲去波兰东部的华沙出差，当时火车停在半路上，他看到报童在卖报纸，于是下车买了一份。报纸头条写着，德国和苏联刚刚签署了互不侵犯条约。他于是愈发肯定，夹在德国和苏联中间的波兰，必将遭受双方的攻击，最后被这两个侵略者瓜分干净。是时候离开波兰了，父亲迅速跨过围栏，登上了回家的火车。

下午2：00，他乘坐的火车到达索斯诺维茨。从火车站走回家花了10分钟，到家之后父亲告诉母亲，赶紧把能带走的东西打包收拾好，他们将乘坐当天下午4：00的火车离开这里。

父亲把母亲和姐姐朱莉带到了位于凯尔采（Kielce）的亲戚家，那里距离我们有120公里，然后父亲又返回家乡，最后一次请求整个家族跟他们一起离开波兰，这一整串行动就像是在跟时间赛跑一样。但是，家族成员再次选择拒绝。于是，父母和姐姐独自踏上了长达近两年的逃亡之旅。拂晓时分，德国开始入侵波兰，在纳粹把铁路轨道炸毁之前，父亲最终搭上了最后一班离开索斯诺维茨的火车。

父母不可能往西边德国的方向走，因此他们选择往东北方向，跨越波兰来到了立陶宛。他们有时候徒步前行，有时候乘坐公交车，还有时候是坐马车以及其他牲畜车。在进入每个城市之前，他们基本上都能遇见早期逃离的难民。在成长的过程中，我不止一次听父母说起过，一路上他们遇到许多好心人向他们伸出援手，其中很多是父亲的生意伙伴，有些是犹太人，有些则不是——但也都与犹太人走得很近。为此父亲总是向我们强调乐善好施的重要性——品行正直、心地善良并且乐于助人。正是由于别人的乐善好施，我父母才能在如此严酷的环境中生存下来。

到达立陶宛的维尔纽斯之后，父母终于暂时安顿下来，父亲又开始与当地商人做起了谷物生意。对于这种奔波逃亡的生活，母亲已经深感疲倦，希望能够在这里真正安顿下来，等待战争的结束。但父亲从来没有丧失从危急中逃离的紧迫感，自然，他的判断是对的，绝大多数留在立陶宛的犹太人最终都没能活下来。

父亲最终希望到达的目的地是巴勒斯坦或者美国，但他们需要先离开欧洲，为此就必须有和平国家愿意接受他们，为他们提供签证。当时还在维尔纽斯继续驻扎的外国领事馆已经所剩无几，其中大多数都是西欧国家，这些国家要么已经卷入战争，要么已被德国占领。但是，有一位名叫简·茨瓦腾迪克（Jan Zwartendijk）的荷兰名誉领事，住在考纳斯，而当时靠近委内瑞拉海岸的荷属库拉索岛无须签证就可以进入。但坏消息是，荷兰政府实际上并没有针对库拉索岛的签证发放流程，因此并不存在这样的签证，而难民们需要一些表面看起来比较官方的正式文件，才能安全穿过苏联领土。于是难民中有一位犹太商人伪造了一份带有荷兰标志的签章，并把这个签章交给了茨瓦腾迪克，他随后利用这个签章为难民逃往库拉索岛提供了假的入境签证。

这座小岛距离立陶宛有9000公里，与波兰、德国和法国相去甚远。显然，从这些国家穿越到目的地并不可行。通往库拉索岛的唯一路径，就是借道苏联和日本，这样一趟旅程将达12 800公里，需要穿越整个欧洲大陆，然后一路向东。在这种情况下，还面临一个障碍，那就是要取得日本的旅行签证。

包括父亲在内的犹太难民代表，来到了维尔纽斯日本副领事杉原千亩（Chiune Sugihara）的面前，希望能够获得过境签证。杉原千亩向东京发了三次电报，请示为这些难民提供帮助，但无一例外都被拒绝。这位副领事是一位职业外交官，但也成长于日本中产阶级的武士家庭，而日本武士道精神的部分内涵，就是要做到仁义、慈善，同时也包含着对生命的感恩和敬重。尽管可能会影响到自己的职业生涯和家庭，杉原千亩还是把上司的直接命令抛在了脑后，决定在自己力所能及的范围内提供帮助。在接下来一个月的时间里，他跟妻子几乎废寝忘食，签发了数千份过境签证。我的家人就是杉原千亩所救助的6000名犹太难民中的一员——杉原千亩幸存者。

考虑到日本的文化传统，我父母的生命竟然被一位不服从上级指示的日本人所搭救，这不禁让人感到惊讶。20世纪80年代，当我第一次去日本，并把这个故事讲给日本人听的时候，他们明确表示这种情况不可能是真的——驻外事务处的官员绝对不会违反上司的直接命令。但杉原千亩真的这样做了。直到1985年，当时杉原千亩已是风烛残年，他的行动才被以色列官方所正式认可。他被人尊称为"日本辛德勒"，以色列犹太大屠杀纪念馆向他颁发了"外国国民正义外邦人奖章"。

在杉原千亩去世之前，我们寻到了他的住址，我姐姐朱莉和姐夫去日本见他。朱莉问："你为什么要冒险违背上司的命令呢？"他的回答是："在此之前，我从来没有过能够真正救人的机会，然后机会就来了，我必须抓住这个机会。"他勇敢的举动为自己树立了丰碑，他也通过这种方式让自己变得与众不同。

父母和姐姐乘坐西伯利亚大铁路跨越了整个苏联。在这9000公里的路程中，处处都面临着危险。当时，一旦犹太人涉及任何不良行为，无论是否属实，当局都会把他们送到西伯利亚的集中营，而我的家人出逃的时候正值隆冬。但最终他们还是成功了，在成千上万名战争期间成功逃脱的犹太难民当中，父母是第二批抵达日本的。

我的家人在日本驻留了4个月，其中大部分时间都待在横滨。母亲总是亲切地回忆起普通日本民众的善良和热情，这对她来说具有深远的意义，尤其是在经历了惊心动魄的旅途之后。后来，当父母在美国最终安顿下来，面对自己在日本的经历、日本在战争期间的所作所为，还有新国度对日本人的憎恶，他们费了好大的力气才把三者理顺并接受下来。

我们一家穿越4个国家，经历上万公里路途，经过21个月的长途跋涉，终于来到了安全的土地，1941年5月18日到达西雅图。当时母亲肚子里已经怀上了我。除了早些时候提前汇到纽约制造商信托银行（Manufacturers Trust Company Bank）的600美元，父母当时几乎一贫如洗。

父母在抵达美国的当晚，就报名参加了自己的第一节英语课；他们急于提高自己的语言水平，开始做一名正式的美国人。父亲在纽约的舅公给他找了一份工作，但他有自己的想法，他认为芝加哥是一个安家立业的好地方，因为那里是全美谷物贸易的中心，父亲希望能够重操旧业，继续做一名谷物贸易商。

父母首次敲响芝加哥的旅馆大门，却被拒之门外。父亲感到很愤怒，他的第一反应是："我原以为我们终于逃离了反犹太主义的魔掌，但当真正来到美国，想住店的时候，却被他们拒绝了。"当他跟我们讲述这个故事的时候，是他难得的开怀时刻，因为事实证明这是个笑谈。当时父亲看不懂英文，而那家旅馆门口的牌子上明明白白地写着"仅限男士"。

最终，父母在芝加哥西部的一个大型犹太社区住了下来。这也是我出生的地方，当时是9月29日，距离我们家来到美国过去了4个月，距离珍珠港事件爆发只有2个月。

父母从身处波兰的家人那里收到的最后几封信中，有一封告诉他们，我母亲的姐夫塞缪尔·摩西（Samuel Moses，我的名字就是随着这个名字取的）在大街上被人开枪打死了。不久之后，父母的家人就被带到了犹太社区，随后又被关进了犹太人集中营。父母家族的大部分人都遇难了——包括父母的双亲，以及他们兄弟姐妹的全部18个孩子。只有母亲的兄弟艾萨克（Isaac）和她的妹妹安（Ann）活了下来。

父母的世界观也体现在他们艰难逃生之后的生活中。外来移民的印记一直贴附着我们，如影随形，即使在我4岁时二战结束之后，依然如此。但我直到6岁才偶然发现这些情况，此前对此基本上一无所知。父母加入了一个名为"和谐圈子"（Harmony Circle Club）的组织，成员包括一些从波兰逃到美国的难民，他们每个月定期见面，分享欧洲战事的最新消息，讨论如何才能在美国继续生活下去。

我还清楚地记得，那天晚上我偷偷溜出卧室，来到漆黑的客厅，一幕8毫米影片正被投映在墙上。父母和朋友正在观看一部有关集中营的秘密记录片，映入我眼帘的，是不断晃动的黑白影像，满载着尸体的卡车，从皮肤中凸出来的人骨，人像垃圾一样被丢弃——这一切真是太可怕了。这些令人难以忘怀的画面，就是我对纳粹大屠杀的最初印象。事后回想起来，我感到这些影像让我更快地成熟起来，而且让我对世界有了更加清醒客观的认识。那部影片也在很大程度上加深了我对父母生活理念的认知——为什么他们总是如此拼命，如此坚定地希望孩子取得成功。经济方面的成功对于确保生活自由简直太重要了。他们之所以能够成功逃离波兰，是因为拥有必要的物质保障——父亲极具先见之明，把资金早早地存在了国外银行里。

1986年，父亲去世之后的第二天，母亲把他的尾戒送给了我。戒指上镶嵌了一颗钻石，在他们逃离欧洲期间，他们把这颗钻石藏在了姐姐朱莉的鞋子里。我把这颗钻石镶到了一只手镯上，戴在右手腕，从此再也没有摘下来过——以此提醒自己不要忘本。

父母向朱莉、我和小妹莉亚所传递的，是他们对美国那持久不息的热爱和感激。在两位老人余生的每个年头，他们都会在自己初次抵达美国的日子里庆祝一下，为美利坚干杯。在姐妹和我长大成人的过程中，我们都深刻意识到，能够生长在这个国家是多么幸运。在这个国度里，人们所面对的机会，并不取决于出身高低或者宗教信仰，也不取决于其他任何因素，唯一的影响因素就是个人的奋斗；在这个国度里，对于你通过努力奋斗取得的成绩，对于你最终在成功之路上能够走多远，从来不会有任何的限制。

父亲一直雄心勃勃，他是天生的企业家，希望重新开创辉煌的职业生涯，取得跟自己在波兰作为谷物商人一样的成功。桂格燕麦（Quaker Oats）是父亲在老家时最大的客户之一，他在这家公司的联系人曾多次跟他说："在桂格燕麦公司，如果能有像你一样，既有专业水准又有职业道德的人，那该多好！"因此，当父亲抵达芝加哥之后，这家公司就成了他工作的第一站，但最终却因为没有大学文凭而被辞退了。

到达芝加哥两年之后，父亲离开了谷物行业，开办了自己的珠宝批发公司。父亲的舅公帮他购买了大量珠宝尾货，然后他把这些珠宝在美国中西部地区重新出售。父亲坚信，通过努力可以有效提高生产能力。他每周工作6天，每天工作至少13个小时。为了拓展业务，他的足迹遍及美国11个州。在他看来，业务成功的关键就是打通渠道，把各类商品卖到商店里。即使口音很重，但他依然得到了很多零售商的信任和订单，而其他人可不见得能取得这样的成绩。父亲的自信、职业态度和细致思考，给客户留下了深刻的印象。

父亲在拓展业务的时候，总是抱着谨慎保守的态度。"保持慎重"是他的口头禅，他总是深入周全地考虑到各种风险。在对美国满怀热爱的情感背后，恐惧和担心一直萦绕在父亲的心头，他担心灾难会重新降临，半夜突然扼住他的咽喉。从本质上来说，身为难民的父亲，既有自己特有的乐观精神，也有挥之不去的忧虑情绪，两个相互矛盾的特征在他身上合二为一。他的态度可以总结为，"一方面，坚定地勇往直前，另一方面，也不忘留下退路"。

父亲的许多朋友、熟人和商业伙伴来自形形色色的群体，每个人的背景也都差别很大，在这些人的眼里，父亲在某种程度上充当了族长的角色。他们会向父亲寻求意见建议，听取父亲的观点判断，因为他总是能够巧妙地提出各种问题，真挚地聆听各种回答，然后字斟句酌，妥善地给出不偏不倚的真诚建议。父亲赢得的尊重，以及他给这些人的生活带来的积极影响，都给我留下了无比深刻的印象。

如今，在面对我公司的员工和管理者，当然也包括我的孩子和孙子们时，和他们一起走过长长的一段路，同时帮助他们把面临的问题分析透彻——运用父亲遗传给我的苏格拉底式对话天赋——对我来说，从这个过程中所得到的满足感，与达成任何一笔数百万美元的交易没有区别。

在我小时候，我家长期为许多来自波兰的犹太难民提供支持和帮助。有好几年，我不得不和住在我家的陌生人分享我的卧室。当时我一点儿也不觉得奇怪，但如今这种事情可不会那么顺利。想象一下，你会要求孩子把他房间的一半让给陌生人吗？这种情况也是时代的投影，同时也体现出父母乐于帮助他人的决心和勇气。

我的父母都高度自律，而且能够专心工作，拥有很强的上进心，也能够以身作则。作为孩子，我们的首要任务是，教育、宗教信仰和做一个受人尊敬的人——品行高洁、有荣誉感。当然，按照今天的标准来看，他们可不是溺爱孩子的父母，尤其是我父亲。对我父母这一代人来说，或者从当时的社会文化氛围来看，他们都不会宠溺孩子，也不会过度夸奖孩子，或者放松要求让孩子轻松赢得奖励。从很小的时候，我就以跟父亲比赛竞争为乐，我想绝大部分男孩也都是如此。父亲会很严肃地对待这些，从来不会像有些家长那样让着孩子。举例来说，父亲是一名国际象棋高手，他教会我下棋，而我也下得不错。有一天，我摆好了棋盘，让整个棋局变得只需要一步就能把对方的国王"将死"，希望通过这种方式打败父亲。我焦急地等着父亲回家，然后骄傲地把这盘棋局给他看。我说：

"爸爸，你看，我摆的棋局。看你能不能把这最后一步找出来。"父亲扫了一眼，耸耸肩，移动了棋子，然后走出了房间。我完全被打败了，父亲根本没有手下留情或者顾及我的面子，如果这样做的话，就违背了他的秉性。

***

我经常开玩笑说，父亲在34岁的时候做出了一个生死攸关的决定——离开波兰，此后他再也没有犯过大错。他的意志十分坚定，而且要求别人绝对服从，而我的个性也很强，因此我俩经常爆发冲突。他一直希望让我就范，而我一听到别人说不行就会火冒三丈。因此，我跟父亲的关系相当紧张。

但是我对父亲一直十分尊敬，而且是无条件尊敬。他会说："你不见得一定要爱我，但一定得尊敬我。"对于这种说法，我是从字面上理解的，认为如果自己不还口，那就不能算是不尊敬他，这样还能给自己留下一丝颜面。因此当意见相左的时候，我就只是简单地保持沉默，不再跟他继续争执下去。我俩甚至有时候好几个月不跟对方说话，这导致一些家庭聚餐时间变得很长，母亲对此深恶痛绝。有一次，我俩之间的冷战持续了三个月，我忘了当时是争论什么内容了，但谁会特别在乎这些呢？我跟父亲之间的争议多如牛毛，但这里的底线在于，即使特别生气，我也绝对不能当场发作。我不会当场爆发，跟他直接吵起来，这就是父亲所需要的尊敬。最终，我总是会以主动道歉收场，当然这是在母亲的催促之下。母亲会把我拉到一旁说："萨姆，你不能这样做。"我回答："妈妈，他那样做不对。"母亲会接着说："萨姆，你不明白。他是你的父亲，他绝对不会主动认错。"

多年之后，到了20世纪70年代，我终于可以和父亲携手并肩，一起参加犹太联合会（Jewish Federation）的年度晚宴——我把这个称为"犹太人大型晚会"。这场晚宴的目的是筹集资金，参加者都是城里有名的犹太人。父亲每年都会捐一大笔钱，而我也会相应地进行捐赠，金额要比父亲少一些。但在1979年，我的事业大获成功，捐赠额足以超过父亲了。不过，除非事先跟他把这一切说清楚，否则我绝对不能这样做。因此我告诉父亲："我想捐这个额度，但如果你觉得这样做缺乏尊敬的话，那就算了。"他回答说："不，你这样做很好。"于是，我按照自己的能力进行了捐赠。我以实际行动体现了对父亲的尊敬，同时父亲也让我知道，他也同样尊重我。我认为这件事是我们父子关系的转折点。

但无论如何，相似的火暴脾气依然经常使我俩产生冲突，而当我还是个孩子的时候，由于父子代沟和新旧环境中价值观的差异，这种冲突的程度被进一步放大了。我是父母到达美国后所生的第一个孩子，而妹妹莉亚则是1949年出生在这里的。我跟妹妹所参照模仿的文化和制度框架，与父母可谓天差地别。他们一直担心，孩子们会失去那些传统的价值观念，而这对他们却是意义深远。他们希望我们能够过上美好的生活，而且最重要的是，首先要成为犹太人中的优秀代表。同时，尽管父母也热爱美国，但他们依然认为，在美国的富裕和民主自由当中蕴含着潜在的危险因素，他们觉得我们缺乏自律，而且花太多时间在那些无聊的事情上，比如说体育活动等。对父亲而言，体育活动只不过是占用工作或者学习时间的轻浮举动，根本没什么用。作为一个青少年，如果我表示希望周六晚上能够去打一会儿篮球的话，父亲的反应就是："你上周已经去过了，为什么还要再去参加另一场篮球比赛？"我就会回应说："因为这些活动很有意思。"父亲则会说："你未来有大把的时间寻欢作乐，但现在你需要专心致志，需要有所成就，需要别人的指导。你必须明白，在这个世界上生活可不容易。"这就是我们父子之间的一场很有代表性的对话。

我还记得一件事，发生在姐姐朱莉读高中的时候。她当时大概14岁，就读于翁斯托本（Von Steuben）中学。有一天下午，翁斯托本中学在一场重要的篮球比赛中败北，朱莉从学校回到家，因为自己学校球队的失利而哭了起来。对此父母完全不知所措，他们不知道该做些什么。他们完全不能理解，姐姐仅仅因为高中篮球队比赛失利就伤心地哭起来，这完全超出了他们的认知。

我觉得，父亲在努力工作和放松娱乐之间给我划定了一条不容更改的界线，最终反而让我完全走向了另外一个极端，后来，我把二者融合在一起，建立了我自己的世界。

从本质上来说，我的家庭比较传统，而且比较严肃，但也从来不乏温馨。我们全家人每天都会聚在一起吃晚餐，而且自打我记事起，我们就会一起讨论世界形势、政治动态以及国内时事。父母从来不会主导孩子交流沟通的主题。我们的讨论总是围绕着各种比喻说理，采用《塔木德经》式的沟通方式，以各种例子或者故事来传递观点。时至今日，我在跟其他人传递看法的时候，依然主要采取讲故事的方式。

我的父母都很强势，也都很聪明，而且完全可以想见，他们都有点儿偏执。毫无疑问，父亲扮演族长式的角色，而母亲则属于传统的贤妻良母。这完全是由于父母所生活的时代的影响。在公众场合，母亲从来不会与父亲争辩。多年以来，我错误地以为，母亲惯于服从是一种软弱的表现。我依然记得，有一天跟父亲开车，一路上父亲告诉我，母亲其实是多么强势的一个人；尽管从表面上看来，母亲属于两人之中弱势的一方，但在很多情况下却恰恰相反。

直到1986年父亲去世的时候，我才完整体会到母亲的坚强和柔韧，当时她已经75岁了。那时我45岁，成了家里的顶梁柱，我自觉要负担起照顾母亲的责任。无论在世界哪个角落，我每天都会给母亲打电话，而且从母亲的声音里，我总是可以猜到她手头正在做什么事情，而如果母亲不说的话，我就会不停追问，一直到母亲把问题完全倾诉出来。失去父亲之后，我跟母亲的关系更加亲密了。

父亲去世之后的第一年里，母亲从来没有走出过家门。在父亲的周年忌那一天，母亲给我打电话，告诉我她将结束悼念的时光，准备出去尝试一些新的体验。于是我把她的住处从城市郊区搬到了位于阿斯特街的一栋豪华公寓里。母亲逐渐成了一个热情活跃的城市人,再也没有继续沉迷于过往。甚至在我没有察觉的时候,母亲已经开始跟楼里的邻居交上了朋友,出去听歌剧、看电影,参加各种晚宴——这一切,都是父亲在世时母亲从来没有尝试过的。

尽管已经张开怀抱迎接全新的生活,母亲却依然保持着严肃俭朴的生活习惯。在表达自我观点的时候,她从来不会哄骗或者抱怨。母亲拥有钢铁般的意志,经常更注重以实际行动表达自我,而不是仅仅停留在口头上。当希望我做一些事的时候,她会给我打电话,此时我俩的对话通常是这样的:

我说:"嗨,妈妈。"
"萨姆,下周四是戴维家儿子的洗礼日。"
我回答:"我知道,但那天我早就有安排了,不在镇上。"
"萨姆,下周四是戴维家儿子的洗礼日。"
我重复道:"我知道,但是我约了别人,不在镇上。"
"萨姆,下周四是戴维家儿子的洗礼日。"
最终我只能叹口气:"好吧,我会出席的。"

母亲的核心价值观从来没有变过,她的艰苦朴素也一如既往。对于奢侈浪费和过度支出,母亲总是极为反感。她一直教导姐姐妹妹和我要认真进行价值评估,看看自己是不是真的需要某件物品。这种节俭的习惯已经深深地刻在母亲的思维里,甚至当我们家十分富裕的时候,母亲对于金钱的概念也从来没有超出过100美元。

一天晚上,在我的公寓吃完晚饭之后,我提出要送母亲回家。她拒绝了,也没说原因。

"好吧,我给你叫辆出租车吧。"

母亲说:"不,不用。我得去一趟沃尔格林药店。"这家药店就在我们楼的拐角那里。

于是,我说,好吧。然后母亲就去沃尔格林药店了。

然后第二周母亲来吃晚饭的时候,我俩继续了同样的对话。

"妈妈,我开车送你回家吧。"

"不用。"

"那我给你叫辆出租车。"

"不,我得去一趟沃尔格林药店。"

就这样,当第三次出现这种情况的时候,我跟在母亲身后,看到她坐上了沃尔格林药店外面的公交车。显然,她不希望让我出来送,用自己的老年卡只需要50美分就能乘坐公交车回家,在这种情况下,母亲根本不愿意花3美元坐出租车。她住的地方距离公交车站有半个街区那么远,下车之后只能步行回家。对她来说,这就是1美元的价值。她从来没有忘记自己身为难民的经历。

还有一次吃晚饭的时候,母亲问我妹妹莉亚身上的那套衣服多少钱。莉亚告诉她大概是1000美元,这个回答简直让母亲崩溃了。仅仅是想到要花这么多钱在衣服上,就让她难以接受。我的姐姐和妹妹生活都很讲究,也很会打扮自己,母亲过于节俭的生活习惯简直让她们抓狂。所以,她们自然再也不会告诉母亲各种东西的价格了。

顺便提一句,我当然不认为自己有多么节俭,但是母亲这种对价格的敏感性,我也从来没有摆脱过。我女婿有一次讲了一个我俩初次见面时的故事。我俩站在一家杂货店外面,等着我妻子和女儿——他当时的未婚妻。慢慢地,我俩开始不耐烦起来,于是就来到旁边一家小店,看里面卖的太阳镜。我试戴了一副,很符合我的脸型,我俩都觉得这副太阳镜很不错。然后,当看到价格标签的时候,我吃惊地把手缩了回来,把太阳镜摆回了货架,嘴里还念叨着:"一副太阳镜200美元?这不是开玩笑吗?"

父母的经历深刻影响了我们的家庭,并且让我形成了与朋友们不一样的世界观。我意识到自己在本质上与其他孩子不同,发现这一点时所带来的震撼如今依然印在我的脑海里:当时我8岁,周六从犹太教堂步行回家。当时的我可能无法清楚地表达,但回想起来,我意识到自己心里拥有更为广阔的蓝图,拥有更为强烈的责任担当,并确信我的大脑是我最为强大的武器。

每当跟朋友一起玩耍的时候,我都会自动采取一些策略。当然在那个时候,我其实对策略并没有什么概念。当我们玩警察抓小偷或者打仗之类的游戏时,我不会一听到有人大喊"进攻",就直接冲入战斗,而是会躲到一边,悄悄溜到某个人背后吓他一跳。对我而言,游戏的乐趣在于出其不意吓唬对手,在于把这类体力游戏变成智力上的比拼。

我总是有无穷无尽的好奇心,孩提时候,我总是喜欢一个人在芝加哥的街区里漫无目的地瞎逛。我感到自己注定要生活在这座城市里。11岁的时候，我们家搬到了北郊的高地公园（Highland Park），那里是更为舒适高级的中产阶级社区。对我来说，那是一个艰难的过渡。我极度怀念此前小区的活力以及熙熙攘攘的热闹人群。

希伯来学校（Hebrew School）让我重新找到了方向。当时高地公园提供了一项十分基础的犹太教育项目——"犹太教堂之光"。因此，父母决定让我放学之后乘坐火车去芝加哥城区，在法韦尔（Farwell）和谢瑞顿（Sheridan）北边的犹太学校继续学习。周一到周五之中的任意4天，再加上星期天，我都需要来这里学习。当我的好朋友都在外面打球和四处游荡时，我却不得不学习希伯来语。当时我已经12岁了，但我就是很不喜欢这些。

但我喜欢回到城市的感觉。在第一天的火车上，我认识了8位来自威尔梅特（Wilmette）的17岁天主教女孩，她们就读于森林湖（Lake Forest）的伍德兰兹圣心学院（Woodlands Academy of the Sacred Heart）。一周之后，每次我乘坐这趟火车，她们都会在同一个车厢里等我，我们因此会一起同行约半个小时。她们把我看作她们的吉祥物了。相比大多数12岁的孩子，我对待生活的态度更为严肃，我觉得正是由于这个原因，才让自己跟她们建立了联系。但无论如何，我也只是一个12岁的孩子，而且完全可以想见，有她们的陪伴，为我去往犹太学校的旅途增添了许多乐趣。

在希伯来学校上完课之后，我就获得了自由，可以有空好好逛逛这座城市。大街小巷生机勃勃、活力无限，让我增长了极大的见识。从此之后，我才真正爱上了芝加哥。这座城市令人心动。这里人潮涌动，节奏飞快，纸醉金迷，各种店铺丰富多彩，各色人等川流不息，还有各种各样的风景、气味和声音，这些都是高地公园所没有的。这一切改变了我的思维，重塑了我的视野，进一步让我跳出传统范式的约束。

这也让我开始了自己的首次创业尝试。有一次在溜达过程中，我在"L"形轨道下面发现一个报刊亭。那是1953年，一本名为《花花公子》的色情杂志刚刚崭露头角，封面是玛丽莲·梦露。杂志售价50美分。我买了一本，觉得里面的内容简直好极了，于是把它带回了高地公园，在那里可没有人卖这本杂志，然后我拿给朋友们传看。有个朋友希望买下它。我开价说："3美元。"此后，我就开始了小规模的杂志"进口"业务，并且在这个过程中，还学到了一个永恒不衰的商业真理：只要物品稀缺，那就可以随意定价。这一供需基本原理，后来成为我投资理念的首要原则。

如今回忆起来，青少年时期的我，拥有超越同龄人的成熟思维和宽广视野，这种情况导致我跟朋友沟通和分享各种观点的时候，经常会觉得有点儿困难。有人曾经告诉我："萨姆，你天生就比较成熟。"我认为他说的确实没错。我的朋友的生活阅历看起来要比我更狭隘一些，他们的父母不像我的父母那样，不停地逼着他们进步成长，他们的父母也并没有给他们灌输享乐即轻浮的理念。但是和这些朋友在一起的时候，这种差别并不重要，因为把我们联系在一起的是各种体育活动，而我特别喜欢棒球和美式足球，尽管我对每场比赛中有关战术细节的冗长讨论十分厌烦。而对于女孩的概念，我参考的主要是我的母亲和姐妹，她们都是很聪明的女性，讨论的是世界形势、政治事件和企业经营等（也许这就是我对于日常闲聊毫无耐心的原因所在，过去如此，现在依然如此）。我更喜欢那些既聪明又有趣的女孩子，就像现在跟我住在一起的那个她一样。

这让我在14岁刚读高中的时候，突然对生活有了透彻的感悟。当时我正在跟一群朋友一起吃午饭，他们不停地打闹，讨论一些亲密接触以及谁对谁做了什么一类的话题，我猛然感觉自己与他们格格不入。我喜欢女孩，这毫无疑问，但我明显对参与这类聊天不感兴趣。抽象地泛泛而谈？好吧。但如果涉及我个人的问题呢？绝无可能，我对此高度警惕。年轻时候通常我们所想的就是如何跟同龄人打成一片，但在当时那个时刻，我发现对自己而言，融入团队好像也没有多么重要。相比于不断寻找与别人的共同之处，较为超脱地站在一旁可能让我更加舒服一些。我逐渐倾向于不再遵从传统思维的束缚，这种想法最终对我的职业生涯产生了重大影响。

也正是在这段时间，我还有一项重要的发现。我发现自己天生就是当领导者的材料。我不喜欢被淹没在芸芸众生当中，我也不太在乎别人的指示命令，我自己就能设定好前进的航程。而且，我还能说服别人跟我一起完成任务。

12岁的时候，我开始参加拉玛夏令营，这是在威斯康星州北部举办的一个犹太人夏令营。当时这个夏令营刚举办了6届，如今依然还有。实际上，我的几个孙子也都参加过这个夏令营。当我参加的时候，共有大约 125 个孩子，对我来说，那是一次令我脱胎换骨的经历。夏令营的日程安排得很合理，或者也可以说没有特定的安排，正好可以激发孩子们内在的各种技能。

拉玛夏令营的独特之处在于，从活动第一天开始，它就把营员当成大人看待。它事先假设，我们都已经是负责任的城市公民。对于那些痛恨约束、个性独立自由的孩子来说，这个夏令营就跟天堂一样。从最小的孩子到最大的孩子，大家都积极参与互动交流，因此，在这里并不存在所谓的小圈子，每个人都不会预设自己的观点和立场。这是我对精英管理的首次体验。突然之间，我手头有了一块空白的画布。在日常生活中，我通常不太容易按照自己的意愿行事，我如果想做一些事情，就可能会遭遇学校的阻挠，父母也会以关心爱护的名义进行约束，此外还有其他的障碍。但这次夏令营却全然不同，在每年为期 8 个星期的时间里，我都可以当一名无拘无束的领导者，这对我建立自信起到了极其重要的作用，并且让我初步认识到自己不可限量的未来。跟做其他事情一样，我在领导其他没有头绪的孩子方面也做得很好，并且义无反顾地带领他们不断取得进步。

在我 17 岁的时候，担任了夏令营的见习辅导员，自己的信心也在不断增加。我跟另外一个辅导员成了好朋友，我们休假也在同一天。我们拥有 24 小时完全的自由时间，没人会追问我们到底去哪里了。于是，我们开始搭便车环游整个威斯康星州。有一次，我们忘记了看时间,最终到了威斯康星州的弗洛伦斯,当时已经是夜半时分,路上一辆车也找不到了。我们不知道该怎么办,于是就步行来到了一个二手车停车场,随便打开了一辆车,然后进入了梦乡。勇于冒险当然很不错,但你也要能够找到回家的路才行。

人们总是想知道,我到底是不是"白手起家"。通常,当他们问这个问题的时候,他们的意思是我的父母有没有钱。答案是否定的,我的父母并不算有钱。当抵达美国的时候,父母手里的钱大约相当于现在的 10 000 美元。在我成长的过程中,父亲逐渐东山再起,又变成了一位成功的商人。到他去世的时候,已经算是比较富有了,这部分是由于父亲的辛苦经营,部分是由于我自己的努力。但这个问题依然很有意思,因为实际上父母给我留下了比金钱更有价值的东西——智慧、好奇心、奋斗精神、坚忍的意志和独立决策思维。父母传递给我的,是要持续不断地学习,是明白如何将学到的知识应用到实际生活中,是如何挑战传统——当别人恋恋不舍的时候自己要果断离开,当风险来临时要提前察觉并做好准备。从某种意义上来说,我当然认为自己属于"白手起家",但从另一种意义上来说,我也充分意识到,在自己的价值观形成和事业取得成就的过程中,父母起到了无可替代的巨大作用。

父母希望我有一门手艺。对他们而言,这能够进一步增强我们的财务安全,也就是一旦出现最差的情况,那我还能够有所倚仗。曾经有那么一段时间,我实际上考虑当一名拉比。这可把父亲吓了一跳。他认为拉比是世界上最糟糕的工作。他完全不明白,对一名优秀的犹太男孩来说,怎么会考虑从事这样的工作。针对这个问题,我跟父亲进行了许多次交流对话。我当时正在不断探求自己可能从事的业务领域。

尽管当时还不知道目的地在何方,但一直以来,我总是十分迫切地希望到达理想的彼岸。

02
大学时的第一桶金

大三的时候，我的朋友跟我提到他的房东准备把两所房子打通，改造成一栋有 15 个单元的学生公寓。于是我俩鼓捣出一份简单的说明手册，就去向这个房东毛遂自荐来负责管理公寓了。

读大学的时候，我并没有考虑好开始我的职业生涯，只是随便找点事情做罢了。当一个好的创意涌现出来之后，我就会全情投入。

1959 年，我进入密歇根大学，主修政治学。我加入了犹太学生兄弟会"Alpha Epsilon Pi"，并在一年之后搬到了这个兄弟会的会所，那里有点儿像电影《动物屋》（*Animal House*）中的场景。在那里，一切都没有约束。群体的智慧，有时候意味着只需要遵从最低的共同准则。几乎在一夜之间，我的各科成绩大幅下滑，而保持犹太教的洁食规定也变得几乎不可能。更糟糕的是，这里根本没有隐私可言，一点儿个人空间都没有。对像我这样不合群的人来说，这可是个大问题，因此 6 个星期之后我就搬了出来，住到了学校宿舍。在这里，我更容易跟其他各类人交上朋友，而不是仅仅局限于兄弟会里的那些人。

我当时是个不安分的学生，学习成绩不怎么样。相比之下，我的两个姐妹都很优秀，她俩都是美国大学优秀生荣誉学会成员，各门成绩都是 A。我觉得我的父母一定很担心，因为他们唯一的儿子不够优秀。甚至有一段时间，父亲提出，如果我哪门成绩得到A，他就给我5美元。但父亲可能根本不知道，我对学习没什么兴趣。不过，我也特别注意不让父母失望，而且也很在意两个优秀姐妹给我设定的比较基准。然而，有一年我在会计科目上还是得了一个D。这并不是因为我不明白那些会计原则，相反，我很清楚。只是在这些基本原则基础上，又衍生出许多愚蠢的规定，这才是最让我抓狂的地方。记得有一次考试，我在本该写"销售"的一栏里写下了"收入"，教授在上面画了大大的一个叉。我问："这为什么错了？收入和销售本来就是一回事。"但教授对于这些词的含义根本不关心，只强调这涉及符合规范问题。"如果你不写'销售'的话，那就是错的。"好吧，对我来说，机械的死记硬背才是错的。

　　有空的时候，我就会打美式足球和篮球，不断跟朋友约会，积极参加学校组织的活动，按照父亲的说法，这些可都是花里胡哨的活动。在对自由的界定方面，父亲和我存在很大的不同。

　　我所理解的自由，包括拥有一辆红色的库什曼摩托车。这辆车在学校里的停放是个问题，只有本科高年级学生和研究生才被允许在学校停车，因此大多数本科生都会选择步行或者骑自行车。我有一辆小型摩托车，它满足了我热爱运动的天性，点燃了我对摩托车的兴趣。后来，我的摩托车跑得越来越快，价格也越来越高了。毕业20年之后，我跟一群朋友一起，开始骑着摩托车云游四海，这些朋友大多数也都是我业务上的伙伴，我们这群人自称"泽尔天使"。如今，我们每年还会进行两次旅行，一次只是男人们一起，另外一次则有妻子的陪伴。我们在全球各地骑行，四处找寻那些曲折难行的路径，肆意欣赏那些恢宏大气的风光。对我而言，摩托车实际上代表了自由。在一个星期的时间里，我都会戴着头盔骑行。我想不出，除了在路上，还有什么方式能够让我更好地清醒头脑。骑行的时候，除了眼前的道路和将要去的目的地，我什么都不想。

但无论如何，大学二年级结束之后，我已经19岁了，除了每年夏天参加的犹太人夏令营，我还希望能够玩点儿别的。我很了解我的父母，要想让他们点头同意，唯一的办法就是想出一些在一定程度上跟教育和学习沾边的活动。如果能够涉及"学习"，那么即使我纵身一跃从帝国大厦跳下来，我想父母也不会有意见。因此我报名参加了加州大学洛杉矶分校（UCLA）的夏季班，还有一位朋友跟我一起去了。这个课程为期6个星期，而我告诉父母需要8个星期，我要用这额外的两个星期搭便车环游全美。我不知道自己这样做是出于叛逆还是顺从，但我不想父母担心，因此从来没有跟他们提起过这次旅行。我只知道，这两个星期的冒险简直太爽了，根本不容错过。

我的朋友跟我一起离开了洛杉矶，随后在17天的时间里，我们大约穿越了12 500公里的路程，搭便车的次数超过了200次。

面对穿着百慕大短裤和密歇根运动衫的两个男孩，伸出援手的热心人数量之多，简直令我们惊讶。这些陌生人的心地特别善良，他们把我俩带到家里，请我们吃晚饭，出钱让我们住宾馆，甚至会教我们玩滑水。这趟旅行给我的人生带来了翻天覆地的改变，这是一趟放飞自我的旅途,也是我们真正接触了解美国人和美国梦的旅行。这也给了我一个特别的启示,至今影响着我待人接物的方式。

到达纽约之后,我跟朋友挥手道别,然后踏上了返回芝加哥的旅途。我遇到的第一个让我搭便车的人,是一个沿着宾夕法尼亚州收费公路一路向西的伙计。当时气温高达35摄氏度,我们驾车经过一片树林,在穿过一个隧道的时候,由于汽车水箱过热,热水和蒸汽喷得到处都是。我琢磨着:"糟糕,这趟便车我是搭不成了。"司机一言不发,只是把车停在路边。这个伙计属于不怎么能言善道的那种人,而那些愿意让你搭便车的人,往往就是这样。你可能和他们坐在车上好几个小时,而他们却一语不发。这个伙计下了车,来到车后,打开了后备箱,拿出一个汽油罐,然后直接往路边树林里走去。他要干什么?我于是跟在他身后想看看。离开主路之后,我们大约走了130米,直接来到了树林里。突然,我们看到了一条美丽的小河。这个伙计弯下腰,把汽油罐装满水,然后返回到车旁,把水加到水箱里,现在一切都搞定了。于是我们重新上车,又开始走了起来。我当时说不出话来,最后,我转向他问道:"你是怎么知道那里有水的?"接下来的回答让我终生难忘,他只是看了我一眼,说:"嗯,我其实并不知道那里有河,但我们当时是在山区,因此附近应该有水源才对。我想自己会一直走下去,直到发现水源为止。"

好吧,作为从小在高地公园长大的犹太男孩,我绝对不可能想到世界上竟然还有这样的解决办法。如果我自己开车,水箱过热了,那我就会下车招手求助，让他们帮忙叫一辆拖车过来。而那个伙计的思维逻辑和解决方案，对我来说是完全陌生的领域。他从来没有犹豫不决，这种态度简直是太宝贵了。

　　这趟经历一直深深地铭刻在我的脑海里。它让我学到了一课，那就是通过观察人们在他们自己的生活和工作环境中的表现，可以获得很多有价值的东西。如今，我也许可以把任何人喊到我的办公室里，开会讨论某个问题，但这样其实并没有多少价值。相反，我会每年拿出1000个小时，坐飞机到全球各地出差，主动与当地的人见面交流。我想看看他们在自己的主场是怎么做的，是如何与周围人相处的，又是如何以身作则的。

***

　　大三的时候，有一天我在一个朋友的公寓里，他跟我提到他的房东刚刚把隔壁房子买了下来，准备把这两所房子打通，然后改造成一栋有15个单元的学生公寓。

　　我于是建议："我们向房东毛遂自荐来负责管理吧。还有谁比我们更适合呢？我们都是学生，知道学生需要什么。我们可以替房东管理这栋公寓，负责维护保养，然后我们每人获得一套免费的单元。"

　　我们其实并不知道如何管理公寓，也不知道怎么出租公寓。我俩对此毫无头绪。只不过我从来没有觉得自己干不好这件事。如果根本没意识到自己可能不太会做某件事情,那相关的障碍和困难就会大幅减少。作为学生的我们此前从来没有做过这些事,或者人们觉得这些事通常应该由那些专业的管理机构来做,这些都不重要。不惧冒险,追求极限,敢于说出"为什么不呢",这都是我基因的一部分,而且从那时到现在,我觉得自己在这方面并没有什么大的变化。

于是我俩鼓捣出一份简单的说明手册,就去找房东了。令人惊讶的是,他竟然同意了我们的想法。最终,我们把房子单元内部的结构推倒重来,进行了重新设计装修。房东之前订购了一些极其陈旧的过时家具,也就是你会在你祖母家看到的那些东西。这对大学生可根本没什么吸引力。我们不知道自己最终会设计成什么样子,但我们确切地知道,学生们最不喜欢的,就是跟家庭一模一样的环境。我们希望设计出完全相反的效果!当时,斯堪的纳维亚式的简约风格才符合"酷"的定义,于是我们把房东订购的东西全部退了回去,重新买了一些简约、现代风格的家具。我俩严格按照逻辑和直觉行事,而最终这也取得了成效。那份管理合同是我的第一个房地产项目。

还是同一个房东,他又建了一栋学生公寓,然后委托我们进行管理,随后他又给了我们第三栋公寓进行管理。我们把我的朋友鲍勃·卢瑞(Bob Lurie)拉进来帮忙,他成了我们的第一位员工。鲍勃广为人知的习惯是,在前胸口袋里放一打IBM穿孔卡片,并用这些卡片列清单。鲍勃是一个冷静、务实的幕后规划者,对各种细节了如指掌。由于我对运营细节缺乏兴趣，鲍勃正好是一个很好的补充，同时也与我的活力和热情相辅相成。我俩都高度自信，勤勉刻苦，善于独立思考，不喜欢传统的条条框框，并且不太在乎别人的看法。我俩在思想上也都比较成熟，具有强烈的责任感，并且都有善于自嘲的幽默感。合作之后的效果立竿见影，我俩组成了一个优秀的团队。

除了管理公寓，我脑子里还不断冒出其他的经营念头。其中副业之一，就是向兄弟会的兄弟出售舞会时所用的小礼物。最受欢迎的礼物，是一条3米长的玩具蛇，脖子上系着兄弟会的丝带。因此，每到舞会的时候，我的公寓里到处都是装有玩具蛇的盒子，还有各种丝带。我会席地而坐，把这些盒子一个个捆起来。当时我脑子里并没有多想，只是希望效率可以更高一些。从父母那里，我知道经济上获得成功就等于人身获得自由，即使我当时只是在很小的范围内取得了一点点成绩。

尽管有很多这样的小买卖，但大学时我的"工作"却只有一份。大三和大四的暑假，我是海伦·柯蒂斯（Helene Curtis）公司的流动推销员，负责向药店和超市推销公司产品。最初我对化妆品行业一无所知，但了解一点推销的知识，并且我的学习速度很快。由于是暑期工，安排给我的总是最难开展的工作。如果从来没有过电话销售或者未经预约就上门推销的经历，那你可能很难想象这是一种什么感受，但我可以保证，这真的挺让人羞耻的。大多数人的回复都是拒绝，有些人的态度还特别强硬。面对各种拒绝，你内心需要有一定的容忍度。你需要学着不断提问，竭尽所能把对话继续下去。如果能够开个好头，继续对话，那你就有成功的机会。

我开车开了好几千公里，车上没有空调，天气奇热无比。每天下午，4：30闹钟响起的时候，我就需要做出决定——是不是还要再多打一个电话？我是这么做的。我下定决心，要取得最好的销售业绩，远远超过公司那些不起眼的账户曾经所创的纪录。我也希望给人留下深刻的印象，回报那些主动为我提供机会的人。

尽管当时并未察觉，但从这份工作中，我真正的收获并不是金钱，而是学会了如何坦然面对挫折和拒绝。随后我意识到，身为企业家，保持对挫折无动于衷，是最基本的素质之一。

***

毕业10天之后，我就步入了婚姻的殿堂。我跟珍妮特（Janet）是在她和我的一个兄弟会的兄弟约会时认识的。第二年，我俩开始约会。大约两年之后，我们结婚了，并搬到了一座由我管理的公寓中。

当时，对于自己必将成为企业家，我已经坚信不疑。不过，这对我来说，依然不是第一选择。别忘了，当时父母一直灌输给我的理念就是，我需要有一份固定的职业，而这才是我原本的职业轨迹，因此，我来到了密歇根大学法学院。好吧，我其实一点都不喜欢那里。我感觉自己读书的时间已经足够长了，并且毫无疑问，法学院的学习生涯枯燥乏味。我天生就不适合学习那些晦涩难懂的细节内容，那无穷无尽的法条、次级法条、次次级法条让我无所适从。

当然，在随后的日子里，尤其是当经手的交易变得越发复杂之后，我逐渐意识到，自己曾经受过的法学教育是多么宝贵；这些课程曾经教我如何评估形势、如何思考对策，以及如何划定最后的界限。工作中的每一天我都在使用这些知识，甚至今天也是如此。我的整个职业生涯都在不断挑战传统思维，努力创作属于自己的剧本。如果不清楚游戏规则，不能在相关规则范围内做到卓越领先，就很难实现上述目标。这就如同一个玩美式足球的家伙，却不知道并列争球的界限在哪里一样。只要明白其他所有人都站在哪里，你就可以参与到这个游戏中。因此，我最终成为法学院忠实而热心的拥趸，但有一个警告，法学院的学习极为枯燥。当时，幸亏自己忙于从事一笔笔房地产交易活动，才让我最终挺过了那段枯燥乏味的时光。

1965年，我在安阿伯（Ann Arbor）买下了自己的第一栋楼，当时是我在法学院的第二年。那是一座拥有三个单元的建筑，坐落在锡比尔街912号。这笔交易花了我19 500美元，其中有1500美元的定金，这是我从公寓管理业务中攒下来的。我把建筑内部进行了重新喷漆，撤换了全部家具，然后把房租翻了一番。几个月之后，我把隔壁不远的另一栋楼也买了下来，然后又把这两栋楼之间的房子也收入囊中。通过多项创业活动，我攒下了一些钱，利用自己的储蓄和银行贷款，自力更生完成了这些早期的房地产交易。

第三笔收购目标是一栋庞大的独户住房。我找来一位建筑师，一家当地的小型总承包商，针对这栋建筑设计出4套独立的单元。然后我到银行申请贷款，用于房子的翻新。当时我23岁，手里拿着政治学的学士学位。对于金融，我可谓一无所知，但我从来没有觉得自己太年轻而干不了投资，或者自己根本就没有能力做这件事。我当时对此不甚明了，但是最终还是依靠自己的能力，跟银行达成了这笔交易。我们的管理公司接管了这栋建筑，对其进行了翻新，然后把所有的单元出租出去。这笔资产为我们带来了丰厚的回报。

随后我们在东密歇根大学所处的伊普西兰蒂市（Ypsilanti）获得了一个项目的巨额管理合同。这笔交易改变了我们的发展蓝图——给我们既带来了机遇，也带来了挑战。公司新的发展规模，使得我们在当地房地产市场上已经不再是可有可无的角色了。同时公司的名声也在四处传播，当年一个朋友就给我来了电话，他毕业后从事法官书记员的工作，他向我咨询一处房产。他父亲在学校外面的盖迪斯街（Geddes Street）为他买了一栋房子，而他刚刚得到一位当地开发商的报价，可以每平方英尺3美元的价格买下这块土地。他问我该怎么选。

我回答说："我确实不了解，但可以帮你问问。"我打电话给当地的房地产同行，让他们帮忙调查一下这处地产的价值。其中一个伙计是唐·奇泽姆（Don Chisholm）。我了解到这块地每平方英尺的价格可以达到3.5美元，于是奇泽姆跟我决定也参与竞价。我给朋友回电话说:"奇泽姆和我可以出价 3.5 美元。"然后我们达成了交易。但这块地不够大,没法在上面盖楼。当时在安阿伯,除非是两块地一起,否则是不允许开发新建筑的。于是,我跟奇泽姆说:"我们看看能不能把旁边的房子也买下来。"我们做到了。然后我说:"我们继续吧。"我们接着在同一个街区买下了另一栋房子,随后又是另外一栋。

当时我就像小摊贩一样挨家挨户走访,坐过许多张沙发,翻阅过许多的家庭合照,耐心向许多房主解释,说我们将会在这里盖一栋学生公寓,他们可以选择继续留下,忍受半夜嘈杂的音乐和草坪上随意丢弃的啤酒罐,或者也可以选择搬到安阿伯的另一边。这种策略发挥了作用。我不断地把很多房子收入囊中,最终买下了一整块地。这些房子的买卖全都是现金交易,每栋房子要 1000 美元,后续最终结清大约需要 20 000 美元。

在这个过程中,我见识到了人性的方方面面,这让我一辈子都不会忘怀。在连续收购过程中,我正准备买入下一栋房子,房主说:"隔壁的那栋房子你刚刚花了 18 000 美元,面对我们家这栋明显要更好的房子,你出价怎么也只有 18 000 美元?"

我解释说:"我只是为了买这块地皮。我买房子是为了把各个地皮集合在一起用于开发。我会把房子拆掉,因此无论房子多么好,对我来说都是一样的。"

他们争辩道:"但我们的房子价值要高得多,你得出更多钱才行。"

我回答说："如果我出价更高的话，那下一户房主就会要更多的钱。"

他们回答说："可以多给我们些钱，我们会保密的。"

我被震惊得说不出话来。当时我已经不再是天真无邪的少年了，但是这堂有关人性的社会课，对我来说却是完全陌生的，而且也跟我从小到大的成长经历格格不入。这些人在 25 年的时间里一直是朋友和邻居，却愿意为了区区 1000 美元出卖对方。不过，最终我还是按照原价支付了这些人，他们可以欺骗自己的邻居，但我不会。我绝不会向邻居撒谎——永远都不会这样做。这次的经历真是让我永生难忘。

1965 年，正当我们努力收购盖迪斯街那些房子的时候，奇泽姆被政府招入夏季国民警卫队。等他回来时，我已经给 8 栋房子支付了定金，每栋 1000 美元，但我们没有钱来支付尾款了。我们需要 160 000 美元，其中 60 000 美元属于权益类资产。为了筹集资金，我邀请父亲来到安阿伯。经过多年的经营，他已经成为房地产领域的成功投资人，我也不断地把自己所做的事情告诉他。

父亲开车来到了安阿伯，我带他看了每栋房子，然后带他去见奇泽姆。奇泽姆告诉父亲，希望他能够买下公司 1/3 的股份。父亲不同意。他想要对开，而这就是他入股的条件。奇泽姆说他会考虑一下，然后我们就离开了。在开车回父亲所住宾馆的路上，我们看到有一辆车一直跟在后面。我们停好车之后，后面那辆车追了上来，奇泽姆从车上跳了下来，他走到父亲面前，主动伸手跟父亲握手。

他说："泽尔先生，就按照您说的五五分吧。"能够把父亲邀请来参与这笔投资，而且父亲也愿意这样做，极大地鼓舞了我的信心。跟其他孩子一样，我也希望获得父亲的认可，知道他已经把我看作一名合格的商人，对我来说具有里程碑式的意义。父亲的脾气比较粗鲁生硬，就是老派的禁欲主义者，即使认为我干得不错，也绝对不要指望从他的嘴里亲自说出来，因此从这次他参与投资的细节当中，我可以觉察出父亲对我的认可和鼓励。

在那个街区，我希望买入的最后一栋房子是一栋占据两块地皮的房子。镇上的每一个开发商都希望买下它，因为单单在这栋房子所属的地皮上就能够施工了，但没有人知道到底该怎么买下它。有人认为这种操作不现实，但我拒绝这样看。这只是一个有待解决的问题罢了——一个邀请我以另外一个角度来看待问题的机会。对我来说，这意味着一场有趣的游戏开始了。

这栋房子的住户是55岁的D太太，还有她60岁的丈夫，她丈夫是胡佛滚球轴承公司（Hoover Ball and Bearing Company）的仓库管理员。但是这栋房子的产权属于D太太在芝加哥有钱的叔叔。他之所以让侄女住在这里，是因为她曾经照顾过他生病的母亲，如今他的母亲已经去世，就葬在街道对面的公墓里。

我拜访了D太太，试图说服她。我解释说，把这栋房子卖掉才最符合她的利益，因为我会在这个街区建一座大型学生公寓。我向她描述了未来的情景，比如喧闹的聚会。另外，因为手头这所房产的价值不菲，她完全可以在小镇的另外一边买一栋更好的房子。她解释说，因为这栋房子归她叔叔所有，因此我需要跟他说这件事。她叔叔是一家大型公共能源企业的总裁，住在芝加哥超级高档社区温内特卡（Winnetka）。其他所有试图买下这栋房子的开发商，也都会面临这样的推脱和障碍。

于是，我给她叔叔打电话，并约在他位于温内特卡的家里见面。我告诉他："您看，我已经买下了周边所有的房产。未来我会在这里盖一座公寓式建筑，里面住的全都是学生。您的侄女已经55岁了，她丈夫60岁了。这栋房子已经有100年的历史了，而且正在不断崩坏。我们在小镇另一边按照同样的价格，给她另外找一栋更大、更好的房子，做一次免税的房屋置换吧。"

他点头同意了。"如果你能够安排好这一切，让我不用再多拿钱，也不用缴税的话，那我就同意。唯一的要求就是，你必须让我侄女开心。"

我觉得这笔交易几乎已经完成了，于是回到了安阿伯，选定了5栋价格一样的房子，也就是我将为那块地所支付的价格区间——32 000~34 000美元。这5栋房子都很漂亮，每栋房子都要比D太太原先住的房子漂亮很多。有一天我开车带着她来看这些房子，她访遍了每一栋房子，却没有说一句话，我没有得到任何回应。当天结束的时候，我开车带她回家。当临近她房子的拐角时，我们看到有一个人正摇摇晃晃地站在路灯旁边。我指着那个人询问D太太，她说："他是我哥哥。他跟我们住在一起，每晚上都会去酒吧待一会儿。我们今天看了好几栋房子，但我一栋都不喜欢，原因就是我哥哥不会开车。哥哥住的地方,距离市中心最多不能超过8个街区,因为他每天晚上都会到城里的酒吧去喝得酩酊大醉,然后步行回家。"

这才是我们所说的主要未知因素。

"没问题。"我告诉D太太,这是我第一次做出这样的承诺,不过未来还会有很多次。

我于是又把此前已经翻看过很多次的房屋清单拿了出来,给D太太找到了第六栋房子供她选择参考,这栋房子距离市区只有8个街区。我认为这栋房子完美符合她的要求。这栋房子占据了两块地皮,大小跟D太太之前的房子一模一样。这栋房子的暖气和供电系统是全新的,价格只有19 000美元。我带D太太来看这栋房子,她很喜欢,因此我们就准备开始房屋交割的相关流程。但是第二天,D太太给我打电话说:"泽尔先生,我丈夫跟我聊过了,我们决定不再让哥哥继续跟我们住在一起了。"

我回答说:"没问题,这栋房子的二层有一个房间。我们可以把它收拾出来,让你哥哥单独住在那里。"

她说:"这样不行,我哥哥根本爬不上楼梯。我的意思是,如果出去喝了一晚上酒,醉醺醺的,根本不可能爬楼梯。"

我说:"没问题。"

于是,我去咨询承包商的意见,我们发现这栋房子的地下室高达4米。我们为D太太的哥哥设计了一个完美的一居室,他只要走下5级台阶就到家了。另外,车库上面还有一间公寓空出来,D太太可以租出去多赚点钱。

"好的。"她回答说。

我们完成了最终的设计，并且安排承包商在周一早上7：00开始施工。周日晚上11：00的时候，D太太来电话了："泽尔先生，我父亲刚刚跟我聊过，不太愿意让哥哥住在地下室。这样做不对，我们会感到愧疚的。"

我回答说："没问题。明天我会过来看看，会有解决方案的。"

由于买价只有19 000美元，而且房子是建在两块地皮上，我们就有了很大的选择余地。我建议，可以在原来房子的旁边盖一个一居室。我们可以这样设计，如果她哥哥从他一居室的前门进来，一直往前走的话，就会走到浴室里。她很喜欢这个设计。而我最终也完成了这笔交易，为拥有整个街区补足了所需的最后一块拼图。

我清楚记得这件事，是因为在职业生涯中，正是在达成这笔交易的时候，我充分认识到持之以恒的价值所在。我只是预先认为，每一个困难都有对应的解决之道，然后我就会努力找到这个解决办法。这也许是我所认为的企业家精神的最基本的原则，也是我事业总体上大获成功的原因所在。

我跟D太太交往的经历，也充分体现了认真聆听的价值所在，这是所有沟通交流的核心内容。面对别人告诉你的一堆信息，你需要搞清楚对其真正重要的内容是什么。必须照顾好D太太的兄弟，这才是她坚持的底线。让他住得舒服，才是这笔交易达成的关键所在。

交易完成那周的后面几天时间里，我们举办了一场20世纪60年代风格的"自由艺术"聚会。买来的一栋房子的地下室里有好几个旧油漆桶，我们把它们全部拿了出来。我们大概有30个人，疯狂地把油漆泼到墙上，创造出属于我们自己的杰克逊·波洛克（Jackson Pollock）风格作品。这是一场非常有趣且完全颠覆传统的聚会，为一段充满艰难险阻的旅程画上了完美的句号。

经过清算，我们最终拥有大概12栋房子，这些房子彼此之间都离得很近。这是学校周边由个人所持有的最大的一块地皮。第二年，我们把这块地皮卖了出去，价格远超之前为每栋房子所支付的价格总和。买家在林登和牛津之间的盖迪斯大道上，建造了一栋巨大的复合式公寓楼，如今这栋楼依然矗立在那里。

这一系列收购活动以及后续的资产出售，让我第一次对规模经济的价值有了切身体会。随着每多买入一栋房子，整个地段的建筑容量就会更大，就能更有效、更经济地实现可持续发展。通过把各个单独的房产聚合起来，整体地段的价值得到了大幅提升。这种思路意义非凡，而规模经济可以推动价值呈指数级增长，这对我此后整个职业生涯中评估投资机会产生了深刻影响——无论是在房地产行业，还是其他领域。

在法学院的最后一年，我回到芝加哥休假，跟父亲坐在一起聊天，希望他能跟我说说有关他的房地产交易的事情。当时父亲已经东山再起，成为一名成功的商人，他跟同时代的其他人一样，有了一定的资本积累，然后把这些资金通过辛迪加组织投入房地产领域。他告诉我，自己从公寓投资和净租金收入中取得的收益约为4%，当时这也算比较正常。他们投资的所有项目，都位于纽约、洛杉矶、旧金山以及芝加哥这样的大城市，他们从不在其他地方投资。尽管他们的投资策略比较稳健安全，却也受到许多限制。在比如安阿伯这样的小城市，建筑施工成本要低得多，而且更重要的是，这些市场还没有竞争压力。但是辛迪加组织根本不愿去了解这些中小城市，甚至直接对其视而不见。因此在这些规模较小的市场上，并没有真正的资本去投资。在没有竞争的情况下，我就可以设定价格，并且还能操纵市场。

这就是我最初的房地产投资观念。如果能把安阿伯的投资活动复制到其他市场上，那我就会取得更大的成就。我会在那些规模更小、成长速度更快的市场建立投资组合，专注于大学城等市场领域。这些观点在如今看来都再符合逻辑不过了，但当时却没有人敢于吃螃蟹。

1966年，我从法学院毕业。当时的我24岁，银行账户里有25万美元，仅仅当年我就赚了15万美元（折算到2016年，这个收入大约是110万美元）。我已经为家庭生活奠定了坚实的物质基础——这可谓正当其时，因为当年我的孩子马修（Matthew）出生了。两年之后，我的女儿乔安（JoAnn）也来到了我们身边。

我琢磨着，自己是应该继续留在安阿伯，专心经营当地的事业，还是应该进行一些新的尝试。我认为，如果留下来的话，充其量只能算是当地这座小池塘里的大鱼罢了。我需要尝试一下，看一下自己到底能够走多远,如果只待在大学城里的话,就很难做到这一点。如果从来没有测试过自己的能力极限,那怎么会知道自己到底能走多远呢?因此,我跟合伙人把业务卖给了鲍勃·卢瑞,然后就向着芝加哥进发了。

03
我的个人准则

我来到了芝加哥,原本打算在法律行业开启自己的职业生涯,但是在被拒绝了43次之后,我不禁开始怀疑自己。我不知道到底是哪里出了问题。

到达芝加哥之后，我准备在法律行业开始自己的"职业"生涯。当然，我同时也计划继续从事有关房地产行业的交易活动。我本来觉得，自己应该可以轻松地在优秀律师事务所找到一份工作。但是在被拒绝了43次之后，我不禁开始怀疑自己。我不知道到底是哪里出了问题。我虽然不算是特别优秀的学生，但是在密歇根大学法学院读书的时候，我在班级排名也能进前25%，而这所学校本身也是声名远播。但一切都没有用。最终，我有幸与查尔斯·考夫曼（Charles Kaufman）见面，他是芝加哥维德 – 普雷斯 – 考夫曼（Vedder Price Kaufman）律师事务所的创始人和高级合伙人，这家律师事务所约有150名律师。当他的秘书把我带进他的办公室的时候，他正在打电话，并示意我先坐下。打完电话之后，他站起身来带上房门，然后坐在了我的对面，饶有兴致地看了我一眼。

他说："跟我讲讲你经手的交易活动吧。"

我当时就有点儿摸不着头脑。"什么？我到这里是找工作的！"

他摆摆手，说道："我们绝对不会雇你的。你可能会安分守己地工作3个月，但最终还是会回去从事交易活动的。"

对此我只能无奈接受，并准备好再次被拒绝的时候，他进一步解释说："我仔细看过你的简历，从来没有见过像你这样的情况。你不会安于做一名律师，你一定会当一名交易员。如果我们聘用你，那只是在浪费时间，因为即使我们对你进行各种培训，你也绝对不会在这个行当一直干下去的。"

于是现在我终于知道自己为什么不断地被拒绝了，我的简历重点强调了商业经营经历，而没有强调法律教育背景。我原本觉得，律师事务所可能会被我的成就所打动，交易活动会成为自己的加分项。我没有预料到的是，这些活动就跟一些警示信号一样，不断提醒别人说我在律师事务所将永远不会安心快乐地工作。当然，考夫曼是正确的，但我花了稍微长一点的时间才完全理解他的意图。

最终我加入了一家小型律师事务所，也就是芝加哥的耶茨和霍利布（Yates & Holleb）律师事务所。这是我职业生涯中的第一份"工作"，也是唯一的一份。我在那里工作了4天。在4天时间里，一家纺织品公司与北伊利诺伊大学之间签署的一份合同把我折磨得够呛。那份工作简直太可怕了，我为此苦恼不已。第五天的时候，我去见老板，也就是身为初级合伙人的鲍勃·迈克尔森（Bob Michaelson），我告诉他——这只有24岁的年轻人才做得出来——我不觉得整天对着法律合同条款抄抄写写的行为是对个人时间的充分利用。

我的大言不惭让鲍勃感到震惊。他缓过神来问道："那你打算做什么？"

我回答说："我还是要回去从事交易活动。"

他说："好吧，那你为什么不专门从事交易活动呢？我们也会参与投资，负责相关的法律事务，我们也可以在这里为你留一间办公室。"

这个主意听起来不错，于是我同意了。根据协议安排，对于介绍的任何一笔法律业务，我都可以获得50%的提成。这是他们标准的佣金安排，其目的是鼓励年轻的律师招揽业务——也就是为律师事务所带来新客户。但这种制度设立的初衷，并不是针对大量的新业务——当给我支付的佣金以令人吃惊的速度增长的时候，他们很快意识到了这一点。仅仅过了4个星期，由于我从事各类交易而带来的新的法律业务数量太多，他们把我的佣金比例降到了35%。一年之后，我的佣金比例再次下降到25%。

12月的一天下午，在我来到这家公司接近18个月的时候，一位初级合伙人把我叫进了他的办公室。"我才发现你今年竟然挣了这么多钱，"他上下打量了我一番，看起来一副很不高兴的样子，接着说，"听着，如果我不干法律了，只是跟经纪人煲电话粥，那想必我也能赚这么多钱。"这时我才意识到，他根本不知道我在做什么，他以为我只是守在电话旁，然后各种交易就轻松实现了。他在公司从事法律工作，每周工作80个小时，每年能赚25 000美元，而眼前这个25岁的毛头小子每年赚的钱却要比他多三倍。这次交流让我大受启发，直到这个时候我才认识到，自己的职业与主流社会存在巨大的差异。我曾经以为，自己只是不合潮流，却没有意识到，自己走的是一条全然不同的道路。但那个合伙人的观点却让我突然有所醒悟——是时候从这家律师事务所离开了。

我还记得，从公司辞职之后回到了家里，珍妮特当时正身怀六甲。她吃惊地问道："你辞职了？！接下来你要干什么？"

我回答说："就是去做我拿手的事情。"我的回答根本就没有起到什么安慰作用，而尽管没法真正明确地说出来，但我确切地知道自己希望表达的内容。我一心希望变得与众不同，这将深刻影响我未来的发展轨迹。我将会做自己喜欢做的事情，其他任何人的各种规则限制都别想阻碍我前进的步伐。妹夫罗杰（Roger）在位于南拉萨尔街10号的律师事务所还有一件空闲的办公室，于是我就在这间办公室里开办了自己的公司。这成为我至今仍在运营的投资机构的前身。

我所秉持的投资理念，依然是着重关注那些规模较小、高速增长的城市，那里还没有涌入竞争性资本。我不断买入大学城里的公寓建筑，因为我认为这里蕴含着巨大的市场机会。全美大学数量在不断增加，而房地产项目最主要的固定成本，也就是税收和水电费等公共收费，在这些中等城市都要更低一些，因此净利润就会显著高于其他地方。我的公司拥有大约20位投资人，其中包括我的父亲、父亲的一些同事，还有耶茨和霍利布律师事务所的一些律师。

1966年，我完成了人生中第一笔大额资产项目，这是我在安阿伯时就一直运作推动的一个投资项目。那是一栋价值100万美元，拥有 99 个单元的公寓楼,坐落于俄亥俄州托莱多大学(University of Toledo)的正对面。大学城公寓项目恰好契合我的投资经历,我认为这笔交易的收益将会达到 19%。我向父亲推荐了这次投资机会,他找到一位房地产领域的管理者亚瑟·莫尔(Arthur Mohl),希望其能够帮忙核实一下。亚瑟对我提供的所有数据进行了复核,然后得出结论——这笔交易的收益将达到 8%,在当时已经是很不错的收益水平了。因此亚瑟建议我父亲进行投资,他自己也拿了一些钱投了进来。这笔资产很快就开始产生现金流,额度高达亚瑟预测水平的两倍之多,最终的收益达到了 20%。当我开始着手第二笔大额交易的时候,同一批投资人拉着他们的朋友坚定地站在了我的身后。从此以后,投资人队伍越来越长。

当然,我做的交易,规模日益扩大,复杂程度也在成倍增加,承担的风险更是不断提高。父亲还是更喜欢传统稳健的经营模式,因此他最终退出了投资人队伍。我跟父亲只是在投资方式上存在差异,后来我与他分道扬镳,一心按照自己的方式努力前行。

以托莱多作为起点,我们又一步步进入佛罗里达州的坦帕(Tampa)、奥兰多(Orlando)和杰克逊维尔(Jacksonville),还有田纳西州的阿灵顿(Arlington),以及内华达州的里诺市(Reno)。唐·奇泽姆来自安阿伯,作为我的共同投资人,他向我推荐了里诺市的投资机会。当时他正在旧金山参与评估,其间给我打电话说起这件事。"萨姆,我昨天吃午饭的时候,跟一个来自内华达州卡森城(Carson City)的伙计聊天。我跟他说起我们在密歇根州的交易活动,他告诉我他在内华达州的里诺市有一栋含160个单元的公寓楼准备出手,你要不要考虑一下?"

我没什么概念……里诺市?据说那里的人离婚轻率、沉迷赌博?但与此同时,我也坚定地希望抓住每一个投资机会。因此我告诉奇泽姆:"既然你离得这么近,你为什么不亲自去一趟,看一下实地情况呢?"

奇泽姆来到里诺市,仔细考察了一番,然后给我回电话。"萨姆,这座城市真不错。发展速度飞快,那栋公寓完全租出去了,随便都能有19%的现金回报率。"

现金回报率,就是现金投资之后获得的收入回报。还不考虑资产增值的因素,只是现金收益。如果收益能有这么高的话,那我们完全可以承受这个陌生市场的风险。我们完成了这笔交易,而且在里诺市又买入三四栋其他建筑。然后我们又跟同一群交易对手在佛罗里达州开展了更多的交易活动。

我喜欢跟同样的交易对手开展交易。你需要逐渐熟悉对方,然后才能相互建立起信任。如今,我从事的很多交易活动,都可以追溯到10年、20年、30年甚至50年的熟人关系网。无论如何,里诺市投资活动的回报率跟我预计的一样好,甚至还要超出预期。

**

1969年的一天,早上7:00我正坐在办公室,接到了斯坦·温格斯特（Stan Weingast）打来的电话，他是我在纽约认识的一名经纪人。他告诉我，他刚刚跟杰伊·普利兹克（Jay Pritzker）待了一天，杰伊正在寻找一名房地产领域的成功企业家兼律师，年龄在30岁以下，来为他工作。斯坦立即想到了我。

普利兹克的大名无人不知。他们是芝加哥最负盛名的经商家族之一，凯悦酒店集团（Hyatt Hotel）就是他们创办的。杰伊·普利兹克是投资界的传奇人物，他一手创立并且如今正掌管着庞大的投资帝国。能够在一夜之间果断做出大手笔的投资决定，这样的人物寥寥无几，而杰伊就是其中一员。他所掌控的流动资金还有金融网络，使他成为同时代投资领域炙手可热的关键角色。

有机会见到杰伊·普利兹克让我十分激动，但我知道，我根本不希望为任何人工作。因此当斯坦·温格斯特向我推荐的时候，我回答说："既是一名成功的房地产企业家，也是一名律师，如果能够达到这些条件，那我为什么还会甘心为普利兹克或者其他任何人服务呢？"

斯坦说："听着，杰伊可是翻手为云覆手为雨的大人物，你还是见见他吧。"

因此，第二天早上我就去见杰伊了。我到达的时候大概是早上9：00，一直到下午4：30我还没有离开。

他父亲A.N.普利兹克对我盘问了一个小时后，我来到了杰伊的办公室，当时他正在打电话，随后我们讨论了各种交易投资活动，听他讲话简直是一种享受。午餐的时候，他把全套的销售说辞向我和盘托出："你看看我们这里所掌握的，我们所拥有的资源，你可以过来，从事各种交易活动，最终你可以拿走 5% 的收益。"5%！我笑着说："哦，这就是一笔典型的普利兹克式交易吧！"但听了这话之后，他却没有笑。

但我还是留下来，跟他继续聊了一会儿。事实上，我跟杰伊一见如故。我坐在那里，慢慢地对他的了解愈发深入，也非常开心，尽管我很清醒，知道自己绝对不会接受这份工作。

最后，太阳快要下山的时候，我提议说："杰伊，我不会在你手下工作，也不会为任何人工作。我们为什么不一起合伙做生意呢？"

他回答说："好吧。"

我说："我在塔霍湖（Lake Tahoe）那里用房产作抵押借了一笔钱。我认为，这是一个无与伦比的市场机会，我们可以在这个地方进行投资开发。"

杰伊毫不犹豫地说："很好，我们一起合作吧。"

我起身离开，乘坐电梯到达一楼。当电梯门打开的时候，我看到 A.N. 普利兹克正好站在电梯口。他看到我很惊讶："你跟我儿子一直聊到现在？"

我回答说："是啊。"

他说："这么长时间，足够让一栋楼拔地而起了！"

这次跟杰伊的会面，是除了我跟父亲和鲍勃·卢瑞之外，对我职业生涯产生最深远影响的一段关系网络建立的开端。杰伊是我所见过的最聪明的金融从业人士，他教会我如何看待交易，以及如何关注那些可能会促成交易或者破坏交易的各种因素，并引导我以全新的视角来看待市场机会和投资活动。他是我的良师益友，我们的思维方式是如此相似，简直像是有血缘关系。实际上，杰伊要比我大 19 岁，他有时候甚至开玩笑说，当他在我这个年纪的时候，有过脚踩多只船的经历，我一定是他某次不检点行为所导致的"后果"之一。

我曾经参与，事无巨细从头做起来的项目一共只有两个，而我们在塔霍湖的合作项目就是其中的第二个。当以律师的身份在事务所短暂打了 4 天工之后，我决定除了购买现有的地产建筑外，还要成为一名开发商。实际上，我希望在房地产行业打造一家像通用汽车那样的伟大企业。

塔霍湖项目坐落于山脚下，环境优美秀丽。因为当地适合施工的时间很短，我想先在其他地方预先建好各个房屋模块，然后趁着塔霍湖那为数不多适合施工的日子，把这些模块运输过来并迅速搭建起来。建筑项目整体组成得差不多之后，我到现场实地查看。房子的第一层看起来很不错，但当我来到第二层的时候，房间里却显得十分阴沉黑暗。于是我意识到，承包商犯了错误，他们把屋檐搭得太长了，屋檐长度越过了窗户。因此我们本应透过窗户望向优美的群山风景，结果却只能看到屋顶内侧！最终我们在屋顶开口，把"窗户"安装在那里，从而让风景尽收眼底，这样才解决了问题，但这终归算是一个缺陷。而紧随其后的，是我在肯塔基州的列克星敦市的第一个综合性公寓开发项目。在这个项目的开发过程中，一项致命的失误也让我措手不及。项目完工大约80%的时候，我对各个单元进行了查看，眼前的景象让我十分困惑。建筑的一侧是一些面积很小的单元，而另一侧的单元则超级宽敞。查看建筑规划之后，我发现按照规划，建筑中央应该有一条污水管道，只是这个管道并没有建在正中间，而是朝一侧偏移了20%，而建筑施工者就按照这些错误的细节进行了施工。我们已经没有改进的余地了，于是我最终决定把这些面积较小的单元以较低的价格出租出去，而那些较大的单元租价会略高一些。这个项目的回报率其实还不错，但远远没有达到我们的预期。

经历过这几个项目之后，我逐渐意识到，与自己原先的设想相比，房地产开发要更加复杂，风险因素也更多。除了规划上可能出现的问题，城市管理者可能会收取各种名目的新费用，从而导致开发成本大幅提高，影响项目整体的开发进展；经济发展中心可能会发生转移，导致在建筑完工之前，租户的需求就会消失；还有银行可能会要求你立即还贷，诸如此类。

因此，我希望成为一名房地产开发者的热情逐渐冷却了下来。我认为，要想在这个行业实现长远发展，大多数开发商必须保证所获得的50%的收益来源于实际现金流，而另外50%的收益，来源于伴随着建筑物拔地而起的漫长周期而实现的无形收益。除此之外，我不知道还能获得哪些收益。

我的应对之策，就是采取全新的投资理念，崇尚朴素简单的运作风格。建筑开发涉及很多个步骤，而每一步都意味着出现问题的概率又多了一分。

一年之后,当杰伊和我对塔霍湖项目的投资进行清盘的时候,我注意到我俩把一项重要的事情给忘了,于是我给他打电话。我说:"听着,这笔投资结束了,但我刚刚才意识到,我们从来没有签署过正式的合伙协议。如果国税局来检查,而我们却什么文件资料都没有,那可就显得跟傻瓜似的了。"

杰伊回答:"知道啦,知道啦。"明显心不在焉。这就是杰伊,信任是他一直以来从未动摇过的特点之一。相比于交易,他总是在人身上押注更多。一旦杰伊确认我诚心诚意而且头脑灵活,他就会给予无条件的信任和支持。他从来不会给我打电话确认项目进展情况,也从来没有问过我们的投资到底是个什么情况了。这个项目建筑的所有权放在了我的名下。与此同时,一旦出现意外的不利情况,杰伊一定会为我提供相关的支持和帮助,对此我不会有丝毫怀疑。

杰伊教会我如何采用简化策略。他天生具备一种不可思议的能力,能够自如掌控极端复杂的局面,迅速找出其弱点。他总是说,如果一笔交易需要12步才能达成,那其中的关键一定只有一步。其他的步骤要么会自动实现,要么就是不怎么重要。他对风险高度关注。可以这么说,父亲教我如何为人处世,法学院教我如何思考,而杰伊教我如何承担风险。

塔霍湖项目结束之后,我们又一起合作了许多其他项目。其中有一个项目,是1970年落成的洛杉矶百老汇广场。百老汇广场是一座多功能综合体建筑,拥有6.5万平方米的办公空间,3.7万平方米的零售空间，以及能容纳500间客房的凯悦酒店。它是由卡特·霍利·黑尔公司（Carter Hawley Hale，CHH）与奥格登公司（Ogden Corporation）合作开发的联营企业（顺便提一句，几年之后这两家公司都被我收入囊中）。我开始围绕这笔投资展开谈判，其中的复杂程度简直超乎想象。我在不断设计一些以前从未有过的交易结构和术语名词。我找到杰伊跟他诉苦，向他倾诉这笔极度复杂交易的每一个步骤。这个家伙只是扫了我一眼，然后说道："但是，萨姆，面对这样一团糟的局面，其中的关键之处，不就是把这里的办公空间给租出去吗？"果然，这就是全部交易最终得以推进的基础依据。

　　杰伊思维严谨，智商很高，这真的让我羡慕不已。而我也很快就注意到，如果能够把一个问题分解开来，那我就可以直接抓住这个复杂问题的核心。这是一个组织思维的过程，也是一项原则。这不禁让我想起七年级的社会科学课，当时我学会了如何制定大纲。这是相同的核心理念，只是在更复杂的层面上得到了应用。如今我还在使用这样的思维方法。

　　正如许多投资活动一样，出于纳税方面的考虑，百老汇项目必须在年底之前完成。而直至很晚的时候，卖家还在跟其他有意向方"眉来眼去"。因此我们介入的时候，所剩下的时间已经不多了。12月29日，那天是星期二，我跟一群律师坐在会议室里，整整48个小时没有离开。这场谈判紧张激烈，最终令人精疲力竭。谈判中间我撑不住了，从桌子上滑了下去，迅速进入了甜蜜的梦乡，而两位律师继续在我头顶上方唇枪舌剑。我睡了一个半小时,在其他人谈判的时候爬起身来,继续加入这场争辩。

周三下午2:30,显然我们已经达成了共识。在他们草拟合同具体条款的时候,我回到酒店,洗了个澡,理了个发,最终在下午5:00谈判结束之前赶了回来。

我不确定,为了签署这笔交易合同,需要拿出多少现金。我估计应该是800万~1000万美元,但具体金额不清楚。于是我让杰伊给我寄来好几张保付支票,以便根据情况进行支付。

我正坐在理发师的椅子上,这时一位信差过来,把一个信封交给我。我急不可耐地打开,数了一下支票的张数,确保自己有1000万美元。理发师好奇地把头伸过来看,我确定他剪到我的耳朵了!搞笑的是,我当时看起来简直糟透了,已经两天没睡觉了,而且穿着牛仔裤。理发师可能一直在想,我是否有钱支付这次理发的费用。

还是说杰伊吧。他在各个方面都很强势,这其实没什么好奇怪的,我也是这样。但是杰伊总是能击败我,我们一起玩壁球,他轻松取胜;一起玩网球,他轻松取胜;即使玩金拉米①,他还是能获得胜利。我自认为有运动天赋,不管是任何运动项目,我都可以有超过平均水平的表现,但杰伊可以在任何领域击败我。只有一项运动,我知道自己能够超过他,那就是滑雪。我总是喜欢直线滑下去,不

---

① 金拉米是20世纪40年代在美国风行一时的纸牌游戏。——编者注

转弯迂回，不论滑雪赛道如何设置，我总是直接把滑雪杖插下去，然后一往无前。因此，我非常不耐烦地等待着机会，希望能把杰伊拉到滑雪斜坡上比试一番。

1971年1月，完成了百老汇的项目之后，我们决定去犹他州的雪鸟滑雪场（Snowbird）庆祝一下。我当时非常兴奋，我不知道杰伊的滑雪技巧怎么样，但我知道自己特别擅长，因此我觉得在这方面他超过我的概率应该很小。

到达滑雪场的第一天，我们早早起床，坐上了首班电车。在山顶上，我自信地对他笑着大喊道："准备好了吗？出发！"然后我们就往下滑，一路风驰电掣，从山顶滑到半山腰后，我转过身来，却没有发现杰伊的影子。我马上怀疑他可能是从另外一条赛道滑下去了，希望让我出个洋相，这可是典型的杰伊风格。因此我继续加速，在剩下的赛道更是快马加鞭。到达山脚之后，还是没有发现杰伊。最终，大约10分钟之后他终于出现了。我立刻跟他开起了玩笑，我当时可真是心花怒放。

他说："我感觉不怎么好，我想要一杯热巧克力。"而我却跟一个老熟人那样，对此视而不见。"一杯热巧克力，你想得挺美！你只是不希望再次被我打败罢了。"我一遍遍重复着类似的话，直到发现杰伊是真的不舒服。他已经上气不接下气了。情况有些不对劲。我终于停下来说："好的，杰伊，我们去喝杯热巧克力。"

等我们一起到了咖啡馆坐下来，他说自己头很疼，需要去拿一些药，却没有回来。20分钟之后，我到药房去查看情况，杰伊正在那里——他已经把衬衫脱了下来,脸上还带着氧气面罩。他的心脏病发作了!我当时完全不知所措。当时,29岁的我跟杰伊·普利兹克待在山脚下,而他的心脏病正在发作,突然之间,我需要承担起照顾这位重量级人士的责任来,我该怎么做才好?

我开始给许多人打电话,包括杰伊的私人医生,还有普利兹克公司的人。当地一位医生正给他做检查,而我却只能无助地在旁边看着,不知道杰伊正在接受的医疗服务是个什么水平。我告诉杰伊在芝加哥的医生,必须立即出发来到雪鸟滑雪场,他回答说:"今天晚上我怎么可能到那里?"我告诉他:"我不管你采取什么办法,是否需要包一架飞机,你只管放手去做就行了。"他回答:"好的,等我电话。"15分钟之后,他给我回电话,说芝加哥大学医学中心的普利兹克医学院提供了一架飞机,上面载有氧气设施和其他装备,他将会在当晚抵达。他们计划把杰伊带回家,在那里能确保他得到最好的治疗。

我终于长舒了一口气。我回到杰伊身边告诉他:"杰伊,我刚跟艾迪打完电话,他包了一架飞机正在赶过来,9点钟他就能到这里。"杰伊吃力地把氧气面罩从脸上挪开,他脸色苍白,神情严肃,抬头看着我说:"他不能乘坐商业航班过来吗?"

最终,杰伊留在了犹他州,在那里接受了很好的治疗,身体也得到康复。两个月之后,他又回来参与到业务经营活动中,我们又一起进行了更多的投资合作。不论是从个人成长角度,还是从职业发展角度,杰伊都对我产生了深远的影响。他为我提供了无与伦比的支持帮助，为我提供了无穷的智慧指引，赋予我无尽的信任。1999年，他因心脏疾病去世，享年76岁，对我而言，对任何跟他熟识的人而言，都是一个巨大的损失。

在跟杰伊合作共处的日子里，我还阅读了威廉·泽肯多夫（William Zeckendorf）的自传。这进一步强化了我一直采用的思维方式，即通过分析具有不同目的的各个组成部分来观察整体。威廉·泽肯多夫可能是当代美国最伟大的房地产开发商之一。他主持建造了曼哈顿街区的一系列著名建筑，还有芝加哥壮丽大道上的大量楼宇。其他的标志性建筑中，由他负责开发的还包括纽约的联合国大厦、洛杉矶的世纪之城、蒙特利尔的玛莉亚城广场。

泽肯多夫的自传中充满了迷人的经历故事，但其中我最感兴趣的还是他的投资策略。泽肯多夫认为，各项资产都是由单个部分所组成的，因此他可以提升整体的价值。不同的部分对不同的买家来说，可能具有更高的价值，因此泽肯多夫就可以最大限度地提升所持有资产的整体价值，这实际上就实现了1+1=3的效果。举例来说，曼哈顿的公园大道一号（One Park Avenue），当时市场价值为1000万美元，在泽肯多夫的手中，其价值最终被推高到1500万美元。他把每一部分资产都单独分割计算，包括这座建筑的名号、所占用的土地、租金，还有个别的抵押资产等。我认为这种思路简直太棒了，最初我把这种方法应用在房地产行业，随后又推广到其他领域。

***

此时，鲍勃·卢瑞成了我的合伙人。实际上，他是我最亲密的朋友，也是我唯一的业务伙伴。1967年离开安阿伯之前，带着一个24岁年轻人拥有的傲慢和轻狂，我跟鲍勃说："如果你不想在这里混了，希望跟一些大人物玩玩，随时给我打电话。"到了1969年的时候，他给我来电话了。

他问道："还记得你跟我说的最后一句话吗？"当时，鲍勃已经获得了机械工程专业的硕士学位，而我们当时卖给他的那块业务，在经历了一次学生拒付租金的打击之后就一蹶不振了。他已经准备离开密歇根州重新开始了。

我回答说："当然记得。"

"我已经准备好了。"

我毫不犹豫地发出邀请："一起来吧。"

于是，鲍勃卖掉了安阿伯的公寓管理业务，来到了芝加哥。我俩谁都没有想到，我们的合作会给彼此带来如此丰厚的回报，让我们变得极为富有。

合作一开始，我就告诉鲍勃，我不希望他成为我手下的员工，我希望他成为我的合伙人。我们达成了无声的约定，希望未来双方最终能够实现平等的合伙关系。此后，每笔投资完成之后，我们都会进行分润。随着一笔笔投资交易的实现和贡献的不断增加，鲍勃在公司的股权份额也在稳步增长。最初我们双方的股权份额比例是 81 ∶ 15，到了 1974 年，该份额变成 66 ∶ 33，1976 年变成 60 ∶ 40，而到 1978 年的时候，这个比例已经是 50 ∶ 50 了。根据我们各自对公司的贡献和双方达成的共识，这样的分配比例十分公平。

除非双方共同承担相同的风险，否则我很难想象一个人怎么会拥有真正的合伙人。鲍勃和我承担着同样的风险，虽然并非一开始就是这样，但在我们合作的绝大部分时间里，确实如此。每当鲍勃说"我们一起来做这笔投资吧"，此时他知道自己的投入绝不会少于我，反之亦然。我们给予彼此 100% 的信任，这一点毋庸置疑。我俩从来没有正式签过书面合伙协议，却能在同一本账上计算收益和损失。如果他希望给家里盖一栋新房子，那他就会从合伙公司账上直接把钱拿出来，而如果我希望给家里盖一栋新房子，同样也会这么做。无论花了什么钱，我俩从来不需要向对方进行解释。

在鲍勃和我看来，业务经营就是不断地解决难题罢了，而且我俩也都拥有无穷无尽的好奇心。面对同一个问题，我俩拥有完全不同的分析思路——鲍勃采用逻辑分析的方式，认为任何事物都有其内在的运行规律，而我主要依靠直觉，更多地依据自己的本能认知，然后我们还总能得出相同的结论。当鲍勃遇到某个问题的时候，他就会汇总各种信息，然后把信息拆分揉碎，最后又采取全然不同的方式把这些信息重新组合起来，这个过程简直令人叹为观止。魔方游戏出现之后，鲍勃只花了十分钟就把它拼好了，对此我们没有丝毫惊讶。

鲍勃思维敏锐深刻，勇于自我反省，而且有时候喜欢剑走偏锋，还拥有自嘲式的幽默感。他有时候比较安静，但是面对别人可能需要说一大段话才能描述明白的事情，他用一句话就能表达清楚。

在我们最初合作的两年时间里，鲍勃主要驻扎在里诺市，负责管理那里的资产运作。他在那里主持工作的时候，工程师工会试图让我们的一家建筑企业加入工会组织。这家企业只有13名员工，而鲍勃对这13个人了如指掌，这本来就是他的专长。工会投票按计划将在一天下午的3：00举行。当天下午1：00的时候，鲍勃给我打电话，说一切都已经尘埃落定——我们没有一个员工会为加入工会投赞成票。然而，两个小时之后，他又给我打电话，说我们在这场投票中一败涂地。我俩永远也不会忘记这场教训，此后也经常提起来作为警示——直到最后一刻交易全部落定之前，千万不要一厢情愿地认为一切都搞定了。

1971年，当鲍勃回到芝加哥以后，我们搬到了南拉萨尔街10号，这里的办公空间更为宽敞一些。正是从这时开始，我们的股本集团投资公司（EGI）开始真正起飞成长。EGI日后将成为意义更为广阔的"股本"品牌的基础，这也是我们最终的发展愿景。如今，该品牌下辖6家企业，每家企业的价值或者管理的资产都高达数十亿美元。在20世纪70年代早期，我们总共只有10名员工。其中的核心员工包括鲍勃和我，会计师埃特·格林伯格（Art Greenberg），还有内部审计师格里·斯佩克特（Gerry Spector）。

最开始的时候，鲍勃和我就坚定地希望建立一套精英模式的管理机制。EGI实行企业化经营，运作的基础是透明清晰、自发主动、富有创造精神、相互信任和志同道合。我们支付足够多的薪水让员工可以过上舒适的生活，但员工要想获得职业生涯的进步成长，就必须积极参与到投资业务活动中。也就是说，真正能够拿到手的钱源于交易利润，也就是每笔交易所赚取的利润百分比，而不是死工资。公司并没有什么轻而易举就能赚大钱的项目，各项奖励都要基于公司的年度业绩，而不是每完成一笔交易就坐地分钱。实际上，团队的每个人都会受益于其他所有人的业绩表现，因此我们一直保持着良好轻快的内部竞争机制，与此同时，每个人也都会积极主动提供配合，为其他人的成功创造条件。几十年以来，这种基本的原则理念从来没有改变过。

　　鲍勃和我在 EGI 开创的独特的企业文化，最终成了我们公司的靓丽标志。我们摒弃了所有的虚张声势，制定了随意着装的办公室制度——就这方面来看，相信我，在 20 世纪 70 年代那古板严肃的金融界是闻所未闻的。我们是商务休闲着装的创设人和发明者。我们的理念是，如果你穿着奇装异服，在专业领域方面十分优秀，那可以说你是个怪人。但如果你身着奇装异服，工作业绩却只能说是过得去，那就只能说你是个傻子了。我们决心让所有人都知道，即使不走寻常路，我们仍然可以大获成功。

　　鲍勃跟我一样，也总是喜欢打破常规。他留着一头爆炸式红色卷曲长发，发际线有点儿靠后，还有长长的连鬓胡子，嘴上蓄着浓密的八字胡，看起来就像是他把手指头放进了插座里一样。他几乎每天穿着同样的李维斯牛仔裤，腰上系着同样的腰带，上身总是同样的格子衬衫，脚上总是同样的齐佩瓦（Chippewa）工装靴。唯一的变化，就是冬天他会穿法兰绒衬衫，夏天换成棉质衬衫。实际上，每款衣服，他每次都会成批买好几件，每次5~10件，因为他担心其中有些衣服可能会停产。而且，在每件衣服的标签上，他都会用黑色洗衣笔记下来购买的日期。我还记得鲍勃曾经跟我说，他儿子杰西大约5岁的时候，班上同学正在学习认字，老师举着一幅画，上面是一个人穿着西装，而杰西根本不认识这是什么。当然，我的穿衣打扮也绝对算不上是正统。我喜欢牛仔裤和尼克衬衫，也就是涤纶料子的系扣领衬衣，通常设计比较随意，颜色也比较前卫。这种衬衫我收藏了一大堆。如果是特殊场合，我就会穿上红色的连衣皮裤。

当时几乎没有人听说过我们这家公司。1973年，我们在休斯敦买下了一栋大型公寓，鲍勃不得不出差到那里去取一张100万美元的汇票，然后完成这笔交易。我给公司的芝加哥银行经理打电话，告诉他："我现在正把钱汇到我们的账户上，鲍勃会去取。你最好通知休斯敦银行的经办人员做好准备。如果鲍勃到的时候，他还没有准备好，那这笔交易就泡汤了。银行里没有人会相信鲍勃是来合法地取走100万美元的。你要告诉银行的人，鲍勃穿着格子上衣和牛仔裤，还有一双靴子，而且是扎眼的红色爆炸头。"

我们的银行经理通知了他的休斯敦同行，并且汇入了100万美元。当鲍勃走进休斯敦银行大厅的时候，银行副主管跑过来欢迎他："卢瑞先生，你好！"

鲍勃很纳闷，他看着对方问："你怎么会认识我？"

这个银行的伙计回答说："是这样的，乔打电话告诉我说，您是一位有个性的人物，而且您是来我们银行的第一位有个性的人物。"

我们办公室的风格也跟我们的着装打扮一样，甚至跟我们的投资交易风格一样。主要办公区域的墙壁上贴满了迈拉壁纸，以夸张的明黄色和其他颜色为主。我的办公室是亮眼的红色风格。霍华德·沃尔克（Howard Walker）是律师团队成员之一，也是我的老朋友，他曾经说过，当他来到公司的时候，他觉得好像是走进了"黄箭"（Juicy Fruit）口香糖的包装袋里面。合伙人和投资者觉得我们的办公室就像是"狂野西部"（Wild West），他们喜欢在我们这里见面沟通，因为这里的设计十分有趣而且与众不同，与公司实现的两位数甚至三位数的投资收益形成了巨大的反差。

我们的办公桌都离得很近，没有人会把自己办公室的门关起来。我们总是播放一些背景音乐，比如说滚石乐队（Rolling Stones）、披头士乐队（Beatles）、妈妈爸爸乐队（Mamas and the Papas）、第五维度乐队（Fifth Dimension）的作品（即使现在，如果你打电话到我们办公室，依然可以听到披头士乐队的彩铃声）。当需要别人帮助的时候，大声喊出来就行了。"格林伯格，过来一下！"或者是"斯佩克特！"或者是其他任何人。当员工在办公室开会讨论时，有时还会因为隔壁屋里传过来的反对意见而紧张起来。但这就是我们的工作方式。

在公司中，鲍勃通常代表着理性的一面。他属于"对内先生"，是接线员；而我属于"对外先生"，也就是推销员。我属于先天乐观派，而他则是务实悲观派。当然，除非我有时候成为悲观主义者，鲍勃就不得不选择站到对立面去。

鲍勃经常说："你知道我在这里是干什么的吗？我是专门来说不的。"为了强调这一点，他在办公室墙上贴上贾斯培·琼斯（Jasper Johns）的版画，上面有一个波浪形的箭头指向一点，箭头下方写着一个"不"字。很多时候，我会兴冲冲地冲进鲍勃的办公室，激动地向他介绍一个新的投资机会，准备大展拳脚，这个时候，鲍勃就会给我泼盆冷水，然后我就出来又开始想下一个点子了。公司员工经常说，鲍勃就像是我们这个小家庭的妈妈一样，而我的角色则有点类似于爸爸。

鲍勃所广为人知的，是他经常在餐巾纸和便签上随手写下各种交易条款和其他笔记。有人向他提一个问题，他就会拿出这些纸片，翻找一番，然后给出相应的回答。不知为什么，他总能将东西整理得井井有条，并且总能找到自己想要的东西。

鲍勃极为精打细算，而且总是能够关注到公司每一分钱的动向。他总是留心寻找任何可以重复使用的物品，有时候会到其他人的办公室里，一边聊天，一边随手翻一翻旁边的废纸篓。他会把那些上面仍然夹着曲别针的纸张捡出来，同时继续和对方聊天，就好像是这一切没什么特别一样。鲍勃会把这些曲别针拿下来，然后交给这位同事，结束聊天，转身离开。

鲍勃也是一个极为幽默的家伙，大家总是很容易听到他的笑声。对他来说，世界是如此的简单和美好。他身高1.7米，因此他走到哪里，哪里就会在谁更高这个问题上开起玩笑来。有一次，在一笔大型并购业务的过程中，他在并购合同上加了一行，"关于这个问题，谁个子更高，谁就有发言权"。参与这笔交易的人都没发现这个问题，我当然更不会发现，面对一份合同，我根本不知道该从哪里读起。实际上，我从没有从头到尾通读过一份合同，但是鲍勃却会仔细阅读每一份合同，仔细咀嚼每一项条款。

办公室里有时会相互开一些无伤大雅的玩笑，这种情况下，鲍勃经常是唆使者。他最喜欢调笑的目标之一，就是公司年轻的会计师埃特·格林伯格。埃特表情总是十分严肃，一副固执刻板的样子，因此跟他开玩笑总是很有意思。有一年，在发奖金的时候，我们给埃特发了5000美元的现金奖励。鲍勃把这些钱装在了一个上了密码锁的公文包里，然后把它拿给了埃特，却没有把密码告诉他。

每过一段时间，我们就会在办公室里搞一些恶作剧。公司最早的员工中，其中有一个是伊莲·布鲁姆奎斯特（Elaine Bloomquist），她可谓多才多艺，还是一名艺术家，可以制作真人大小的填充人偶。她照着鲍勃的样子制作了一个人偶，在鲍勃出长差的时候，我们就把这个人偶放在他的办公室座椅上。在我的请求下，伊莲还给吉姆·哈珀（Jim Harper）制作了一个人偶，吉姆是公司在大陆银行（Continental Bank）的首席银行家，20世纪70年代，大陆银行是我们许多投资交易的主要贷款人。有一年，在吉姆生日的时候，我们把他调出了办公室，然后把这个人偶放到了他的椅子上。我本来计划等吉姆回来，看他回到办公室看到人偶将会作何反应，但我临时有事耽搁了。等最终来到他办公室，我看到他的人偶正坐在椅子上，拿着一支笔，倚着桌子在纸上写着什么。我靠近才看清楚，纸上写着两个字——"还钱"。还是吉姆笑到了最后。

在企业经营之初，我们几乎所有的收益都来自剩余权益，而且公司几乎不收管理费。最终，剩余权益会转化成现金，然后我们又会把这些现金重新投入公司经营业务中。因此，我们手头从来没有任何现金，从来没有。我们拥有大量的资产，但手头的现金却极为匮乏。我们用小本经营的方式来维持公司的日常运作。有一年，我们卖掉了一项资产的最后一部分，获得了3万美元的意外之财，然后立即拿这点钱买了一套立体音响放在办公室里。

20世纪70年代，我们买入了不少地产，其中许多都是亚瑟·科恩（Arthur Cohen）的，他是纽约阿伦物业公司（Arlen Realty）的CEO。1974年，有人把我引荐给亚瑟。4年前，他以全球最大的房地产公司CEO的身份，登上了《财富》杂志的封面。亚瑟十分聪明，特别关注数据，也是一名极为优秀的交易撮合者，但他对实际经营毫无兴趣。由此导致的结果就是，他总是能够达成一些特别出色的交易，最终却无一例外地会把它们搞得一团糟。他总是利用自己名下的房产项目进行杠杆交易，最终导致这些资产丧失继续运作的能力。我认为他很清楚这一点，只不过是在拖延时间，直到下一次市场危机，可以有机会与贷款机构重新协商贷款条款。阿伦物业公司曾经收购过一只离岸房地产共同基金，该基金也面临着同业所面临的经典难题，那就是它会投资于一些长期资产项目，却同时允许投资者实施日常赎回操作。当市场不可避免地出现疲软时，这些赎回请求就给阿伦物业公司带来了巨大的现金流压力。

当见到亚瑟的时候，我不禁惊讶于他所主持经营活动的复杂程度。我从未见过有人能够以如此旺盛的精力和如此巧妙的策略，同时处理这么多的交易活动。但他不停地奔波于各笔交易之间，不停地充当着救火队员的角色。他对现金的需求，既巨大又迫切。鲍勃和我手上有充足的现金流，而且能够迅速高效地进行决策，这使得我们在与亚瑟的交易中占据了有利位置。这是我初次认识到快速决策和稳妥行动的价值。而我们最终也因为这种强有力的竞争特点声名鹊起，同时赢得了许多交易大单——即使有时候我们所报的价格可能并非最高。

因此，鲍勃和我开始迅速介入，把阿伦物业公司投资的许多建筑收入囊中，同时在这个过程中，我们也给其他人提供了有关运营的意见建议。在长达4年的时间里，我几乎每周二的早上，都会和亚瑟在他位于纽约奥林匹克中心的公寓里共进早餐，用这个时间来快速过一遍我们正在分拆或者购买的交易项目。这段时间的经历，对我未来几年产生了深刻的影响，让我对房地产领域的认识得到进一步深化和拓展。其中最重要的收获，就是了解了选择权的价值。亚瑟简直是最懂选择权的。很多时候，他并不急于做出承诺，而是耐心等待更有利的时机，从而保持了自己的主动权和自由意志。

***

我的业务经营得相当不错,这种情况一直持续到 1976 年。几年之前,我们在里诺市买下了一栋高层酒店式公寓。跟对手的谈判已经延续了一年多时间,双方胶着的点在于,我希望支付的价格与房主愿意接受的价格之间存在不小的差距,当然这一切都是按照税后的额度来计算的。房主说:"听着,我已经仔细计算过了,对我来说你的报价根本不划算,因为需要缴的税太高了。"

我下定决心,一定要想办法把这件事情搞定,于是去找我妹夫罗杰所在的律师事务所,向他咨询这笔交易。罗杰是在哈佛大学受过培训的律师,在业内名声无可挑剔,当面临房地产交易的问题,特别是涉及税收等影响因素时,我一般会找他进行咨询。他请另一位合伙人帮忙,为这笔交易精心设计了一份复杂的税收结构,罗杰担任拟稿人。我认为这笔交易十分精巧,却从来没有想过它可能不合法。最终我们达成了这笔交易,各方都很满意。

几年之后,在我毫不知情的情况下,罗杰的律师事务所,更确切地说,是我在里诺市的那笔房产交易的策划者,成为国税局的调查对象。那笔交易被卷入了一系列与国税局对该律师事务所的调查无关的事情中。这次问询持续了一年半的时间。1976 年,问询最终成为正式的调查,我被"邀请"到里诺市,有人告诉我,国税局已经组建了一个大陪审团在等着我了。

我在里诺市见到了国税局的调查员,他问我打算怎么对大陪审团说明这件事。我跟他解释了这笔交易的来龙去脉，他深深地看了我一眼，然后跟我交底："如果你不帮我们把这个家伙（罗杰的合伙人）拿下，那我们是不会轻易放过你的。"

我一辈子都不会忘记坐在那里等待被问询的情景。当时是下午5点钟左右，天色渐渐暗了下来，这让人感觉十分孤单。但我还是看着国税局的调查员说道："你看，我已经把真相告诉你了。我不会说谎，也不会编故事，我只不过是一个信任自己税务律师的生意人罢了。"

他答复说："好吧，那我们就不得不起诉你了。"随后他们也确实这样做了，他们起诉了我和律师事务所的三名律师，其中包括罗杰。

我自己也聘请了律师，一旦国税局打交道的对象从一个房地产领域的毛头小子变成了他的专业律师，这些人在里诺市交易这个问题上给我的压力就不一样了。他们的大意就是，"你出庭做证，讲出实情，然后在最终审判的时候我们会撤销对你的指控"。而具体进展正是照着这样的剧本展开的。

我来到法庭表示对罗杰的支持。我不知道事情最终将如何处理，但当证据被一件件展示出来的时候，陪审员们的表情让我印象深刻。他们似乎站在了政府那一边，我也越来越坚信，他们会让某个人做出赔偿。问题在于谁来赔偿，金额又是多少？我庆幸自己无须处在这样水深火热的境地中，但和家里人都十分担心罗杰的状况。判决结果出来，是最差的结果。国税局最初瞄准的律师，也就是这笔交易的设计者被宣告无罪，而在文件上签字的罗杰却被判罪名成立，这一点儿也不公平。我们全家紧紧地团结在一起，熬过了这场磨难，如今罗杰和我继续保持着紧密的联系，但那真的是一段灰暗的日子。

这件事对我造成了不小的影响。人们并不关注我的清白无辜，只在乎我的履历中出现了污点——我曾经被起诉过。这件事的影响首次出现，是在跟西北互惠人寿保险公司（Northwestern Mutual Life Insurance Company）开展融资合作的时候。早在20世纪60年代，我就和这家公司建立了合作，它是我合作的第一个机构投资者。我们的关系一直相当不错，但他们因为这件事而产生了一些犹豫。他们邀请我的律师跟我一起，去把这件事情解释清楚，如今我还清楚准确地记得我的律师在描述我被起诉时所用的一个比喻："萨姆正站在火车站台上等车。火车进站了却根本没有停车，结果就把站台上的所有人卷进了轨道。"西北互惠人寿保险公司把这些情况搞清楚之后，才继续跟我合作完成了交易。

当年第二次影响也找上了我们，这是在另外一笔交易过程中，我试图从某家银行买入一项不良资产。银行声称，因为我曾经被指控过，所以他们不能提供融资支持，也不能把这笔资产卖给我。于是我早期的投资者之一，欧文·哈里斯（Irving Harris）出来为这笔交易站台。对我来说，这种忠诚和信任意义非凡，同时也成为一把尺子，用来衡量检验那些真正了解我的人。面对那些大获成功的人，锦上添花这类事情做起来毫不费力。但是冒着让自己名声受损的风险，去支持一个有不法行径的人——即使对他的指控是捕风捉影，可不是一件容易的事情。在那段时间里，我不时得到这样的支持，提供帮助的都是过去跟我曾经有过业务往来的人。他们真正了解我，也知道我日常如何经营管理事务。对我来说，这一切都源于父亲所说的，要做一个名声好的人。

随着业务范围的不断扩展，我逐渐意识到，有必要聘用一名值得我们充分信任的内部律师，让他负责监督公司所有业务事项的合规性。我把目光投向了谢莉·罗森博格（Sheli Rosenberg），作为一名年轻的女性，她通过在顶级律师事务所的从业经历赢得了社会的认同和赞许。谢莉是成功登顶该行业巅峰的第一批女性之一，我觉得她一定很坚强。但当我穿着橙绿色的连体裤，来到她那一丝不苟的办公室拜访她时，她丝毫没有掩饰自己的厌恶。她断然拒绝了我的要求，还有她丈夫也对此表示反对。我们办公室的吵闹喧哗早已声名远播，我们的穿着打扮也总是花里胡哨，办公室里播放的摇滚音乐从不停息，那是一个宽松随意的工作环境。他担心这些会影响谢莉的名声。

但我并没有就此放弃。我花了 8 个月的时间，最终说服谢莉登上了我们这条船，然后她在这里一直待了 20 年。谢莉并没有局限在传统律师所涉足的领域，我们发现，她也很喜欢投资交易。谢莉喜欢交易过程中的激情，也勇于承担相关的风险，这跟公司的文化风格十分契合。谢莉不仅在专业方面十分出色，而且在公司也备受大家尊重，她能照顾到公司的每个角落，还成了大家的良师益友。

当有问题的时候，大家就会向她寻求建议和帮助。从许多方面来说，谢莉变成了公司道德规范方面的掌舵人。

最终，我们成立了公司的法务部，这使得我们对公司法律事务的进度和效率有了更好的把控。这个团队发展壮大，最终成为一支拥有超过30名律师的庞大团队。此后，在20世纪90年代，当我们开始通过一系列IPO（首次公开发行）将公司的各笔私人投资变现时，由于可能会导致潜在的利益冲突，我们最终解散了内部法律团队。

鲍勃去世后不久，大约是谢莉加入公司10年之后，我让她成为公司的CEO。虽然不知道当时金融界有多少女性做CEO，但我很确定数量并不会很多。

诚信正直并不仅仅是简单遵守法律条文的规定，这关系到你如何待人接物，如何以公平、公开的态度开展业务，当然也包括信守诺言。我特别不能忍受地痞流氓的行径，也不能忍受有些人出言不逊、鬼祟阴暗，或者是有被动攻击行为。如果我遇到这种情况，通常会让他们承担起相应的后果。有一天，我收到来自大陆银行的电话，谈到他们近期为我们所提供的一笔新的贷款承诺。他们发现，如果发放了这笔新的贷款，就会超过该银行对单一客户发放贷款的限额。于是他们问道，我们是不是可以把公司现有的某笔贷款转给其他银行。我随即打电话给蒂姆·卡拉汉（Tim Callahan），他是我们公司在化学银行（Chemical Bank）的贷款专员，他同意我们拿另外几项资产作抵押，为公司提供资金。他告诉化学银行的外部律师，他需要尽快把这笔贷款搞定，以免耽误我们公司跟大陆银行的其他交易。

我们开始着手这笔业务，化学银行的律师晃晃悠悠地出场了，他的所作所为令人出离愤怒。他表现得傲慢自大、冥顽不灵、反应迟钝，而且对谢莉、其他员工和我本人都出言不逊。他看起来更关心如何提高自己的法律服务费用，而实际上对如何做成这笔交易却毫不用心。

在他参与之前，化学银行准备接手的这笔贷款业务，在60天前刚跟大陆银行结清。我们跟蒂姆已经谈过了所有产权工作和其他细节条款，蒂姆也已经表示同意。但这位新来的律师却要求把所有的文件资料重新再梳理一遍。能够把所有人搞定的谢莉，最后找到我说："这个家伙根本不可理喻。"我的第一反应就是，公司着急完成这笔交易，我们只能自认倒霉，硬着头皮接受他的要求了。

最终我们准备好了所有的文件资料，此时这位律师却要求，在实际交易完成之前，我们必须把费用给他支付了。实际上，他是以完成交易来要挟我们，他的这种要求简直太过分了，我们拒绝了。当然交易最终还是完成了。

三个星期之后，公司内部核算部门一位负责审核贷款文件的同事给我打电话，他当时正在计算利率——具体计算公式特别复杂，并确定利率为最优惠利率，而不是我之前和化学银行商定的最优惠利率上浮一个百分点。

于是我给蒂姆打电话说："贷款文件中有一个错误，我得把它改过来。此前我同意最优惠利率上浮一个百分点的条件，我也会按照这个利率支付利息。但我请你想象一下这样一种情形。双方达成了协议并且早已签署了合同。然后A方找了一名律师，坚持要把双方早已经同意的文件重新过一遍，其间把B方折腾得够呛，中间这个律师还出言不逊而且态度傲慢，拖延双方敲定协议的进程。然后B方发现，这个烦人的律师坚持重新修改合同，在其中加入了对其自身客户不利的条款，从而把双方的协议搞得乱七八糟。当然，B方没有落井下石，而是采取了正确的方式，把这件事通知了自己的交易对手，然后又重新确认了此前已经达成的利率。现在，我觉得你应该帮我做一些事情了。"

我让蒂姆给他的律师打电话，告诉那个律师化学银行已经发现了这个问题，希望他能够迅速把这件事情解决。于是这个律师就给谢莉打电话，说合同有个小问题，属于印刷排版方面的错误，他会把修正之后的版本发过来，让我重新签字。

谢莉早已经准备好了说辞，就等着这个人打电话过来。她回复说："我不知道。对于你处理这笔交易的做法，还有你对待萨姆员工的方式，他可都极为不满。我不确定他愿不愿意签署合同，但我可以试一下。"

这个律师立刻勃然大怒："这太荒谬了！他当然得签字。"

他把修正后的合同发过来，我们就把文件晾在了那里。

一个星期之后，这个律师给谢莉打电话。她答复说："我试过了，但是萨姆特别生气，他不肯签字。"

这个律师简直不敢相信:"这不可能,告诉他必须签字。"

我打电话给化学银行的蒂姆,让他给律师打电话,问问改动的条款内容是什么。蒂姆于是打电话问了一下。

这个律师又一次给谢莉打电话。突然之间,他就把姿态放低了,开始讲究职业礼节,请求我们配合协作。

我们又继续晾了他一个星期,然后蒂姆给我打电话,问了我一个假设性的问题:"如果说有个人已经被架到了断头台上,脑袋也已经套进了绞索里。陷阱门打开之后,你多长时间才会把绳子砍断呢?"

我笑了起来,也明白了他的意思,是时候让这个律师停止挣扎闹腾了。我回答说:"好的,但我还希望多做一件事情。"

谢莉给这个律师打电话,告诉他说:"萨姆已经同意签署修订后的合同条款了,前提是,你放弃你的法律咨询费,并且让你所在的律师事务所正式来函为你的行为道歉。"他勉强同意了,并把这个要求进行了传达。

三个星期之后,这家律师事务所的一位高级合伙人要求与我见面。我们一起吃了早餐,他解释说,他的人已经在未经授权的情况下,自愿签署了放弃费用的承诺文件,但是律师事务所不能公开正式发布这种书面的认错声明。

我向他保证绝不会把这份文件流传出去,而且我也信守了诺言,但这段经历还是让我有了一段不错的故事素材。

04 坟墓舞者

美国历史上最大规模的房地产贷款和建筑热潮，造成了大量房地产"僵尸"企业，于是就相应地出现了某个人或者公司专门让这些企业起死回生——这也正是我"坟墓舞者"称号的由来。

我们在经营过程中乐趣颇多，而且业绩表现也相当不错。我意识到，投资经营的基本原则就是要简单直接，这很大程度上是有关风险管理的工作。如果一笔交易带来的潜在损失远大于可能获得的收益，那就选择另一条路吧。而如果潜在收益远大于可能的损失，那这笔交易就可以放手去做。一定要确保所得收益与所承担风险相匹配，并且永远不要去冒自己无法承受的风险。把事情想得简单一些，如果一件事需要四步而不是一步才能完成，那也就意味着，你所面临的失败风险又多了三个环节。

我经常会想起第一次走进经济学课堂时，老师在黑板上所写的内容：供给和需求。实际上，我职业生涯的绝大部分时间，都在理解这条基本原则并按照该原则行事——无论是房地产行业、石油天然气行业、制造行业，还是其他什么行业。市场机会经常就存在于供给和需求的错配之中，这可能是需求不断增加而供给保持平稳或者不断减少，也可能是需求保持平稳而供给不断减少。

一旦出现错配，我就会关注供需这两条线将在何处交汇，然后确定购买或建造哪个更划算。通常的解决方案是实施并购，这会将业务发展中的内在风险消弭于无形之中。我喜欢以低于重置成本的价格进行投资，从而创造竞争优势。

对于供需基本原则的热衷和推崇，无意间让我得到了"坟墓舞者"的称号，我来说明一下情况。

到20世纪70年代初，我的投资理念，也就是专注于那些高速成长的小型城市的房地产市场，已经逐渐失去了发展空间。整个投资界都在这样干，这些小城市不断涌入新的竞争性资本，来追逐资产，导致资本回报率（也就是以预期收入计算的收益率水平）降低，并且使这些市场上的房地产价格不断提高。面对这种情况，在较短的一段时间里，我不再购买市场上现有的资产，而是转向为新的房地产开发项目提供融资支持。与独自承担项目全部风险的开发商不同，我根据可衡量的进度标准逐步投入项目建设所需的资本。

在开发商开工建设之前，我就成为其合伙人。我事先表示同意，一旦建筑完工，就会将确定金额的工程款支付给他，以此来对该工程项目实施控制。项目开始之初我支付一部分工程款，项目完工之后再支付一部分，当开发商的项目达到80%左右的入住率时再支付一部分。我设计这种交易结构，是为了获得最大的税收减免，从而增加我的剩余权益，有利于我们获得实实在在的投资收益。

到了1973年，我开始意识到，商业房地产领域的供需均衡局面已经逐渐走向失控的边缘。对我来说，这方面的先兆就是公司在佛罗里达州奥兰多市的卡皮斯特拉诺（Capistrano）公寓项目，这是一栋十分漂亮的临湖建筑。我们在1971年完成了这个项目，在一年之内入住率就达到了100%。但是到了1973年中的时候，在这个建筑旁边，还有其他6栋公寓楼正在施工。迪士尼世界正在计划扩张，而该地区的人们对多户住宅建筑存在极高的增长预期，这简直令人瞠目结舌。我当时就意识到，我们手头是否掌握着最好的建筑项目其实已无关紧要，市场上的供应量实在太多了。因此，租金的大幅下降是无可避免的，而我们也会跟其他人一样遭受损失。我又查看了美国其他地方，看是否也存在这种情况，我很确定，同样的情景正在全美其他城市上演。房地产行业正处于建设的狂热期，仿佛没有上限，这种情况最终可不会有好的收场。

在那个年代，大量新投资涌入房地产行业，对市场的影响也开始逐渐显现。首先，有大量借款人坚定地为房地产领域提供资金支持。每家银行或者保险公司的年度支出，都会拿出固定数量的贷款额，比如说50亿美元用于投资。分支机构会把一部分贷款额度留给债券，一部分额度留给股票，在年底还有一部分额度留给房地产。当时的规则要求是，如果分支机构没有在年底把分配给自己的全部贷款额度都用掉，那就需要把剩下的部分返还给母公司。毫无疑问，各家分支结构绝对不会把这些再交上去。因此，20世纪70年代的贷款机构经常以远低于通货膨胀率的名义利率发放贷款。他们声称这样做是为了维护市场份额，维持员工队伍。这可真是典型的机构僵化和官僚主义思维。

还有其他新的资金，通过早期REITs（房地产投资信托基金）

的方式流入房地产领域。1969 年，詹姆斯·哈珀（James Harper）萌生了一个主意，利用 REITs 为短期商业建筑贷款提供融资支持。随后，在 REITs 支持下，建筑行业规模在三年之内从 10 亿美元剧增至 210 亿美元，推动了大规模的房地产开发。各家机构跟疯了似的不停设立 REITs，这些都属于对风险因素熟视无睹的低成本资金，其假设前提就是，房地产行业将会主动创造出巨大的需求，而不是对社会需求做出被动反应。我们完全可以预测到相应的后果，过度供给必将导致损失惨重，仅仅两年之后，210 亿美元的 REITs 就骤然缩水至 110 亿美元。

在美国，房地产行业一直存在一个重大缺陷：行业发展的规模与市场资金的可获得性密切相关，而与市场需求的联系却并不紧密。长期以来，一旦能够轻易获得资金，房地产行业就会出现过热迹象，而丝毫不考虑当这些建筑拔地而起之后，谁会去填满这些空置的房间。

当起重机点缀着每个大型城市的天际线时，整个国家却开始陷入经济衰退的泥潭。市场供应量开始增加，但需求的前景却难言乐观。当时我就已经确信，我们正朝着严重的供过于求的方向一路狂奔，一场经济危机即将来临。

于是我要求"停一下"。然后采取了相应的措施。

我停止买入各类资产，开始积累资金，采取措施准备迎接买入良机。这应该是我职业生涯迄今为止面临的最大的一次市场机会，对此我深信不疑。我的投资理念是，在接下来的五年当中，我们将有机会通过收购陷入困境的不动产而大赚一笔。于是我成立了一家物业管理公司，也就是第一物业管理公司（First Property Management Company，简写为FPM），专门用于收购这类廉价资产。

当时每个人都觉得我疯了。毕竟，房屋入住率依然超过90%，市场对房产的接受程度依然很高，公司依然在不断招人。人们不停地对我说，我并没有搞清楚形势，这样的情形在历史上曾经出现了很多次，而这只是其中的一次。

但我根本不会听从这些人的建议。音乐还未停止，我就退场了，这是我职业生涯迄今为止所承担过的最大的风险。毕竟，当时我已经有一批忠实的投资者，如果我抽身而退而市场风险并没有被触发，他们会怎么看我呢？这意味着，由于我的缘故，他们将会损失一大波红利。这是对我个人投资理念的现实测试，但我还是会坚持遵从市场供需的基本原则。

事实证明我是正确的。不到一年后，1974年，市场一片暴跌，损失极为惨重。一夜之间，我们就能以50%的价格把许多资产收入囊中。

当时，金融机构不被要求以市值计价，也就是说，它们无须将资产的账面价值调整到这类资产实际出售的当前市场价格。如果你是一家保险公司，你可以选择不按市值计价，如果你决定对交易实施重组，并且通过这种方式可以将资产价值在5年之内恢复至账面价值，那就可以避免资产负债表受到冲击。此时我就会介入，为他们提供这些问题的解决方案。对我而言，这正是身为企业家的核心和本质——不仅能识别各种问题，同时还能提供相应的解决方案。

我会仔细查看每一个房地产项目，根据其当前的现金流状况，确定其到底能够承担多少债务。我会以较低的利率对债务进行重组，并象征性地针对该项目拿出1美元的预付款，同时提供有限的现金流担保，确保其不会违约，并能够等待市场形势回暖。

举例来说，如果一栋公寓楼附带着利率7%的10年期贷款，但这栋楼能够负担的利率只有4%，我就会向借款人提供担保，确保担保期间重组之后的贷款不会出现违约情形。我实际上并没有投入资本，而只是提供了有限担保，确保在需要的情况下，弥补贷款赤字以保证其在三年之内不会违约，三年也是我认为市场将恢复供需平衡所需要的时间。这种策略之所以能够成功，是因为借款人唯一的诉求就是拿回这些资产，而这意味着需要全面接管——他们又不想这样做。他们并没有合适的机构可以对这些物业建筑实施管理，但我们有，我们早已经做好了准备。市场上的房源充足，投资机会特别多，我们从公寓业务拓展到了零售和办公楼业务。1974—1977年，我们大约买入了40亿美元的各类资产，所动用的只是1美元的首付现金和一份希望证书。

总体来说，我所选中的目标建筑都有一些共同的参数特征。第一，它们的售价必须低于重置成本。如果我可以根据每单位10 000美元的买入价格设定租金，而新开发项目的重置成本是每单位20 000美元，那么新项目就会在价格因素的作用下，被市场淘汰。

第二，它们必须质量较好，地段上佳，在各个经济周期的业绩表现通常优于市场普遍水准。经济上行周期，租户通常会继续住在原来的地段，而在经济下行周期，随着房租的下降，他们会搬到更好的地段。因此，更优质的资产能够提供更为稳定的现金流，这将在经济下行时为我们提供一定的收益保障。

我所选定的许多建筑也都存在维护保养不及时的问题。尽管建筑本身的结构很不错，但人们往往对其维护和保养不怎么重视。因此我们就可以进行相应改进，这将使我们以更高的租金提供更多的租赁空间，也就提高了资产的价值。

管理如此众多的物业资产，需要我们提高效率、倍加小心，这样才能有效保护并提升它们的价值，我知道这些工作只能交给内部人来操作。这就是FPM可以介入的地方，也是这家新的不良资产管理公司设立的动机所在。我们将新买入的40亿美元资产，包括公寓、办公楼、购物中心、宾馆等，都交由FPM管理。

20世纪70年代对我们来说本可能是一场灾难，对许多房地产领域的机构来说也确实如此。但对我们来说，这是我们乘势而上的10年。10年结束之后，我们公司拥有了规模庞大、标的多元的投资组合，其中有的甚至衍生出这个行业规模最大的两只REITs。

许多年之后，人们经常问我："你怎么知道什么时候买入哪些资产呢？"我所做的，基本上就是创造了一个巨大的套利机会——在一个通货膨胀的环境中，抓住了固定利率资产。实际上我承担的是40亿美元的无追索权债务，此债务的平均利率为6%，而当时整个经济环境的通货膨胀率为9%，甚至更高。这也就是说，每笔交易实现的时候，我其实已经赚了 3% 的利润了——此时我还没对这些资产做任何事情呢。当然，我们挑选的都是一些特别优质的物业，但并非每一个都必须是 A 级。总而言之，这其实就是创造了一笔额度巨大、不可追索、低于通货膨胀率的固定利率债务（在某些情况下是 300~400 个基点，或者说 3%~4%）。一开始，我预计的是 5 年内我们能够赚 5000 万美元（相当于如今的 2.5 亿美元）。但我始料未及的是，美国会让吉米·卡特当选总统。由此导致的结果是，他当选之后所做的每件事情都加剧了通货膨胀，因此我们赚的钱就更多了。

在此期间，我给《房地产评论》（*Real Estate Review*）杂志写过一篇文章，标题是"坟墓舞者"。这个标题从某种程度上来说有点儿开玩笑，而且可能也不准确。我并不是在别人的坟墓跳舞，而是在唤醒亡灵，我在文章中写道：

> 读过当前市面上最畅销的小说之后，我觉得有个故事值得一写。名字已经起好了，就叫《坟墓舞者》。这个故事讲的是，美国历史上最大规模的房地产贷款和建筑热潮，造成了大量房地产"僵尸"企业，面对这种情况，某个人或者公司专门让这些企业起死回生。不知为什么，亚瑟·哈雷（Arthur Haley）和哈罗德·罗宾斯（Harold Robbins）都没有触碰这方面的话题，但这本身包含了畅销小说的所有必要元素，就跟他们在其他满是跌宕起伏和阴谋诡计的小说里所写的一样。

这类夸张的说辞揭示了一个重要的事实：从根本上来说，坟墓起舞其实也是一个能让那些值得挽救的资产重焕生机的机会。这其实是针对我个人能力的一笔赌注，赌的就是我是否能让这些资产出现转机。而我所承担风险的代价只是较为低廉的准入价格。

坟墓起舞需要充足的信心，对未来保持乐观，也需要坚定信念，而且要有不小的勇气。如果只是空想而不付诸行动，即使世界上所有的机会都摆在面前，最终也会一事无成。

我最喜欢的一则寓言，是一个名叫摩西的人的故事。他是一个虔诚的犹太人，在布鲁克林开了一家电器商店。多年以来，他经营得很成功，但后来由于人们开始搬离这个街区，很快他的生意就一落千丈了。因此周六做礼拜的时候，摩西向上帝请求帮助："上帝啊，我从来没有向您要求过任何事情，而且我也一直很虔诚。但现在我有一个问题，我的生意快倒闭了，我希望能中一次彩票大奖。"

第二天早上，摩西买来报纸查看上面的彩票开奖结果，发现自己并没有中奖。接下来的星期六，他再次来到教堂，情况更糟糕了，于是他愈发虔诚地祈祷："上帝，形势更坏了，我的债主每天都上门要账。求求您了，以前我从来没有向您要求过任何东西，但我真的需要中一次彩票大奖。"

跟上次一样，当第二天早上摩西买来报纸查看上面的彩票开奖结果时，依然发现自己没有中奖。到了第三个星期六，他已经陷入了深深的绝望。在教堂里，他再次祈祷："上帝，我必须中奖！"然后从教堂顶上传来上帝的声音："摩西……你必须买一张彩票才行啊！"这个故事的寓意当然是说，如果不勇敢迈出第一步的话，你根本就不会有实现目标的机会。

***

到20世纪70年代中期，公司已经闯出了不小的名头，每年年底的时候，我们都会收到很多礼物，其中既有来自生意伙伴的馈赠，也有一些来自希望跟我们开展交易的客户。我收到许多日历和钢笔，还有数量极多的钥匙链。我觉得有必要礼尚往来，但不太希望把公司名称印刷在这类一次性的物件上。我希望寄送一些更有意义的礼品，一些能够让人们知道我们的发展现状和目标的东西，一些能传达我们对市场看法的物品。于是我设计了一块简单的亚克力板，上面刻着"通晓各类数据让我们常怀敬畏之心"。它向客户传递了我们在面对市场基本事实时的谦卑姿态。我们热衷于投资交易，却绝对不会为了交易而交易。我们所秉持的最基本的原则就是，永远只会动用自己的资金。当事实数据不符合预期时，我们也不会强行操作。在70年代的前五年，房地产市场空前繁荣，我们却没有参与到这场地产盛宴中。"通晓各类数据"意味着，我们要遵从市场的规律——即使市场传达的信息不是你想听的。当然，有时候最好的交易，往往是你选择没有去做的那些。

在1976年那篇名为《坟墓舞者》的文章中，我最后以一句有力的警告作为结尾："在坟墓旁起舞是一门艺术，会给你带来很多潜在的好处。但在欢腾雀跃地舞蹈时必须十分小心谨慎，以免跌倒在墓坑里，导致自己也成了墓穴中的尸体。坟墓舞者与坟墓尸体之间往往只有一线之隔。"

保持警惕十分重要——80年代的情况证明了这一点。1984年，距离《坟墓舞者》发表八年之后，我给同一家杂志社写了《坟墓舞者的归来》。时代已经发生了变化。正如我所写的："跟《李伯大梦》这个故事里的主角李伯一样，坟墓舞者在一个房地产周期结束后会蛰伏，等待下一个周期的到来。"

事实确实如此，在80年代中期，我们开始看到，相比于十年前的情况，市场的狂热程度更进一步，涉及的范围更加广泛，对整个房地产市场造成的威胁程度更高。跟此前一样，市场上存在过多的资本投资，导致房地产供应过度，完全无视市场需求。相对而言，最初这种市场动态会增加房地产市场的吸引力，但行业自律的缺乏，最终将再次导致市场的暴跌。

历史再次重演，而我们的先见之明让我们可以轻松扮演游戏规则的改变者。1980年，我跟鲍勃坐下来，列出了我们不喜欢房地产市场走向的多条原因。首先，我们过去能够取得成功的关键在于市场效率低下。房地产行业一直是高度碎片化的行业，各个市场主体的价值评估和市场预期往往差异很大。随着惠普公司推出了财务计算器，这种情况开始迅速发生变化。一夜之间，任何业主都可以雇一名工商管理硕士拿着HP-12C计算器，计算出未来十年的现金流状况，全然不考虑经济衰退或者租金下滑的影响，以这种方式对投资进行复杂精致的演示——然后,一群急不可耐的投资者就会蜂拥而至,付款买下这栋房子。这可不是我们希望能够参与竞争的领域。其次,在此之前,贷款人所发放的都是长期、固定利率的无追索权贷款。但由于70年代通货膨胀的蔓延,贷款人十分恐慌,于是转而发放短期的浮动利率贷款。我们认为,在通货膨胀的环境下,房地产的真正利润来源于借入长期的固定利率贷款,因为这最终会使贷款的价值出现减损,并可以增加借款人的获利头寸。最后,我们一直将房地产的税收优惠视为对流动性不足所做的补偿,但突然之间,卖家在标价的时候,开始把税收优惠的价值也考虑了进来。

于是我们提出:"如果我们在房地产领域取得了如此大的成功,那我们不正是优秀的商人吗?而如果是优秀的商人,那么指导我们在房地产领域投资的那些原则,难道不会同样适用于其他领域的投资吗?"我们详细察看了供需、市场进入壁垒、税收等所有影响我们在房地产领域决策的因素,并没有发现有什么不同。于是我们制定了一个目标,力争推动投资组合的多元化,到1990年的时候,50%投资于房地产领域,50%投资于非房地产领域。

我们缩减了投资范围,集中关注那些资产密集型但资产负债表不佳的公司,这种投资理论与我们在房地产领域的观念十分类似。我们很喜欢资产密集型的投资,因为即使市场崩溃,我们手头依然还有一些可以变现的资产。对我们来说,科技含量较低的制造业和农业化学品行业都属于最理想的投资目标——其中前者主要是由鲍勃发起推动的,他在工程技术领域积累了丰富的经验,对涉及机械领域的任何投资都充满激情。

这是一个巨大的变化，同时也恰逢我开启另一段新的人生旅程——1979年6月，我跟雪伦开始了第二段婚姻。四年前，珍妮特已经跟我劳燕分飞，但我们依然保持着联系，共同抚养我们的孩子，还有后来的孙子孙女。

我是通过一位朋友兼生意伙伴的介绍，以相亲的方式遇见雪伦的，他坚信我们会十分合拍。雪伦是选美皇后——真正的美国小姐，她来自路易斯安那州。我俩立刻就擦出了火花，共进晚餐的时候，我知道了我俩都喜欢做填字游戏，于是告诉她我的酒店房间里有《纽约时报》周日版的填字游戏，问她是否愿意跟我回去一起玩。雪伦误解了我的意思，但我的本意确实如此。于是当晚我俩在宾馆的露天游泳池里玩填字游戏，一直到晚上11：00。之后我俩开始认真约会，几年之后共结连理。我十分努力去赢得她11岁女儿凯莉的信任，这是雪莉前一段婚姻的孩子，她和雪伦搬到芝加哥之后，我会让她坐到摩托车后座上带她去上学。在凯莉18岁生日那天，我很荣幸能够收养她作为自己的女儿。

话题再回到企业经营上，鲍勃和我决定转型，从单纯的房地产投资机构扩张到包含"企业"投资的机构。美国经济的疲软让我们的决定得到了更好的执行，当时市场哀鸿遍野，为我们这些机会主义投资者提供了大展身手的舞台。经济形势不佳会造成许多问题公司，我们知道市场上蕴藏着巨大的投资机会，因为过度依赖杠杆经营的公司一定会被迫进行重组。它们以较低价格抛售的那些资产，就是我们所捕捉的商机。遭受打击最大的行业包括制造业、建筑业和汽车行业。

大约在同一时间，国会通过了《经济复兴税收法案》。在该法案中，将净经营亏损延后抵扣（net operating loss carry-forwards，简写为 NOLs）期限从 7 年延长到 15 年。根据净经营亏损延后抵扣条款的规定，公司可以用以往的损失来冲抵当年的应税收入，因此就减少了当年的应纳税额。该法案的目的是帮助那些陷入亏损的企业重新振作起来，同时确保其股东能够从公司之前的亏损中获得收益。

我们仔细查看了所有发生净经营亏损延后抵扣的大型上市公司，发现了一些令人惊奇的现象。新的法案颁布之后，这些公司的股价实际上并没有因此而发生变化。净经营亏损延后抵扣条款规定延长抵扣期限，所带来的巨大价值完全被市场忽略了。这就为我们带来了巨大的投资机会，可以利用净经营亏损延后抵扣创建大型控股公司，使其利润可以得到抵扣，从而获得税收方面的收益。如果一家公司股价为 3 美元，公司总体市值为 4500 万美元，而净经营亏损延后抵扣额度为 3.5 亿美元，那我们就可以计算出来，从长期来看，我们能够通过集团运作获得用于抵扣的利润额度，使得这部分净经营亏损延后抵扣额度（当时对这部分额度的估价为 0）可以变成约 1 亿美元的现金，或者说每 1 美元净赚 25 美分。然后我们就这样做了，我们的投资策略是：找到发生净经营亏损延后抵扣的公司作为控股公司，向其注入盈利子公司，最终将资产的价值最大化，而我们一开始的时候针对这部分资产并未支付任何代价。净经营亏损延后抵扣额度同时也会降低我们的投资风险。但是，我们投资的目标是利用这种政策优势来创建企业集团，而并非仅仅将净经营亏损延后抵扣进行变现。市场形势为我们提供了获取巨额资本收益的投资良机，同时为我们的坟墓起舞提供了绝佳的舞台。

颇具讽刺意味的是，我们找到的第一家发生净经营亏损延后抵扣的公司，能够作为我们在制造业并购交易活动中的控股公司，其最初也是以房地产行业起家的。全美管理与投资集团（Great American Management and Investment Corp，简写为 GAMI）一度是美国第六大房地产投资信托公司。该公司一直提供以资产抵押的建筑贷款服务，直到 1973 年在经济衰退中因杠杆率过高而不堪重负。

GAMI 账面上的净经营亏损延后抵扣额度高达 1.3 亿美元，同时名下还有众多丧失抵押品赎回权的酒店和公寓建筑。我们卖掉了这些资产，同时为了获取最有利的售价，我们还给买家提供了融资服务。这也使公司拥有了大量的应收账款贷款，随后我们还以此作为担保，为并购其他赢利机构提供融资支持。

当时，各家银行在可用于提供担保的资本金额度方面受到了限制，因此它们必须持有更高的储备金。我们资产负债表上的权益资产，只能让我们借入很少的资金。此外，当我们利用应收账款作为银行贷款的抵押品时，银行可以大幅提高授予我们的贷款额度。作为巨额资本的需求者，我总是特别注意搞清楚贷款机构的动机，厘清其信贷结构背后的各种运作机理。

GAMI旗下的最大子公司，当属伊格产业公司（Eagle Industries）。该公司由一批传统科技（相较于高科技）企业组成，比如空调制造厂。我们逐一收购了这些企业，慢慢地实现规模经济。同时我们还利用净经营亏损延后抵扣来避税，从而使GAMI变成了一家多元化的控股公司。

如果你想知道是否有其他市场主体在采用同样的投资策略，答案是没有。利用净经营亏损延后抵扣的难度极高，而且必须遵守各种复杂隐晦的条款规定，只有经过特别仔细的学习才能掌握。表面看来，这可能与我信奉的简单原则相悖，但有利于消除市场竞争。从本质上来说，净经营亏损延后抵扣这项规定成了一个市场的准入门槛。大多数交易者都不愿意费心思掌握净经营亏损延后抵扣的相关规定，因此市面上几乎没有其他的类似买家。

坦白来说，有限竞争可以带来巨大的投资优势，在这方面几乎没有什么其他东西可以替代。你可能是一个投资天才，但如果市场竞争十分激烈，那再高的天分也不会起到什么作用。我的整个职业生涯，都在努力避免这种过度竞争局面所带来的糟糕后果。市场竞争会扭曲人们的价值评估；随着买家争相出价，对资产的需求就会推动其价格飞涨，往往超出合理范围。

我经常开玩笑似的告诉别人，竞争当然很好，但这是对你而言。对我自己来说，我宁愿安然享受自然垄断的红利，而如果没法做到这一点，我就会促成寡头垄断的局面。

收购GAMI不久之后，我们又发现了另一个净经营亏损延后抵扣的机会，这次的目标是伊特尔公司（Itel）。这是一家成立于1967年的电脑租赁公司，后来经营范围拓展到飞机、轨道车和航运集装箱等租赁业务领域。整个70年代，它都是一家巨无霸式的辉煌企业集团，同时也因企业无序支出而为大众所熟知。该集团的管理层举办奢华的派对，把公司总部的自动饮水机里灌满了巴黎水，很多管理者的办公室里都铺设了波斯地毯，并向高管发放巨额奖金。即使在陷入困境的时候，公司依然拿出150万美元让销售人员去加勒比海度假。

1981年，伊特尔公司成为全美历史上最大的破产事件之一。我们在第11章还会提到，1983年这家公司破产重整后，核心业务是集装箱租赁和轨道车租赁，公司账面上的净经营亏损延后抵扣高达4.5亿美元，现金流维持收支平衡。

当时我们就对这家公司产生了浓厚的兴趣。我们开始以每股3美元的价格买入这家公司的股票。当对其拥有的股份占比达到5%时，我去与该公司董事会见面交流，要求在董事会中占有一席之地，他们礼貌地拒绝了。我对被拒绝这件事并不陌生，于是温和地告辞，然后继续买入股票，将持股份额提高到22%。这让公司董事会重新考虑了我的要求，1985年4月，我被选举成为该公司董事会主席和CEO。此前这家公司一直由申请破产时期的受托人掌管，后来他成为公司CEO。他当时已经80多岁了，每周只能工作几天时间，而且对公司根本并没有全情投入。在年度股东大会上，他正式把管理权交接给我。当时出席大会的约有300人，环顾喧闹的大会会场，我明显可以感觉到，人们对我有一种淡淡的敌意。股东们看起来很恼火，而且对我很不信任。此前已经有太多人太多次跟他们许下承诺，宣扬公司未来将如何成长。我站起身来，跟大家讲述公司将如何转型——我们将进行多笔并购，充分利用净经营亏损延后抵扣的好处，推动公司高速成长。

人群中有个伙计站了起来。他说："抱歉，但是之前的管理层也一直在说并购的事情，却毫无作为。你距离把大话真正落到实处到底有多远呢？"

该怎么回应呢？当然，这里的不同之处在于，我可不仅仅是公司的经理人，我还是公司的所有者，而且是积极主动的所有者。但从他提问题的语调中，我可以听出满屋子人郁积于心的怨气和沮丧。我并没有准备好谈论细节，即使已经做了许多功课，因为更重要的是要让他们明白，与他们此前早已经被灌输了千百遍的陈词滥调相比，我的理念全然不同。因此，我打了个比方来说明自己的观点，这也是我的拿手好戏。"我想请大家想象一下这样的场景，你现在正坐在一间高级餐厅里，餐桌上铺设着洁白的桌布，温暖的烛光轻轻摇曳。你对面坐着一位美丽的女士，你刚刚和她享用完一顿丰盛的晚餐，还喝了可口的红酒。现在你手里正举着一杯波特酒，动听舒缓的音乐萦绕在耳畔，你们两个人深情地凝望对方。而我的问题就是，'你俩的关系进展到哪一步了？'"

整个房间的人都大笑起来，紧张的气氛一哄而散。尽管不见得赢得了他们的信任，但我终于成功平息了他们的愤怒情绪。但我也知道，自己需要趁热打铁，迅速采取进一步措施。

伊特尔公司的业务主要分为三个部分：货运集装箱、轨道车，以及一堆被"遗弃"的设备和一些租赁合同。因为我们需要资本，所以首要的目标就是把其他业务给剥离出售掉。我们也这样做了，拿到了大约5000万美元。

远洋货物集装箱租赁是一个寡头垄断市场，市场上有大约七家服务提供者，伊特尔公司名列第四。我们把位列第三的企业给买了下来，然后又把位列第七的企业收入囊中，我们就变成了行业老大。我们的投资策略很简单。假定伊特尔公司的收入为1亿美元，费用是5000万美元。市场第三的企业收入为1亿美元，费用是5000万美元。每家公司都拥有自身广泛的运营和物流体系——在每个城市都有独立的设施装备、独立的电脑控制系统，以及其他设备。通过消除市场上过多的产能，我们将公司经营利润提高了20%。

有人曾经提出，通过并购可以实现巨大的"协同效应"，上述操作就是我的第一次尝试。作为一名投资者和风险承受者，我总是关注那些具体可得的资产和收益。仅仅基于交叉销售机会和其他无形收益而买下一家公司，总体来说这需要承担更高程度的风险，超出了我认为的合理的风险水平，因此，我专注于减少冗余产能，从而大幅降低被并购企业经营所需的成本。随后这种投资感悟也被应用于其他许多行业，包括药店、无线电台，以及超市和其他行业。相比于理论上获得的收益，冗余产能更容易预测，而且也更加透明，更有利于提高投资价值。我的关注点一直都集中在不利方面。过于乐观的假设经常会导致人们在企业并购中掉进坟墓陷阱。

最后，我们又仔细分析了轨道车业务，希望搞清楚这块业务未来的发展前景。当时，人们觉得拥有轨道车业务简直是最糟糕的事情。我说："我们看看相关数据吧。"我们看了一下数据，发现这块业务存在投资机会，原因你一定可以猜得到——供给和需求的基本原理。

仅1979年这一年，行业就生产了超过10万辆轨道车。跟10年前的房地产行业一样，轨道车行业充斥着廉价资金，拥有各种税收优惠政策，而完全无视市场的真实需求。1981年，泡沫开始破灭，在接下来的5年时间里，整个行业总共只生产了2万辆轨道车。也正是在这同一时间段里，全美65%的现存轨道车都已经报废。从需求方来看，运货量不增不减，保持稳定。

我认为，你完全不需要有麻省理工学院的毕业证就能看懂两条线：需求线保持水平，而供给线却一路走低。在某个点上，这两条线终将相遇，而当这种情况出现时，手头拥有轨道车的公司必将会大赚一笔。与此同时，由于需求不足，伊特尔公司的运力平均利用率只有32%。从全行业来看，那些年头更老的轨道车的平均利用率甚至更低，因此报废率在不断上升。对我来说，看起来合理的投资策略，应该是把全美所有二手轨道车都买下来，于是我们就这样做了。

在80年代中期买下轨道车，就如同是在70年代中期买入公寓楼一样。轨道车的价格，仅为生产成本（重置成本）的一半，甚至还不到。我们搞兼并所秉持的理论是，不仅供给和需求这两条线最终将交汇在一起，而且由于轨道车的成本仅为竞争对手的一半，拥有这样的运力必将给公司带来竞争方面的优势，并创造出更优异的业绩。每个人都觉得我们这样做是丧失了理智，但这种投资策略确实起作用了，我不知道为什么其他人没有看到这样的投资机会，我只知道，我们坚信自己对市场形势的判断，而且也会坚决果断地在这种判断支持下投入真金白银。

1988年我们通过伊特尔公司实施的交易中，还包括普尔曼公司（Pullman Company），这是全美最大的一家装运谷物的铁路罐车经营机构。为了完成这笔交易，我们必须获得卖家在圣塔菲南太平洋公司（Santa Fe Southern Pacific Corporation）所持有的17%的股份，这也就意味着，我们要在后者的董事会中占有一席之地。

这家公司是1983年由圣塔菲公司（Santa Fe）和南太平洋公司（Southern Pacific）合并而成，其董事会经过重组，由这两家公司的多名董事组成，像我这样的外人要想加入其中，简直是一件难以想象的事情。董事会有30名成员。30名！当时，这样的董事会成员，往往是那些有着优秀履历但已经上了年纪的人。可以想象一下，一排排头发苍白的老年人，穿着黑色西服坐在那里。毫不夸张地说，当我手上拎着摩托车头盔出现在董事会会场的时候，我跟这帮人形成了巨大的反差。

我第一次参加圣塔菲董事会的经历简直糟透了。在进入会议室的时候，我不禁告诫自己，作为年轻人，应当在首次会议上保持安静，而尽管我成功实现了这个目标，但中间的过程却把我折磨得够呛。流程的第一个环节是行政会议，由人力资源部的主管发给大家一个小册子，说明一旦由于出现灾害性事故导致高管死亡，公司准备了怎样的继任计划。奇怪的是，每个高管职位的继任者就是他本人。流程的第二个环节，由公司CEO发表讲话，在这个过程前后，没有一个人提问题。与此同时，还有一群高管靠墙而坐，准备每个人十分钟的发言。等到第三位高管声音响起的时候，董事会中有两个人已经完全进入了梦乡，而会议室里还是没有人提问。令我惊讶的是，大多数高管明显对为期两天会议的午餐和晚餐菜单更感兴趣，而不怎么关注公司的业务经营情况。这简直让我郁闷得要死。

在那次会议之后，我就开始频繁发声了。董事会的报告经常只关注无关紧要的细节信息，在这种环境下，我就成为在战略发展方面提供建议的唯一声音。最典型的例子是有一次开会的时候，铁路部门主管在说了一大通未来形势预测之后，在最后一项内容中终于提到，下一年的资本支出预算是2.5亿美元。然后公司CEO就开始转向下一个业务部门的主管，提示轮到他发言了。

我插话说："对不起，能拿出一分钟时间吗？我有个问题。预算费用是2.5亿美元，你预计收益率会达到多少？"

他困惑地看着我，显然不太习惯被质疑，说道："我不明白你的问题。我们必须经营铁路业务，我们要修理铁轨，这都是要花钱的地方。"

我回答说："但是资本预算应该跟利润率和投资收益率联系起

来。如果你把钱花在铁轨上，而这项业务却不挣钱，那这就不算是一项好的投资决策。"铁路部门的主管和公司的CEO只是坐在那里，盯着我看，好像我有两个脑袋似的，他们根本不理解这些基本的概念。然后他们没有回答我的问题，就继续自说自话了。

这一经历让我感到十分震惊。我当时意识到，该公司董事会所面临的问题，主要是由于裙带关系和慵懒不作为所造成的——任命某人到董事会任职，就好像是一种额外的优待，一项退休福利，或者是给高尔夫球友提供的不附任何条件的礼物一样。对于董事会的成员构成和运作文化，我的观点与在圣塔菲董事会所看到的情景恰恰相反。作为多家上市公司的董事会主席，我在选择董事会成员的时候，总是假定这些人属于公司的廉价咨询顾问，而并非仅供观赏的盆栽植物。我从来没有犹豫过，要充分利用这些人的聪明才智，或者是要求公司管理团队利用他们，从而促进公司各项目标的实现。同时，在每次召开董事会之前，我们总是准备好各种会议材料，说明全部的相关信息。董事会成员应该提前阅读这些材料，而且开会的真正目的是让大家展开充分热烈的讨论。我们召开董事会的时候，会场通常很喧闹，人们经常打断别人的发言，频繁质疑发表评论。由此，我们的公司一直受益于董事会成员的集体智慧。

在圣塔菲公司的经历，也让我更加意识到，公司绝对需要由全情投入的所有者来掌舵。这样的所有者，应该是愿意放弃短期的蝇头小利而注重长远收益。这样的所有者，应该是以自己的长远眼光引导公司发展，协助管理层运作。这样的所有者，应该是能够为公司引入各类资源，包括更多的资本金、财务专业知识、银行业的关系网络等，帮助公司及管理团队获得成功。

我始终将自身利益与我所领导的公司股东利益保持一致，现在我是这样做的，未来也将一直如此。我必须在公司投入筹码，我必须与股东共担风险，正如我会确保我的员工在 EGI 也拥有利益筹码一样。

无论是在董事会层面，还是在管理层层面，一开始我都会这样开篇：除非你完全知道他人的目的动机，并确信你们双方利益高度一致，否则绝对不要依赖他人。作为公司的所有者，所作所为就要有所有者的样子，涉及投资问题的时候，要不惜一切代价确保把每个人的利益都牵涉进来。

众多令华尔街头疼的问题，比如高管薪酬问题、会计丑闻、期权回溯、次级抵押贷款危机，等等，都可以归结为相关利益的错配问题，一旦人们过于依赖外部人士，而后者在这方面却不存在相关的利益，那么这种错配问题就产生了。与此类似，很多人过于依赖华尔街那些分析师、对冲基金经理、选股专家，并因此把自己搞得焦头烂额。他们很快就会发现，自己所得到的意见建议，并不是由那些负责用心的资产所有人所提供的——这些建议出自一些收费专家之口，毕竟，他们面对的可不是自己的钱。

***

我从来没有觉得，自己以前没有做过的事情，现在就不该做。

我最喜欢举的例子之一，就是1987年伊特尔公司对艾利斯特公司（Anixter）的并购，这是一家电线电缆配线公司。

直到那个时候为止，我们的投资决策一直是要以低于重置成本的低廉价格，购买那些濒于破产的公司，然后在此基础上推动其重现生机。艾利斯特公司的情况与此截然相反，这家公司成长迅猛，而且并购要价绝不便宜。

1986年11月，美林证券打电话告诉我说，艾伦·艾利斯特（Alan Anixter）希望出售自己的艾利斯特兄弟公司（Anixter Brothers），要价是每股固定14美元，这个价格是当时该公司账面价值的两倍。

经过深入仔细的调查，我们得出结论，该公司的账面价值仅考虑了其硬资产，而没有考虑其庞大的销售和分销网络，而通过后者可以让供应商很轻易地接触到小型买家。这些渠道和网络才是该公司最有价值的成长性资产，但这部分价值却没有体现在公司的资产负债表上。公司所需要的是资金和风险偏好。

由于预计年度资本利得税将有所提高，艾伦希望在年底之前把这笔交易搞定，我有两个星期的时间来决定是否做这笔生意。我们公司十分灵活，完全有能力快速决策、高效执行——实际上，我们在这方面拥有良好的口碑。于是我答复说："成交。"

随后，我们针对艾利斯特公司的考虑，就变成了"如何充分利用其网络渠道"。伊特尔公司是并购艾利斯特公司的唯一法律实体。伊特尔公司的轨道车和集装箱业务带来了一大笔现金流和折旧，这使我们能够利用多余的现金流，在全球范围内推动艾利斯特的业务实现迅速扩张。因此到 1991 年，我们决定把伊特尔公司的业务重心转向艾利斯特这个小型子公司。我们把投资期限拉长，在欧洲、亚洲和拉丁美洲等各地开展初始投资，在搭建海外分支网络的时候，发生了一些内部的初始成本和营业费用。与作为家族企业的艾利斯特公司相比，伊特尔公司属于大型企业集团，因此我们有更大的风险承受能力，发展的基础也更加广阔。当我们最初收购艾利斯特公司的时候，它的销售额是 6.5 亿美元。如今，其收入已经超过 60 亿美元，并且成为全球最大的通信电缆产品经销商之一。我依然是公司董事会主席，同时也是公司重要股东。

艾利斯特公司的加入及其爆发式增长，使得伊特尔公司变成了一家成长迅速的机构，我们最终决定出售控股公司旗下所有子公司。这个经营思路无疑是正确的，但整个过程却十分艰难。1992 年，我跟通用电气轨道车服务公司（GE Capital Railcar Services）的负责人讨论把伊特尔公司的全部轨道车运力出租给他们。租期为 12 年，每年租金为 1.5 亿美元，在租赁期结束的时候，对方可以额外支付 5 亿美元，买下相关的资产。这笔交易极其复杂，伊特尔公司和通用电气以信托的形式共同持有这些轨道车资产，通用电气根据信托条款向伊特尔公司进行付款。双方的交易涉及 7 万辆轨道车，其中许多都还承担着债务，涉及数百份客户租赁合同。整个交易过程如同迷宫一般复杂，也是职业生涯中最令我感到折磨的交易之一。

通用电气是一家非常保守、非常有耐心的交易伙伴，这与我坚决果断、注重效率的特点恰恰相反。每次事情即将搞定的时候，就会冒出另一个问题、另一项拖累，出现另一个他们此前没有提过的事项或者需求。来回拉扯长达9个月之后，我们终于即将步入尾声。但随后这帮统计专家发现账上少了两美分。在长达两周的时间里，一切都陷入了停滞，他们回去重新对整个交易活动进行计算，直到发现问题为止。仅仅就是为了两美分，要知道这可是一笔23亿美元的交易！

最后我们终于达成一致，对双方来说，这都是一笔不寻常的交易。但我更喜欢称其为"地狱交易"，因为达成交易的过程，就如同是走进但丁的地狱之旅一样。实际上，这个过程及不平凡，我希望能够把它刻在脑海里。于是我请人画了一幅画，把过去一年间参与这笔交易的关键人物、他们的角色作用，还有双方经历的各种情景，都一一画了上去。最后呈现出来的结果，是一幅1.83×1.52米的油画，描绘了但丁［在我们这场并购谈判中，是伊特尔公司的CFO吉姆·考克斯（Jim Knox）］穿越地狱的旅行。画作的下面是一句不祥的警告："凡入此门者，请放弃希望。"这幅画描绘了一群形形色色的交易参与者，其中有一个秃顶的家伙正在认真查看展开的合同条款清单；通用电气的一帮家伙手持盾牌抵御风险；多名律师以手扶额，或者掩住耳朵，对着合同紧锁眉头；还有一些来自美国国税局、司法部以及证券交易委员会的官员站在旁边。在画中我被描绘成"saltator sepulcri"，也就是拉丁语中的"坟墓舞者"，其中有专门为我设计的人物角色——一个小丑的形象。这是向我们的"第十一诫"致敬,"永远不要高估自己",也是致敬我那可怜巴巴的幽默感,热衷讽刺以及喜欢讲故事、开玩笑的习惯。这笔交易过程随附的解说,采用了但丁诗作的韵律。作为我年度礼物计划的共同策划者,弗朗西斯·刘易斯(Frances Lewis)用巧妙而复杂的笔触把这些信息传递了出来。

对于每个曾经参与这笔交易的工作人员,我们都送了一件这幅画的复制品,我们还把这幅画悬挂在 EGI 正门入口的墙壁上,提醒我们曾经的那些痛苦经历,激励我们不断追寻更为"理想"(也就是更可测量、更符合常识、更切合实际以及更可预见)的交易实现方式。

***

在这段时间,一方面,我把投资扩展到新的业务领域,同时深入挖掘净经营亏损延后抵扣的潜在价值;另一方面,我也开始了人生第一次国际摩托车旅行。我和朋友们来到了南亚的尼泊尔。到达加德满都之后,我们得知当时正值全国性的节假日,因此我们抵达当天,当地几乎没有人在工作。我们租来多辆摩托车,在一个当地人的带领下,沿着山脚下的一条宽阔河流,骑行到了大约离小镇 12 公里远的地方。我们把车停到路边准备吃午饭,旁边有一群人,大约有 20 个,坐在毯子上。这些人绝大部分都是美国侨民——因道德信仰而拒服兵役,在越南战争期间自愿放弃了美国国籍并留在了这里。他们邀请我们同坐,我们接受了邀请。我们共同享受那明媚的晴天,品尝可口的美酒,还一起吃三明治。过了一会儿,坐在我旁边的哥们问我:"你是做什么的?"我回答说:"我是一个专业投机者。"从此以后,面对这样的问题,这就成了我的标准答案。

05
危机驾临

我一直坚信，当面临最差的情形时，反而能够激发出最好的自己。在 20 世纪 90 年代早期，危机接踵而至，挑战异常艰巨，对我来说，这是前所未有的考验。

我一直坚信，当面临最差的情形时，反而能够激发出最好的自己。在20世纪90年代早期，危机接踵而至，挑战艰巨异常，对我来说，这是前所未有的考验。其中，1990年发生的危机是我所面临的最严峻的情况——我失去了鲍勃。

当时，鲍勃和我已经是近20年的合伙人。我们的友谊、信任、不同的视角、互相的逗趣和共同的欢笑，成为我们业务经营的剪影，这是我俩事业成功的秘密源泉。无论是从个人角度，还是从职业发展的角度，失去鲍勃对我来说都是难以想象的沉重打击。这给我带来了各种各样的问题。我俩携手曾经取得了无与伦比的成功，其中有多少该归功于鲍勃？又有多少该归功于萨姆？一时之间，我不禁陷入了对这些问题的沉思。

1987年，鲍勃只有46岁，当时他被诊断出结肠癌晚期。他并没有告诉任何人，连我也被蒙在鼓里，这样过了很长时间。正如同他跟他妻子所解释的那样："我还没走，就有人为我哀悼的话，我会受不了的。"他知道自己的病情比较严重，但在两年的时间里依然坚持来公司上班，一直到1989年底，当时他已经虚弱得没法行动了。

必须承认，当鲍勃生病之后，我就陷入了不理智的情绪中，拒绝承认他的病情。我天真地以为他有一天会痊愈，当他不在办公室的时候，我就努力做到面面俱到，直到他身体好转重新回来。每天我们都会打两三次电话，但我并没有亲自去看他。我们有着心照不宣的默契，就好像是他的身体依然完全健康一样，两人之间仍保持着亲密的互动。如果亲眼看到他的病情一步步恶化，就会妨碍我俩正常的沟通协调。他的脑子当然还跟以前一样敏锐好使。

然后，在鲍勃不再来上班几个月之后的一个星期六，他再次走进了我的办公室。他的出现让我震惊得说不出话来——他慢慢弯下身子，让自己坐进椅子里，说我俩必须聊一聊，他脆弱的样子简直让人不忍直视。他直直地看着我说："萨姆，你必须认清现实。我不得不离开了，而且真的是时日无多。"

这是我第一次不得不真正面对现实，我当时感觉天都要塌下来了。鲍勃早就知道我一直拒绝承认这个事实，于是他直接来到我的办公室，用这种方式戳破我的幻想。即将发生的损失，简直令我无法承受。在鲍勃生命的最后几个月里，我尽可能多地跟他聊天，并且在他去世时也守在他的身旁。

鲍勃的生日是4月21日，一直以来，他都对421这个数字很迷信。这个数字也很奇怪，定期出现在我俩的生活当中。在他去世的前一天晚上，鲍勃的妻子安、护士，还有我整夜一直陪着他，当指针指到 4：21 的时候，我们几个人一起看着时钟，同时沉默起来。第二天早上，鲍勃就被送到了临终关怀中心，他于 1990 年 7 月 20 日去世。一直到今天，我私人飞机的机尾编号依然是 421 SZ。

鲍勃去世之后，我的内心从此产生了一大块空缺。从某种程度上来说，这也是我人生的关键时刻，因为鲍勃去世时，恰逢我们公司成立以来面临最大的危机。几个星期之后，美国经济陷入全面衰退。雪上加霜的是，储贷危机和其他因素导致了许多专注于房地产领域的贷款机构倒闭，因此高杠杆资产人无法进行再融资，其中就包括我们在内。我们积累并管理着规模庞大的投资组合，范围包括房地产投资，也包括其他企业资产，全美范围内的雇员有 2400 人之多。

我们手头拥有丰富的资产，但现金流却极度短缺，每天一醒来，我都要面对公司对资金的极度渴求。有几个星期，我们这家价值数十亿美元的公司甚至不得不拼命筹集足够的现金来给员工发工资。除此之外，当时根据贷款文件的标准条款，银行一旦认为贷款有危险，它们就可以随时要求公司进行偿还。因此一旦某一家银行要求偿还贷款，就极有可能引发多米诺骨牌效应，其他银行也会纷纷效仿。我们也亲眼见识到，这种情况在整个行业都在上演。

这是一段令许多企业家伤心沮丧的时期，充满了各种不确定性。为了避免引发恐慌，我又重拾 20 多年之前的经验——在记忆中，那是我职业生涯中第一次真正感到无助，也是唯一一次。

那是在 1969 年，我年少轻狂，也正在学着做生意。我在一家律师事务所租了一间办公室，其中一位高级合伙人把我介绍给福特汽车土地开发公司（Ford Motor Land Development Corporation）的一个家伙。我俩达成协议，合伙开发一个 2 万平方米的办公 / 工业建筑。基于福特公司这个伙计的口头承诺，我支付了 25 000 美元定金——这在 1969 年对我来说可是一笔巨款——以锁定这笔交易。然而，就在即将达成交易的最后一刻，我接到一个电话，说福特汽车土地开发公司违约了，这导致我本人，还有我投入的 25 000 美元陷入了困境。我很担心自己的这笔存款，这是自然的，但我也担心无法履行承诺。这是我职业生涯所面临的第一次重大危机。

我挂断电话，跳了起来，迅速穿过律师事务所大厅，来到了这个高级合伙人的办公室。当时我气得发疯，说话的声音和语速简直不能更高更快了。

好吧，这个合伙人属于那种极有分寸的人，说话总是不急不躁，慢声细语。我从来没见过他发脾气或者不冷静。他请我坐下，然后很礼貌地像平常那样问我发生了什么事情。我俩一起商议可选方案，对事情的方方面面进行分析，在这个过程中，我感到自己的血压逐渐恢复了正常。于是我起身告辞，最后跟另外一个人做成了这笔生意。必须感谢这位律师，他让我明白了，作为领导者，绝对不能情绪不稳定。你必须想办法让自己稳定下来。

我逐渐学着把自己对鲍勃的依赖和信任转移到我们共同建立的团队上来，尤其是公司办公室那些强有力的核心高管人员。我们不断打气鼓劲，我集中精力带领大家渡过这个难关。

我特别喜欢列清单，90 年代初，所面临的问题越多，越让我斗志昂扬，我列了许多清单，一旦克服了一项困难，就从清单中把它抹掉。我的宏观目标是，通过资产货币化创造流动性，为即将到来的投资机会筹集资金，以及进行重大的投资交易。通过专注于完成每个任务，才避免了在职业和情感上被打垮。

我的首要任务是现金流。我绝对不会冒着损害公司长远基业的风险，疯狂甩卖现有资产，但没有现金支持的话，公司也很难维持运转。虽然当时还不知道，但职业生涯的这段经历，却成为未来几十年我不断重复践行的投资理念的发端：流动性等于价值。

获得流动性的唯一渠道，就是通过资本市场。因此在 1991 年，我开启了人生第一次 IPO，推动肥高洛公司（Vigoro）上市。这是一家专门生产碳酸钾的化肥公司，这种钾复合肥是一种对植物和动物都不可或缺的重要营养成分。1985 年最初投资肥高洛公司的时候，我们对这些东西一无所知，但这家公司总是能够切中市场需求。我们跟肥高洛公司也是一拍即合，对这家公司的经营管理人员印象不错，觉得其经营理念和关注重点与我们高度一致。在跟他们见面交流之后，我们只用了不到一天的时间，就决定向他们投资第一笔 1000 万美元的资金。

我对资本市场的熟悉，主要源于集团公司的投资经验。我们在投资伊特尔公司和 GAMI 时，它们已经是上市公司，但我从来没有做过任何 IPO 项目。我放手让银行来处理肥高洛公司这笔交易，但整个过程简直把我逼疯了。我意识到自己懂的太少了，没法有效保护好自己的投资，这就意味着我在转移并且增加我所承担的风险。此外，作为对资本的长期持久需求方，我必须认清现实，那就是没有比公开市场更可持续的资金来源了。

于是我就到学校去学习，可以说，我学习了有关上市的所有知识。最终，我甚至可以亲自处理自己公司 IPO 的各种文件资料。我可以把控整个流程，在一些交易中，上市前最后一天，我甚至一直撑到凌晨三点钟，把股票配额分配给各个不同的市场主体。这也就是说，我需要了解所有市场主体的情况，包括其中哪些人有着良好的投资记录，哪些人是真正的投资者，而不是炒作投机者。我跟不同的买家建立起私人关系，向他们展示自己作为企业长期所有者的决心和承诺。我还变得特别擅长路演，最终为我们全球多家企业做过上百次 IPO 演示说明。

如何吸引投资者拿出真金白银，这既是一门学问，更是一门艺术。为了获得竞争优势，我采用了多种创意。这些投资人一天要看 10 场演示会，他们看到的，都是那些貌似优秀、值得投资的公司，对他们来说，我只不过是演示序列中的又一个脸谱罢了。我只有 45 分钟的时间来向他们进行展示，回答相关的问题，并且努力留下深刻的印象，为此我专门定制了 T 恤衫，来推动投资交易的实现。

我因为设计 IPO 路演的 T 恤衫而名声大噪，这些 T 恤衫上往往印着一些戏谑性的口号，让人过目难忘，它们都是我们公司的移动名片。尽管并没有参加肥高洛公司的路演，但为了庆祝这笔交易成功，我还是制作了一批绿色的T恤衫，上面写着："人们撒它，抛它，踩它，让它起效……而我们拿它赚钱。"

肥高洛公司成功上市，当1996年我们最终退出的时候，相比于最初投入的原始资本，这家公司给我们带来了超过900%的投资资本回报。

在募集资金的过程中，我采用了同样的方式，1990年我们把这种方式进一步发扬光大到了全新的层次。如前所述，当时我正瞄准那些拥有优质房地产资产却背负着过多债务的企业。随后，我开始在企业界看到类似的情景，并意识到自己可以以折扣价，为这些企业提供股权融资，帮助它们在市场复苏时做好准备。于是我跟奇尔马克合伙人公司（Chilmark Partners）共同设立了10亿美元的不良机会投资基金。在7个月的时间里，奇尔马克的负责人戴维·舒尔特（David Schulte）跟我一起打了200多个销售电话——涉及十几个国家。我们到全球各地，向投资者解释我们的观点，并说服他们相信，我们可以发现一些资产负债表不怎么好看，但是业务和资产质量优秀的好公司，并能够通过投资帮助它们走出困境。

当时可真是一场奔放不羁的旅程。曾经有一次出差，我们早上需要到达维也纳，午饭则需要在巴塞尔吃，然后第二天早饭的时候则要出现在巴黎。如果是乘坐商业航班，我们可做不到这一点，于是我们就租了一架飞机。但最终我们还是被天气打败了，于是半夜时分，在从巴塞尔到巴黎的火车上，我们不得不窝在三个人的卧铺车厢里，躺在两张窄小的上下铺上，努力进入梦乡。当时卧铺车厢里还有第三个乘客，出于担心，整个晚上我都是抱着公文包睡觉的。

各个会议令人应接不暇。有时候我们甚至记不住对方的身份，或者我们是否在简单重复自己说过的话。这可真是一次独一无二的路演。但最终，我们成功募集了超过10亿美元的资金。我觉得，这是当时此类基金中规模最大的。我们主要专注于那些在80年代承担了过多债务的企业，帮助它们重获生机。我们也把自己的资本金投入进来，这样就可以做到与众多投资者休戚与共，并且跟许多杠杆并购企业不同的是，我们并不会针对每笔并购交易收取管理费。恰恰相反，我们拿着这些资金，与投资者共担风险，并且共享投资机会。我们公开声明，对各类投资的持有期限将不会低于10~12年。到1995年，我们几乎把全部资金都投了出去，在当时交易几近停滞的背景下，这可真算是一项不俗的成就。泽尔/奇尔马克基金（Zell/Chilmark）最终控股了高质量食品中心（Quality Food Centers）、卡特霍利霍尔连锁店（Carter Hawley Hale）、希利公司（Sealy Corporation）、施文自行车公司（Schwinn Bicycle Company），此外还持有许多其他公司的股份。

基金最早的投资对象之一就是瑞福折扣药店（Revco Discount Drug Stores）。在其濒于破产之际，我们同意向其提供资金支持。法院批准我们注资和交易最终达成之间，大约隔了一两个月，在这段时间里，药店临时CEO来芝加哥跟我见面。他清楚地说，他觉得我只是董事会的另外一名成员，而并不是这家公司40%股份的所有者，他愿意将公司的定期经营情况发送给我，仅此而已。我解释说，他需要重新思考一下他自己的立场，这样双方才能建立互信高效的合作关系。

几个星期之后，这位CEO向全体董事会成员发送了一份全新的规章制度，这些新规定旨在架空董事会的权力，把控制权从公司转移到他本人手中。其中还包括一份近乎荒谬的全新高层管理人员薪酬方案。在这个方案中，我注意到其中有这样一项规定，只要年龄超过55岁，就可以获得公司福利计划中的全部福利，这位CEO当时57岁。毋庸讳言，董事会一致同意让这位CEO下台走人。这件事发生在1994年，距离我对圣塔菲董事会的感悟和体会已经过去了大约6年的时间，这更加凸显了作为公司所有者而非管理者的重要性，因为前者才能真正领导公司创造价值。在那些业绩糟糕的公司中，不采取所有者方式行事的董事会是负有责任的。

对我而言，在泽尔/奇尔马克基金的投资历史中，最令人难以忘怀的可能是杰科尔公司（Jacor）。这是一家位于辛辛那提、运营良好的无线电台，只不过其资产负债表并不怎么好看。1992—1996年，我们大概投入了7900万美元，持有该公司90%的股权。该公司当时负债过多，已经临近破产。我们跟公司的高级债权人、次级债权人和优先股持有人谈判，达成了一份复杂的重组协议，降低这家公司的负债水平并对其实施重组。

当时，美国联邦通信委员会（FCC）规定，在全美范围内，单一公司每个AM/PM波段所拥有的无线电台数量不得超过20个（或者两个波段电台总数不得超过40个）。因此无线电广播行业的经营就完全是关于如何选台的问题,这就跟玩纸牌游戏一样,要在法律允许的范围之内,找到全美最好的 20 个电台。

我们完成这笔交易后没有多长时间,当时主管杰科尔公司的兰迪·迈克尔斯(Randy Michaels)和特里·雅可布(Terry Jacobs)找到我,希望为收购丹佛一家电台提供融资。杰科尔公司已经在丹佛地区拥有了另外一家 FM 电台,这家电台正在出现亏损,而且以很低的价格就能拿下来。他俩来到芝加哥,带了厚厚的一本资料书,里面囊括了该电台的各种细节信息,希望能够说服我提供支持。

兰迪一再向我保证:"这笔交易真的不错。"他还一边用手拍着桌子上这本大厚书,准备跟我好好讲讲其中的内容。

我说:"稍等一下。你搞清楚这笔交易涉及的内容了吗——我们为什么要买下它呢?"

他回答说:"是的。所有的细节信息就在这里,全包含在这本书里了。"他还补充说,自己跟特里夜以继日地加班加点才准备好这么详细的资料。

我把这本书拿起来,把它丢到了办公室的角落里,厚书掉到地上发出"砰"的一声响。兰迪和特里瞪大了眼睛。

我说:"如果你们真正了解这项资产,根本不需要一本书。你们应该把要点列在一张纸上。"他们看起来一副犹犹豫豫的样子。

"我觉得,这本书里的资料表明,事情进展得很不错,对吧?"他俩点点头。

"但如果你们判断错了会怎样?我怎么才能全身而退呢?"

兰迪问道:"你是什么意思?"

"事情最差的话能到什么程度?"

他说:"好的,现在情况已经比较差了,如果不解决的话,我们就会损失一些运营资金。但在丹佛地区,我还从来没见过价值低于400万美元的电台。我是说,那些建筑大楼,还有发射装置——仅仅这些实体资产就接近这么多钱了。"

"好的,不错。那这个投资标的能好到什么程度呢?"

简而言之,答案就是相当好,我直接说:"去做吧。"

于是我们开始行动起来,但始终遵守着每个波段不超过20个电台的限制。我们的经营策略基本上就是中心辐射型的增长模式。我们对投资目标进行了重新组合,在比如丹佛或者坦帕等高增长区域组织一个电台集群,然后在同一地区收购其他一些电台,这样就能够对这些电台实施共同的管理和规划,当地的广告营销也能够得到分摊和共享了。

随后,在1996年2月的时候,国会通过了《电信法》。在这部法案中有一项条款,废除了每个波段20个电台的限制,而代之以50%市场份额的限制性规定。也就是说,公司可以买入任意数量的电台,只要其在某一市场上的份额不超过50%就行。

我仔细阅读了这项法案,然后立即给兰迪打电话。我跟他说:"赶紧坐飞机来芝加哥一趟。"他抵达后,我跟他说:"兰迪,这将是你职业生涯最为激动人心的时刻。我希望你立即行动起来,买下全美你所能接触到的每一个电台。你放手去买,我会解决钱的问题。"

时机选择和高效执行会让我们占据优势。我们在广播电台上所赚到的钱,绝大部分都源于所买入的前 100 个电台——从第 18 个到 118 个。为什么呢?因为在此之后,行业内的其他机构也都参与进来了,电台竞争加剧,并购价格提高。即便如此,我们依然在收购电台,不过速度要慢一些,这一方面是由于在某个特定地区通过并购可以消除多余供应从而创造价值,另一方面也是由于我们对每个电台的平均收购价格依然很低。但正是由于先发优势,才使得杰科尔公司成为市场领先者,并且成功实现了本垒打,在短短三年时间里,我们经营的电台数量从 17 个增加到 243 个。

在我看来,杰科尔公司可能是值得长期持有几十年的一项资产,但是这项投资动用的是我们的私募股权基金,我们已经向投资者承诺,在某个事先确定的时间节点上为他们带来一定的投资收益。因此到 1997 年底的时候,我们放出信号,打算出售这家公司。我们已经搭建起令人歆羡的投资结构,把一些最为炙手可热的电台名人聚合在一起,其中包括拉什·林堡(Rush Limbaugh)、劳拉·施莱辛格博士(Dr. Laura Schlessinger)、丽莎·吉本斯(Leeza Gibbons),以及迈克尔·里根(Michael Reagan)。基本上每家广播公司都表示出收购的兴趣,其中就包括哥伦比亚广播公司(CBS)和清晰频道公司(Clear Channel)。

综合各个因素,清晰频道公司是收购杰科尔公司的最合适买家。我很喜欢清晰频道公司的创始人兼 CEO 劳瑞·梅斯(L. Lowry

Mays）。他承诺将保留杰科尔公司的管理层，并且从投资组合的角度来看，监管者对这笔并购几乎挑不出什么毛病。

因此，在1999年的时候，当时正值广播行业发展巅峰，我们以44亿美元股票的价格，把杰科尔公司卖给了清晰频道公司，这笔投资的总收益率达到了1 237%，这是一笔非常成功的投资。

对杰科尔公司的投资经历，是从宏观事件中捕捉微观良机的典型案例。在这笔投资中，宏观事件就是立法规定，这类似于1981年《经济复兴税收法案》对净经营亏损延后抵扣的影响一样。但我也在其他很多领域发掘出投资机会，包括世界大事、经济新闻以及对话交流等。我总是持续关注那些能够引发较大影响的人物和异常事件，这些将会指引行业和公司发展的轨道和方向。

但是要想占据先发优势，就必须做出坚定判断。当广播行业的其他机构正在琢磨《电信法》到底有哪些影响，将会如何贯彻落实，这种变化是好是坏的时候，我们已经采取了行动，把能发现的每个电台都收入囊中。

总体来看，泽尔/奇尔马克基金总计投资了10家企业，涉及零售、电台、床上用品、体育装备、药店和航运业，年投资内部回报率达到23.5%，1990—2000年投资资本翻了2.9倍。在1998年基金的最后一笔投资之后，有人打电话问我："什么时候设立下一只基金？"我回答说："不会有下一只了。"市场风向发生了变化，以较高的重置成本折扣寻找不良资产并进行投资，这样的机会窗口已经不复存在。我不希望自己仅仅从事资金募集工作。如果要求别人把钱打进来让我负责投资，那我自己必须具备坚实的投资理论作支撑。我绝对不会漫无目的地四处招揽资金，相反，我转而努力给自己手头的资本寻找投资机会，为那些我主动邀请加入公司的人创造价值回报。

***

整个 90 年代，我们最终推动了 7 家公司上市，IPO 融资额高达 20 亿美元，行业涉及制造业、旅游业、硬件设备和房地产。我们的泽尔/奇尔马克基金募集了 10 亿美元，泽尔/美林（Zell/Merrill）房地产基金募集了 20 亿美元，而这仅仅是权益资本部分。我们还发现了另一笔在净经营亏损延后抵扣方面十分划算的投资（与伊特尔公司和 GAMI 十分类似），也就是 1999 年投资的丹尼尔森控股公司（Danielson Holding Corporation）。最终我们重点围绕丹尼尔森控股公司进行投资，并组建了卡万塔公司（Covanta），然后更换了公司名称。卡万塔公司是一家在全球范围内进行废物能源化的公司，如今我依然是这家公司的董事会主席。我还成立了股本国际投资公司（Equity International），作为私募投资机构，其主要专注于新兴市场的房地产投资活动。此外还有一系列投资活动，庞大的市场机会最终把我们公司的业务发展推向了全新的高度。

在个人生活方面，就像我前面说的，90 年代早期可谓是历经坎坷。1994 年我第二次离婚，雪伦和我各奔东西。具体来说，我俩早在 1983 年就已经分开了，她大多数时间都住在爱达荷州的太阳谷，而我的生活主要在芝加哥。多年来，我已经彻底认识到，像我这样肩负众多责任的人，为实现目标必须投入极大精力，有所得必有所失。我们两个人都没有迫切地想要正式分手，毕竟，我们曾经是，而且现在依然是朋友。当我俩真正离婚的时候，我对人生的态度开始发生变化，而离婚之后，这方面的变化较之前更为显著了。

06
卡珊德拉的预言

卡珊德拉是古希腊神话中的人物,虽拥有准确预测未来的能力,却因为阿波罗的诅咒而无人信她。我就像这位女祭司一样,对房地产行业做出了严重的警示和提醒,可悲哀的是没有人真正当回事儿——"不能铭记过去的人,未来注定要重蹈覆辙"。

我最喜欢引述的格言之一,是乔治·桑塔亚那(George Santayana)所说的,"不能铭记过去的人,未来注定要重蹈覆辙"。用这句话来描述20世纪80年代的房地产行业简直再合适不过了。一大群所谓的房地产专家——其中许多人在十年前刚刚经历过房地产泡沫的破灭,根本不清楚自己在做些什么。跟以往一样,太多的人被裹挟着投入宽松资金的浪潮,一厢情愿地认为,我们的城市建设能够直达天际。

1987年10月,股市的"黑色星期一"引发了新一轮经济衰退。实际上,我们以未来作为抵押借入了资金,但如今账单已经摆在了眼前。由于房地产行业发展通常滞后于整个经济形势,经济对我们行业的全部影响,还需数年时间才能显现,但是在1987年底的时候,我知道这一切已经太晚了。我也知道,这次危机可不仅仅是经济周期的轮回,我们面对的是市场地震式的塌陷,这对整个行业将产生持久而深远的影响。我告诉人们,巨变即将到来,但没有人会听。当住进气球里面之后,人们往往会回避那些手里拿着针头的清醒者，这可真是个悲剧。

于是我写了一篇文章，标题是"以爱的名义，从卡珊德拉说起"，文章发表在1988年3月的《房地产问题研究》（*Real Estate Issues*）上。卡珊德拉是古希腊神话中的人物，被阿波罗诅咒，虽拥有准确预测未来的能力，却没有人相信其预言。在文章中，我对房地产行业做出了严重的警示和提醒，却没有人真正当回事，这其实丝毫不令人感到意外。

我提到自己所看到的市场恐慌局面。这类事件虽然较为零碎，但蔓延速度却很快。经济衰退被严重低估了，人们一直在问这种情况何时结束，但这个问题本身就是错误的。

我在文章中指出，这次房地产行业将会发生根本性的变化，而且与繁荣—萧条交替循环的正常经济波峰和波谷变动不同，这次行业的变化将更加剧烈。尽管市场供给过度绝对是一个不容忽视的因素，但由于市场上其他现实情况的存在，本次变动的危害程度将会得到进一步放大。

对于这种模糊的思维，我通常将其比作一个术后患者刚刚在病房里恢复意识。在了解到疾病的严重程度和手术进展之前，他的第一反应是，他已经经历了最为严峻的考验，未来一切都将好转。但是，腿部骨折患者与截肢患者的术后康复存在实质性的差别。除非是药劲过了，开始感知到整体的身体情况，否则刚刚醒来的病人根本不会了解到其中的不同。在现实的房地产行业，日本宽松的货币环境就是所服用的药物，巨大的资金将会导致过多建筑、过量投资,这些药物也会导致人们对行业巨大的根本性变化视而不见。

这些变化情况包括,由于储贷危机和极端的税收改革,导致那些专门从事房地产领域贷款的机构逐渐退出了市场。储蓄贷款机构以长期固定的利率水平,为公众提供由联邦担保的贷款。当通货膨胀率飙升,美联储将利率翻倍,储蓄贷款机构对存款不再具有竞争力,其大部分业务被货币市场夺走,银行的储备资金也随之耗费殆尽。在一片绝望情绪的支配下,许多储蓄贷款机构发放了风险程度很高的投机性贷款,在某些情况下甚至涉嫌欺诈,从而导致市场形势进一步恶化。

储蓄贷款机构岌岌可危,1986年美国的《税收改革法案》对房地产行业实施了另一次沉重打击,该法案破坏了房地产投资发展的一项主要推动因素——资本利得和其他税收优惠。在1986年《税收改革法案》出台之前,房地产行业的投资者在很大程度上来说都属于顺其自然的投资人。投资者联盟(其中许多人是医生、律师,或者像我父亲那样的商人)把钱汇集在一起,买入物业资产,然后委托管理公司负责运营。他们可以利用房地产建筑的折旧作为税收抵扣手段,抵销他们在其他领域的收入,这是一笔很划算的交易。但1986年《税收改革法案》大幅限制了以房地产折旧作为税收收益的做法,从而使得房地产投资的价值急剧缩水。

正如我在"卡珊德拉"这篇文章中所说的:"对于这样一个资源消耗型的粗放行业来说,这里的预言只能算是一剂苦药。对于以往过度建设与市场需求、使用和购买力之间的结构性变化,如果不能正确认识和区分,必将会重蹈历史的覆辙,这就如同那些打开特洛伊木马之门的人一样。"

因为这篇文章,我受到了诸多谴责。有些人说:"萨姆之所以一直写一些类似的悲观评论,是因为他希望把所有好的投资机会都留给自己。"但这些人所不知道的是,我可算不上悲观。我一直很现实,我一直在睁大眼睛留意市场行情。

就所面临的投资机遇而言,80年代与70年代相比,还存在另一项很大的不同。在70年代,房地产危机的爆发为投资者以低价买入各项资产创造了良好的机会。卖家还能够为买家提供融资支持,因为前者不希望以市场最低价出售资产。到了80年代,房地产行业的所有人不得不按照市价进行资产冲减操作。因此,为了购买这些折价后的资产,我需要大量现金。

于是我给美林证券打电话说:"我希望设立一只机会基金,投资人需要投入现金成为基金合伙人,主要购买那些不良房地产资产。"此前从来没有人成立过这样的基金,但他们都觉得这个主意很不错。美林证券把第一批基金的目标投资收益率定为5%,未来还将进一步提高投资资本的额度。

六个月之后,我们依然没有收到任何认购,一笔都没有。于是我就亲自掌管起来,于1989年5月10日到6月30日出发到各地募资。我发现,为了更好地募集资金,我需要亲力亲为。在总计52天的募资过程中,我跟美林证券一起度过了42天——通常是在不同的城市,每天做三到四场演讲。现在了解我的人都知道,我并不喜欢穿西装打领带。于是我设计了一套流程，飞机落地时，我会穿上西装，打上领带，来到会场进行演讲，然后又回到飞机上，换回我熟悉的牛仔裤和羊毛衫。然后我们继续去往下一座城市，飞机落地，我又换回那套表演用的"猴子"西装。如此循环往复，我总共募集了4亿美元（大约相当于如今的7.85亿美元），在谢幕晚宴上，美林证券的团队送给我一套自带衬衫和领带的双排扣西装，衣服上还有一条拉链，这样我就只需要套进去拉上拉链就行了。多年以后，我依然把这件衣服挂在自己的办公室里。

无论如何，当开始路演的时候，我很快就意识到，在基金募资过程中所面临的挑战在于，那些我们希望拉来投资的人，根本就没有意识到即将到来的危机，他们依然夜夜笙歌。所以，他们怎么会看清市场机会呢？

想象一下这种场景——我走进房间，高声宣布："我们即将面临房地产历史上最为严峻的境况！"然后这些家伙看着我问道："你说什么？今年我们房地产投资的收益率高达12%。"因此，在谈论市场投资机会之前，我就不得不费一番口舌，先跟他们说清楚当前市场的真实情况。我需要给他们展示房屋空置率，还有相关的数据指标，让他们明白，所有的市场动态都显示市场即将暴跌。然后我还需要向他们保证，通过低位扫货，我们将会赚钱，而且能够赚很多钱。

可以肯定的是，在接下来的几年里——进入90年代初，市场暴跌的形势变得日益明显。大多数私人房地产投资的杠杆比率都高达80%~90%，入住率和租金也在不断下滑。债务人无力偿付。许多曾经在房地产领域呼风唤雨长达几十年的大型公司，也都陷入血本无归的悲惨境地。这段时间被称为自经济大萧条以来最为严重的房地产危机。

在1990年10月房地产行业的大会专题演讲中，我创造了"挺到1995年"一词，随后成了整个行业的热词。我想表达的意思是，当一切都已经说明白并且采取了相应的措施之后，如果不能持久生存下去，如果没法牢牢抓住手中的资产，那么不管你多么富有聪明才智，最终都将无济于事。四年之后，市场终于开始有所起色，我们挺过了最困难的时期。为了纪念整个行业的坚持和努力，我重新改写了比吉斯乐队（Bee Gees）的《活着》（*Stayin' Alive*）这首歌的歌词，并请专业歌手进行了演唱。我还专门定制了几百个铁质雕像音乐盒，展现了四个高管费尽气力希望把一座即将倒塌的建筑扶起来的情景，并将它们送给了房地产行业的企业家。

顺便说一句，从70年代开始，我制作的年度礼物越来越精致，如今，这些礼物的样式，就是定制的自动控制的机械音乐盒雕塑。礼物接收人的名单也在不断增加，包括朋友、同事和业务伙伴大约有60人。每年当礼物送达的时候，我总是能从接收人的反馈中获得许多乐趣。你可以看到，这些礼物被摆放在高管办公室的架子上，遍布各个国家和地区。礼物接收者会把它展示给朋友们，播放其中的音乐，并且聊一聊歌词。对他们来说，这些礼物至少能算是个奇妙的物件，而在最理想的情形下，它们可以成为聊天的由头，越发显示出我们公司品牌的与众不同。

下面就是我对比吉斯乐队《活着》这首歌的改编。

你一定很清楚，我边走边聊
作为房地产人，是时候让大家知晓：
市场曾经哀鸿遍野，但如今已经热度渐高
税法改革以来，我们四散奔逃
如今坎坷历尽，前方风景正好
风雨过后，未来可期
何谓重置成本，影响几何，我们俱已明了
若为银行谋生，抑或手握股权
如今你已经挺过坎坷，来到1995年
暖风轻轻拂动，空室日渐喧嚣
我们终于挺过坎坷，来到1995年
啊，哈哈哈，我们终于挺过坎坷，众位知交！

多年之后对此进行回顾时，估计这期间房地产行业的总损失超过了800亿美元，商业地产的价值下跌也高达50%。

泽尔/美林基金有自身的完美定位，那就是在全美范围内精挑细选那些贬值的资产进行投资。但是，正如同一开始很难募集资金一样，最初要进行投资也并非易事。我们进入市场的时机特别早，以至于卖家根本不了解自己的房地产价值，因此他们就一再推迟做出决策。最终，市场情况和房地产价值开始稳定下来，此时放款人也急于把房地产从其账上剥离出去，我就成了当时市场上唯一的买家。

到1995年的时候，我们手头已经掌握了规模可观的优质办公大楼，并开始考虑是否通过REITs的方式，推动这些资产上市。因此当曼哈顿的洛克菲勒中心被摆上货架时，我也步入了追逐者的行列，认为要想推动自己手头持有的办公楼投资组合成功上市，这座建筑完全可以成为被市场所共同认可的头牌资产。

这可真是一场围绕货真价实的资产所展开的实打实的竞争。我以前经常开玩笑说，希望自己能够将这笔真实交易拍成电影。参与竞争的都是一些大人物，包括日本房地产领域的巨头三菱集团、大卫·洛克菲勒家族、阿涅利家族、高盛集团、通用电气，还有沃尔特·迪士尼。出场阵容的奢华程度简直无与伦比。

日本在房地产领域的投资于80年代达到巅峰，当时三菱集团买下洛克菲勒集团80%的股份，与后者组建合营机构共同拥有洛克菲勒中心的所有权。在这笔交易背后是13亿美元的抵押条款，由新设立的REITs——RCPI所持有。1995年5月，市场形势急转直下，该机构无力偿还债务，其受抵押资产的拖累就构成了违约，导致RCPI丧失了主要的收入来源，也步入破产程序。我们建议，向RCPI注入2.5亿美元的资金，持有其50%的股份，最终希望能够实现完全控股。

在这场谈判中，我事事冲在前头，频繁出现在谈判舞台中央，积极参与谈判的每个环节，这可能是我亲力亲为的最后一笔类似交易了。这笔交易的强度和节奏，与我此前的经历全然不同——要面对无穷无尽的电话会议，还有永无休止的一对一谈判。我还被媒体频繁曝光，甚至有报道认为，我参与这笔交易谈判，更多的是为了吹嘘展现自我形象，而不是出于经济利益的考虑。事实当然并非如此，任何真正了解我的人都会明白这一点。最终，我们还是无法弥合双方的巨大分歧，洛克菲勒中心最终被合营机构拿下，该合营机构包括高盛集团、铁狮门公司以及大卫·洛克菲勒家族等。

尽管谈判过程中面临许多的艰难险阻，但没有人能够否认，有一个来自芝加哥的家伙曾经满怀热情，希望能够以低价拿下纽约的这座地标性建筑。我认为，市面上有一些资产，特别容易让人有"回归故里"的感觉，洛克菲勒中心就是其中的一个。

总之，1989—1996年，我们总共募集了四期泽尔/美林基金，额度合计达到21亿美元。尽管也曾投资于各类不同的资产，但我们最主要的投资目标还是高质量的办公建筑，我们对这类资产的买价也远远低于其重置成本。

巧合的是，20年之后的2008年，当市场再次出现暴跌时，我的电话响个不停，许多人迫切希望能够跟我一起在坟墓起舞，加入大肆扫货的行列。在接下来几年时间中，我不得不一遍遍解释，说这次衰退跟以前全然不同。我将不再募集资金，因为在商业房地产领域，已经不存在坟墓起舞的投资机会。由于利率很低，甚至几近于零，贷款人可以很轻松地继续把资产保留在资产负债表上，而根本无须承担什么成本。当时房地产融资界的口头禅是"敷衍塞责和装聋作哑"。只要能够把贷款继续延续下去，就不会有额外的损失。也就是说，那些高杠杆的房地产所有者，完全可以在贷款到期之后继续要求延期，直到市场形势回暖。由于根本没有迫切兜售的压力，市面上就不会有多少砍价议价的空间。

***

在 20 世纪 90 年代早期，房地产所有者迫切希望获得资本支持，而当时只有一个出路：资本市场。美林证券的理查德·萨尔兹曼（Richard Saltzman）为行业潜在的创新行为和长远经营提供了资金支持，成为现代 REITs 的强力推动者。

1993 年，我推动自己名下的首家房地产公司成功上市。在过去的 20 年里，除了设立泽尔/美林投资基金，我们还把资金大量投资于其他大类资产上。我们在纽约证券交易所的首次亮相，是名下的预制住宅社区（Manufactured Home Communities，简写为 MHC）这家房地产控股公司，如今这家公司的名字是宜居生活资产信托公司（Equity LifeStyle Properties，简写为 ELS），该公司旗下有 47 个预制住宅社区。在现代商业地产时代，这是最早以 REITs 名义上市的公司之一。

如今，宜居生活资产信托公司是美国预制住宅社区和休闲车集散地的最大服务商，也一直是我最喜欢的公司之一。自 IPO 以来，宜居生活资产信托公司一直是 REITs 中收益最稳定且最高的一家公司，平均年收益率达到 17%，而且其业绩通常也不会被市场大势左右。

预制住宅一般被认为是低档消费品。一提到这个，人们就会想到某个临时、糟乱的环境，一个穿着皱巴巴 T 恤的家伙，一边喝着啤酒，一边烤着热狗，嘴里还大喊着"丝黛拉"，就好像是马龙·白兰度在电影《欲望号街车》中那样。总之，我之前也是这样的想法。

但 1984 年在对某笔投资进行尽职调查的时候，我们对市场竞争形势进行分析，发现了预制住宅社区这方面的投资机会。

尽管身为全美最大的房地产所有者之一，但我们对预制住宅停车集散地却一无所知。于是，我让公司一个高级投资顾问去佛罗里达把这件事情弄清楚。他给我回电话，一开口就停不下来："我简直不敢相信自己的眼睛，我看到了这些移动的住宅……"

我问："这些房子不好吗？"

"不，不，你没搞清楚，"他大喊，"它们都属于特别优质的资产。它们简直太棒了！"

这些资产确实很棒。预制住宅社区公司的资产具体归特里泽克物业公司（Trizec Properties）所有，属于全美规模最大的预制住宅投资之一。这些建筑坐落的地点环境都十分优美，包括湖泊岸边、海滨胜地、林间美景，还有园林景观等。我简直不敢相信，这些房子就好像是时尚潮流的延伸一样，有门廊、车库、俱乐部，甚至还有高尔夫球道。

我们查看了相关数据信息，发现这类资产的风险投资回报比率也很高。受"邻避效应"（Not in My Backyard）规定的影响，这个市场存在一定的进入障碍，开发新的社区面临很大困难，因此其供应量比较有限。并且此类投资的换手率大约只有1%，一旦住户搬到这类公园住宅里之后，他们就很少会离开。

当我们进入预制住宅领域时，那些在高端房地产领域从业的人员，没有人近距离地查看过这样的社区，这些完全就不会出现在他们的考虑范围之内。但我们丝毫不在意，不管是被贴上"移动住宅"的标签，还是被打趣说是从事"拖车房屋"等所谓的低端行业，我们都属于市场捕猎者，时刻寻找着市场机遇并追求投资回报。

让一家从事预制住宅的公司成功上市，这可不是一件容易的事情。我用尽浑身解数，创新各种方式，向华尔街那帮人解释为什么这项业务可以获得成功。于是，我们设计了T恤来传达公司的理念。衣服上描绘的卡通形象，是我抓住一个家伙的脖子，下面写着："你这个书呆子，最后一次告诉你，这可不叫拖车！"最终，尽管并非每个人都被说服了，但公司IPO依然大获成功。我还记得有一位投资者，他特别怀疑这块业务的运作。在IPO之前，《巴伦周刊》写了一篇文章，其中引用了他的话，意思就是说他绝对不会自降身份去投资移动住宅产业。他说："我想还是等等看吧。"所以，当我们完成IPO，并获得五倍超额认购时，我给这个家伙寄了一个橄榄球，同时附了一张便条写道："如果你希望接球的话，也许这能够提供一点帮助。"

宜居生活资产信托公司上市12年之后，其增长逐渐陷入停滞。

这种商业模式特别先进，但行业内可供收购的资产已经很少甚至根本没有了。预制住宅业主意识到，他们所拥有的都属于很优质的长期资产，因此根本不会随意出售。与此同时，邻避效应曾经让这些住宅令人垂涎，但同样也正是由于这类效应，阻碍了我们对其实施进一步开发。

我们开始着手解决这个问题，并在这个过程中发现，休闲车营地跟预制住宅社区一样，具有同样的基本特征。它们是同一种商业模式的迷你版本——我们拥有土地，而租户拥有建筑，而且租户的流动率很低。这两类房地产也拥有相似的租户，相同类型的地理分布，连现金流模式都一模一样。

因此，宜居生活资产信托公司是第一家把这两类房地产聚合在一起并对其实施制度化管理的公司。具有讽刺意味的是，就如同房地产行业迟迟不愿将预制房屋纳入一样，预制房屋在将休闲车营地纳入业务范围方面表现得也同样固执和僵化。

如今，宜居生活资产信托公司旗下拥有规模庞大的预制房屋和全美最优质的休闲车营地。公司在全美 32 个州和不列颠哥伦比亚总计拥有 14 万处住宅。自从 1993 年上市以来，宜居生活资产信托公司的市值已经从 2.96 亿美元增长到 60 多亿美元。

同年晚些时候，我们还将旗下住宅地产公司（Equity Residential，简写为 EQR）公开上市，该公司拥有 1.7 万个公寓住宅。EQR 的发展变化，最为充分地展现了美国人口版图的剧烈变动。在 25 年前 IPO 时，EQR 主要拥有的是位于郊区的花园公寓，这可是当时多户住宅的黄金标准。当时最受追捧的资产，是高速公路旁的地产，在互联网给人们生活带来革命性的变革之前，这可是房地产公司面对选房者所采用的最主要营销手段。我还记得我们在沿着高速公路的建筑物上挂着这样的横幅："如果你住在这里，那你现在已经到家了。"

到21世纪初，我意识到此生最为重大的文化潮流变革即将发生——人们更愿意推迟结婚。我和我的大学朋友往往在走出大学校园的第一年就登记结婚，与我们不同，现在的人们愿意等待的时间越来越久，然后才永结同心。每一代人到了32岁时结婚率都会下降至少10%。我知道，单身的人们都愿意追随潮流而动，为此他们甚至愿意放弃其他要求，尤其是房子的建筑面积，而且他们的支付能力也更强了。他们可以接受更少的生活空间，但社交空间必须足够。因此我们重新调整EQR的投资结构，从在郊区建造花园公寓转向在全天候运作的城市建造高层建筑。2015年，我们完成了转型。那年，EQR的市值达到了300亿美元，并且在全美最好的、带有进入壁垒的六个市场上，储备起无可取代的公寓建筑群。

如今，人们在评估公寓的时候，已经不再关注是否抬头就能看见高速公路，而是看它们的"步行评分"——从公寓出发，要走多少步才能到公交车站，到百货商店，到星巴克咖啡厅，到健身房。深入分析一下，你就会看到延迟结婚对各行各业带来的巨大变化。缘起于90年代的这些变化，包括关注点的转移、生活方式以及可自由支配收入的变动等，都预示着一个消费主义新时代的到来。房地产业不再只是搭建一座冷冰冰的楼宇建筑，它往往折射出一个国家、一个社会的历史脉动和时代变迁。

***

可以这样说，现代 REITs 产业虽然不是我发明的，但在我的帮助下，这个行业实现了灵活快速的发展。其中我所起到的作用，主要是如何强化公司治理。我所希望实现的目标，是确保行业在机构投资者群雄环伺的背景下，仍然能够保持独立资产大类的身份，具备独立配置资源的能力。面对众多同业者、养老基金、保险公司、银行机构和政界人士，我们花费了很大力气展开游说。当时，房地产行业可以逐渐发展成为美国企业界的上层力量，这种看法被认为十分荒谬。但凭借坚强的意志，我知道这个目标一定能够实现。

1992 年末，在筹备陶布曼购物中心公司（Taubman Centers）上市期间，摩根士丹利公司创造了一种伞形房地产投资信托（UPREIT）结构。这实际上就是现在公司重组条款的另一种版本，但它从未应用于房地产行业。

这深刻改变了房地产市场的游戏规则。通过 UPREIT 结构，房地产所有者可以把资产注入某个实体，以换取可以经营操作的业务单元，这些业务单元可以按一比一的比例转换为 REITs 份额，从而起到了推迟纳税的效果。也就是说，在 UPREIT 结构设计下，大额不动产的持有人可以获得流动性资金，而不会引发纳税义务，前提是只要该持有者不将手中的基金份额卖掉。这种结构设计，还使多数大规模私人房地产商都能够把自己的投资组合与公共产业结合起来。

我们许多人——房地产行业的新领军者，立即看到了这种新模式所蕴含的投资机会，但也总是有一些人喜欢维持现状。在1994年美国国家不动产投资信托协会（NAREIT）于荷兰召开的年度大会上，执行委员会中有位成员站起身来，质疑这种结构模式的合理性和可行性，怀疑其是否能给行业带来实实在在的好处。我当时十分气愤，随后就给协会主席打电话，我要求他做出选择：要么把这个执行委员开除，要么我另起炉灶成立自己的不动产投资信托协会。不久之后好消息传来，我的私下建议被采纳了。

实际上，UPREIT结构所起到的作用完全符合它的宣传和定位。随着REITs业务逐渐向其他国家拓展，国外法律规定不允许UPREIT这样的结构安排；内含的纳税义务抵销了私人投资组合上市的收益，而这极大地阻碍了该行业的发展，以及潜在的投资机会。

有时候回头分析你会发现，公募REITs的诞生，是该产业在"黑暗时代"的一次深刻转型，当时整个商业房地产行业都笼罩在一片迷雾之中。除了内部人士，其他人都不清楚其运作内容。经纪人掌握所有的资源，但他们却从不开口澄清。人们根本看不清市场形势，也不了解各类资产，并且也不存在统一的度量尺度。该行业这种不透明的特征，导致了市场上的过度建设，引发了周期性的极端循环。此外，房地产行业的运作者也逐渐形成了这样的名声，即他们经常无视股东的最佳利益，并且频繁通过早期的REITs，以其作为低质资产的倾泻聚积地。

1993年，当第一只现代意义上的REITs出现时，由于我在过去十年间一直活跃在公开市场上，努力推动企业公司上市发行，这个过程让我受益匪浅。我很熟悉华尔街的那一套流程，也知道市场对那些优秀公司的期待和要求。并且我也明白，整个房地产行业在起步之初就背负着沉重的声誉赤字。

1993年，我被任命为美国国家不动产投资信托协会的执行委员，并在年度大会上发表演讲。我说，行业最近开始进军公开市场，这让我想起了1984年在得克萨斯州休斯敦市曾经见过的一份汽车保险杠上的贴条。上面写着：万能的上帝，请让石油行业再繁荣一次吧，这次我们一定不会把市场搞砸。

我继续列出了行业应该采取的措施，只有这样才能在华尔街大获成功。简而言之，就是如何推动行业增加透明度、增强可预见性以及增强可信度。我们需要赢得投资人的信任，这就意味着，必须以高质量的房地产为基础设定REITs，保持较低的债务权益比率，出售当前的资产而非未来预期获得收入，并且确保发起人和管理人员在房地产业拥有切身利益，有动力去努力提升股东价值。

REITs虽然只是投资基金领域的一个很小的分支，但对整个行业的发展方向产生了巨大的影响，它们拥抱变革，最终推动行业从20世纪90年代早期的70亿美元的规模，增长到2016年的超过1

万亿美元。如今，它们已经成为被市场所认可的一类资产，并且被纳入了标准普尔 500 指数。

公募 REITs 的简单而天才的创新之处在于，把冷冰冰的房地产变成了清晰透明、高度可预测的流动资产。由于每年必须把至少 90% 的应税收入分配给股东，因此这些上市实体的分红额度就很高。由于其杠杆率相对较低，商业房地产行业从整体上来说更加不易受到经济周期和市场波动的影响。我们可以看一下该行业在抵御 2008 年经济大衰退中的表现，与独栋建筑的房地产价值波动形成了强烈对比。对于这个伴随我成长至今并且给予我丰厚回报的行业，我心里感到无比自豪，在行业这场成功的升级蜕变过程中，自己也起到了一定的作用，我认为这是我职业生涯中最为重大的成就之一。

***

到了 20 世纪 90 年代末期，也就是我写"卡珊德拉"这篇文章大约 10 年之后，网络泡沫开始膨胀。市场对新出现的每一个网站都狂热不已。

只要是第一个提出某个创意，就足够了。只要网站能获得更多的"眼球"关注，就足够了。免费提供杂货配送、宠物食品配送或者在线答疑等服务，就足够了。但我根本不知道他们将从哪里获取收入。

我记得1999年新年前夕，当时距离市场形势急转直下也只有几个月的时间。我正在法国南部跟一群朋友度假，这些朋友都是精明细致的生意人。晚餐时，环顾餐桌四周，我向他们提了一个简单的问题："今天雅虎公司的市值是1000亿美元。如果我拿出250亿美元的现金，在座的各位有谁觉得自己没法复制雅虎公司今天取得的成绩吗？"这场对话证明，市场价值与现实情况已经完全脱节。

尽管有几个人也努力对此进行辩护，但最终他们每个人都承认，自己可能也可以做到，这就意味着，这个领域其实并没有所谓的进入壁垒。当然，有关如何带来收入的烦人问题，最终依然没有得到满意的答复。

当时，我手下那只创意十足的团队已经制作完成了一年一度的礼物，这是早在六个月之前我就开始动手操办的事情。这个礼物当然还是一个音乐盒雕塑，描绘的是"皇帝的新装"。我亲自写的歌词，虽然可能并不贴切——最终表明这其实颇具先见之明，抨击了当时科技公司不断膨胀的估值。配的是《离开爱人的50种方法》（*50 Ways to Leave Your Lover*）的曲调：

> 她早已经告诉我，问题你早已经明了
> 追随内心的感觉，答案一目了然
> 让我帮你吧，23岁聚揽万贯家财
> 想成为亿万富翁，办法可不止50个
> ……

汤姆，后面加上 .com 就行了

李，名字前面缀上 E 就好

罗伊，开始做玩具拍卖吧

这都会让你实现财务自由

……

但她从未告诉你，经济寒流袭来，你将如何应对？

皇帝的新衣是否依然披在身上？

现金流缩水之后，未来将如何启程？

我不禁怀疑，这种网络上的数字交错真的靠谱吗？

真的有 50 种办法让你成为亿万富翁吗？

正如同卡珊德拉一样，如果我的推论与传统智慧背道而驰，那我注定会遭到人们的白眼。当然，其中的诀窍在于如何通过这些推论假设，给自己创造实实在在的金钱。截至 1997 年，我们的公司已经不能仅仅说是现金流为正了。业务呈现爆发式的增长，各笔 IPO 为我们带来了巨额流动性；泽尔／奇尔马克基金募集了 10 亿美元的资金，泽尔／美林基金则超过 20 亿美元。我们已经挺过了困难时期，鲍勃和我共同创立的这份事业，在我手上得以延续并发扬光大。

当年，我还决定将泽尔／美林基金办公楼投资组合转换成 REITs。截至当时，我们总计有 4 只基金，认购对象包括众多主动型和被动型投资人——养老投资基金、保险公司，还有个人投资者。他们最初投资泽尔/美林基金的时候，是基于一系列保证、理解和程序。如今，我们要求他们接受一个全新的投资机会，把自己的收益换成"尚未经过市场检验的"REITs。这可真是一项极度复杂而又众口难调的任务。投资者自然会提出很多问题，比如说新的股份价值多少、交易量大不大、每个季度的分红情况，以及一系列其他问题。而其中许多问题我们都没法回答，但他们最终还是迈出了这一步。1997年，我们将办公物业投资信托公司（Equity Office Properties，简写为EOP）公开上市。

我们在纽约证券交易所公开上市，上市资产主要是90栋建筑，总面积超过300万平方米。我们的租户以机构客户为主，平均租赁期限是7年，这让我们可以很好地预测未来收入的现金流，我们的投资分红率是5.7%。我坚信，公司业务平台将继续扩展，EOP也将成为华尔街的焦点和宠儿。事实确实如此，至少在一段时间里是这样的。

07
教父的要约

理查德是这样答复黑石集团的:"萨姆说,必须得是教父要约才行——条件好到令人根本无法拒绝。"最终,这笔房地产交易的总价值为 390 亿美元。在市场最高点出售其实并非我的本意,我只是收到了一份难以拒绝的"教父要约"罢了。

时机选择关系着一切。这种说辞比较老套，直到你发现自己身处下面这种情况：自己刚刚完成一笔史上最大的交易，不久之后，全球房地产市场就出现了最为惨烈的暴跌。但只有在事后回顾的时候，我们才能发现真正完美的时机选择。因此，当2007年上半年以390亿美元的价格将EOP出售之后，我其实还是不太清楚未来的市场剧情将如何上演。

我认为，当时房地产行业的估值已经见顶。所有迹象都表明，本轮市场繁荣周期即将结束，但这其实也并非我做出抛售决定的唯一理由。

EOP是当时美国最大的REITs。我们历经数十年时间，在全美每一个主要的房地产市场上收购了超过500栋最好的办公楼，这是一项无可取代的优质资产，就跟我一手带大的孩子一样。事实是，如果这家公司没有上市的话，我可能绝对不会考虑把它卖掉。但是当EOP上市之后，我对股东就承担起受托责任。拿到他们投入的资本之后，作为交换，我承诺将为他们带来最好的投资回报，这是我最重要的责任，没有比这项任务更重要的了。为了履行这项承诺，我自掏腰包成为公司最大的私人股东。我也从来没有想过有一天会卖掉这家公司，我觉得，EOP 的体量太大，根本不可能会被收购。

在推动 EOP 发行上市的时候，我们经营策略的核心假设就是"规模越大越好"。我们觉得，通过实现规模经济，能够降低企业经营成本，这又将提高投资回报率。在我们拥有大量建筑楼宇的城市中，我们无须组建单独的管理团队。我们可以减少冗余资源；批量购买服务和各种材料，比如清洁服务和照明用品等；我们还可以围绕这些资产进行集体营销。事实情况表明，这些想法都没错，但此后利润率的提高也只有这么一点而已。

EOP 自诞生之初就天然蕴含着 EGI 的企业文化。管理团队就是从我们旗下一家公司平移过去的，我们在这家公司鼓励创新，支持明智的冒险，允许员工提出一些不切实际的意见建议。我们会尝试一些创意性的经营策略，比如说在公司办公楼内部和外部墙面上打广告——如今这已经司空见惯，但在 21 世纪早期却是最为新潮的创举。我们启动了非同寻常的零售租赁策略。我们也试图利用我们的规模和体量，跟 IBM 公司和美国银行这样的大租户协商一揽子租赁协议。由于许多大型公司在全国各地都需要租赁办公室，我们希望跟它们签署全国范围内的租赁协议，这将给我们带来确定的收入流和竞争优势，同时让客户拥有最大的灵活度，可以根据其投资情况实施业务扩展或者收缩。作为这个经营策略的一部分，我们每年都会举办一场盛会，邀请全美最大的租赁客户参会交流。我还记得，有一次参加在旧金山举办的盛会，晚宴时我跟一个跨国公司的伙计交流，他大谈特谈 EOP 多么伟大，我们让他的生活变得多么方便，我们经营的效率多么高，等等。然而，第二年的时候，他就跟街区对面的竞争对手签署了办公楼租赁协议，对方给他开价每平方英尺便宜 1 美元。

因此，并不是我们的每次努力都会收到成效。但是，我们所提供的都是 A 级优质办公楼，而且除了几个顶级租赁市场，我们是办公楼宇的最大所有者。比如，在波士顿和旧金山等部分城市中，要想推出新的供应，将会面临很高的进入壁垒。

我很清楚 EOP 的价值，而且我知道公司价值被华尔街低估了。每个季度，公司管理团队都会对投资组合中的每项资产进行深入分析，以制定实时估值。对于公司楼宇建筑价值，最可靠的衡量标准依然是市场重置成本。对我来说，不管是租金高低、可比价格、空置率还是经济增速或者股票价格，所有这些都不如重置成本重要。这是因为，只有重置成本才会决定未来的竞争价格。

2000 年我们曾经做过一笔并购，该并购对市场观感造成了负面影响，直到 7 年之后，我们把 EOP 出售的时候，这种影响才得以扭转。这笔并购涉及史比克物业公司（Spieker Properties），这也是我们实施过的最大一笔并购，金额高达 73 亿美元。史比克物业公司属于西海岸房地产投资信托基金（West Coast REIT），业务主要集中在加利福尼亚州的门洛帕克，拥有 370 万平方米的楼宇，大多数都是办公楼，业务范围遍及硅谷。

内德·史比克（Ned Spieker）是这家公司的主席，他在2000年底给我打电话说，有些人主动接触他要求收购他的公司，但他还没最终决定。显然，他只是在等待一个更好的价格。

当时，网络泡沫的破灭实际上已经开始，纳斯达克指数中的高科技公司股估值，从前一年三月份的峰值大幅下降了近40%。我看着这场泡沫一点点破灭，并且向公众大声疾呼。旧金山—圣何塞走廊的众多互联网公司正在压缩成本或者中止办公室租约，这丝毫不令人感到奇怪。因此，面对貌似已经达到顶峰的科技行业，当我们试图收购史比克物业公司的时候，全行业都大惑不解。毋庸讳言，长期的投资策略不见得符合华尔街按照季度进行业绩评估的节奏。但我们经营的是房地产行业，而不是高科技行业，而且我脑子里形成了一项宏伟的蓝图。这笔交易将使我们有机会在苹果、谷歌以及全球其他顶级高科技公司所在的办公楼市场上成为主导力量。如果我们让这个机会从手边溜走，那不论是整体出售还是分拆出售，这块投资组合都有可能被出售给其他市场机构。

令人感到沮丧的是，我们没法让华尔街仔细审视史比克物业公司并购的时机选择，也没法让他们认识到我们通过这笔交易所创造的潜在价值。但我依然很自信，觉得这只是一个时间问题。

于是我们直接略过了这些噪声，继续推进并购工作，把精力专注于进一步完善控股公司管理上。和EQR一样，我们也以不断变化的人口结构为指导。建造于20世纪七八十年代的郊区企业园区，当时是为了让公司主管能够距离上班地点近一些，如今这种情形已经跟恐龙一样不符合时代潮流。为了吸引那些年轻的技术天才，企业的办公地点需要集中在全天候运作的城市。我们公司也是这样做的，到了2006年，通过精心挑选投资地点，我们几乎在全美每个主要商圈都储备了办公楼，而且这些办公楼基本上都属于A级。高质量资产带来的是可以稳定预测的现金流，这也体现出我们此前就一直推崇的经营理念。优质资产和核心市场的这种组合，使得我们在经济形势好的时候，可以取得最快速的业务增长，而在经济形势不佳的时候，也可以把空置率风险降到最低。

市场上第一家希望收购EOP的要约出现时，我几乎没把它放在心上。

这份要约来自一家貌似不太可能实施收购的企业。2005年11月的一天，EOP的CEO理查德·金凯德（Richard Kincaid）收到了一份试探性的报价，为250亿美元，报价人是加州公务员退休基金（California Public Employees' Retirement System，简写为CUPERS）的投资顾问。该顾问告诉理查德，他们认为EOP整体上被市场低估了，尤其是考虑到办公楼租金迅速上涨的情况，公司股价应该为34~35美元。这一切都是实话，除了有一点，当时我觉得公司股价至少应该是40美元一股。这个报价还算是有点儿诚意，但我对此并不是特别心动。

几个月之后，2006年1月，加州公务员退休基金再次登门，这次它们派的是由雷曼兄弟公司组成的咨询顾问团队。我们把公司的会计账簿展示给他们看，但我依然觉得，这些人的报价还是会介于每股30美元和40美元中间，这个价格太低了，我们根本不会考虑。

当年夏天，沃那多房地产公司（Vornado Realty）的董事会主席史蒂夫·罗斯（Steve Roth）跟我交涉。史蒂夫告诉我，他希望能够通过股票交换实施合并。尽管股票合并看起来没什么吸引力，但我们跟沃那多房地产公司仍然保持接触一直持续到10月。巧的是，当时随着投资界对购买办公楼宇的兴趣日益提升，我们公司的资产价值也越发显现，因此公司股价开始大幅飙升。公司股票当时步入了上升通道，但我依然不打算出售。

随后，到了8月中旬，黑石集团私下联系我们，报价每股40~42美元。为了实施这笔收购，黑石集团还有一个合伙人——博勒菲公司（Brookfield），该公司是另外一个REITs机构，希望买下我们大约1/3的投资组合。我们告诉黑石集团，这个报价还不够。尽管如此，面对这样一个比较强劲的报价，我们还是感到有点儿惊讶。突然之间，我意识到自己可能终将卖掉这家规模庞大而难以出售的公司。

9月，我们再次收到黑石集团的电话，这次，博勒菲公司消失了踪影。理查德跟乔纳森·格雷（Jonthan Gray）坐下来交流，后者掌管黑石集团房地产业务已经长达36年之久，这两个人就出售公司的部分建筑进行了初步沟通。作为后起之秀，格雷自从大学毕业之后就一直在黑石集团工作。他是一个很容易给人留下深刻印象的人；我在他职业生涯早期就预测他会取得伟大成就，这个预测果然成真了。10年之后，他已经站在了这个行业的最顶层，成了呼风唤雨的大人物。

格雷总是一脸严肃的表情，特别关注细节信息，甚至连其他人随口说的话也不放过。当理查德告诉他，公司董事会反对出售公司的时候，格雷问在什么情况下董事会能够改变这项决定。理查德一边仔细回忆我经常跟他说的条件，一边答复说："萨姆说，必须得是教父要约才行——条件好到令人根本无法拒绝。"显然，这种提法让格雷印象深刻。在10月快结束的时候，我们收到公司在美林证券的银行经理的一通来电。他们说，格雷给他们打电话，希望知道"教父要约"到底应该包含什么样的内容。

这才是正确的提问方式。我让理查德通知黑石集团，EOP绝对不会随意就被摆上货架，但是每股报价如果超过45美元的话，我们可能会略微动心。

在市场一片上涨的背景下，黑石集团给我们开出了每股47.5美元的报价，现在我们需要认真琢磨一下了。11月12日，我们召开董事会会议讨论这笔报价。各种观点激烈交锋，让我很难抉择，如果这家公司归我一人所有，我可能会断然拒绝这笔报价。但黑石集团的这笔报价，完全符合我们对这笔房地产业务价值的评估。我一直坚信，你选择持有一项资产的每一天，其实也是在买入这项资产。我是否会以黑石集团的报价买下我们的大楼呢？答案是否定的。

经过迅速地讨价还价，我们成功让黑石集团把报价提高到每股48.5美元，总计金额是200亿美元，还要加上160亿美元的债务，也就是说，总的金额是360亿美元。在协议中，我坚持要写入中止协议补偿金条款，尽管其金额特别低，但这样可以使得其他潜在的买家不会望而却步。通常中止协议补偿金占卖价的比重最高可以达到3%，但我把这个金额设定为2亿美元——大约是该报价权益总额的1%。显然，黑石集团可不怎么喜欢这项条款，但对我来说，这是不能讨价还价的内容。

此外，交易条款中还规定，黑石集团不得泄露有关本次交易的任何信息。因此，他们就无法预先安排对交易标的中的任何建筑进行出售，来帮助他们抵消这笔投资豪赌的风险。事后证明，这是一项极为重要的规定，为随后EOP以最高价出售奠定了基础。

我们最终于2006年11月19日对外宣布了与黑石集团的这笔销售协议。

如今真正有意思的事情才刚刚开始。我认为，这一协定只是EOP未来出售的保底条款，我迫切希望看到其他竞标者也能入场竞逐，尤其是加州公务员退休基金和沃那多房地产公司。

面对这种层次的并购交易，能够参与进来的并购银行家和房地产贷款人数量是一定的，他们每个人都希望加入，或者是加入我们的交易团队，或者是加入黑石集团的交易团队。这是房地产历史上规模最大的一笔交易，每个人都希望成为其中的一部分。

黑石集团本可以让并购领域所有关键人员都参与进来，从而让其他潜在的竞标者无人可用，这对黑石集团来说并非难事。但在询问了格雷之后，我得到答复说他们确定将不会这样做。

这引发了银行家们相当程度的不满和抱怨。美林证券为我们处理这笔交易，美国银行为黑石集团服务，但其他机构也希望参与进来。摩根大通银行给理查德和我打电话，极力劝说让我们雇用他们参与这笔交易，但我希望摩根大通待在一旁，以便能为其他潜在的竞争投标者真正参与报价时提供服务。

尽管根据与黑石集团的协议，我们不能主动寻求竞争性报价，但确定无疑的是，一旦出现这种情况，我也绝对不会阻止，而事实上也的确出现了：史蒂夫·罗斯和沃那多房地产公司。一段时间以来，史蒂夫一直琢磨着实施并购，但我们早期的交流沟通并没有产生任何切实可行的成果。我在20世纪70年代就已经认识史蒂夫了，我很喜欢他，也很尊重他，尤其是他对房地产行业发展的长远视角。可以肯定的是，一旦买下EOP之后，黑石集团一定会选择出售套利，而史蒂夫则表示自己有兴趣等待市场慢慢发展，长期持有这项资产，他坚信EOP是一个完整的集合体。但是，无论我是否喜欢史蒂夫本人或者是他的投资方案，这些实际上都不重要，我必须为股东们选择最好的交易方案。

至于史蒂夫是否真正进行过报价，我们其实并不清楚，但市场传言愈演愈烈，到2007年1月的时候，由于沃那多房地产公司也参与竞标的传闻，EOP的股价已经超过了黑石集团的报价。1月中旬，我给史蒂夫发了一封邮件：

亲爱的史蒂夫：
　　玫瑰红艳如火

紫罗兰深沉湛蓝

听闻市场传言

问君属实与否？

祝福满怀

　　　　萨姆

随后我才得知，当我这封带有暗示意味的打油诗送达史蒂夫手里时，他正在沃那多房地产公司的董事会会议室里，跟一群银行家和律师开会。当秘书把这封邮件拿给他看时，他感到自己有必要以同样的体例做出回复：

萨姆：

一切可好？

传言为真

真心爱你

我方报价52美元

要想看看这首诗是否押韵

我们应该定个时间好好聊聊

这样说可能显得有点俏皮

但我们应该在3∶50谈谈

　　　　永远爱你的史蒂夫

史蒂夫确实信守了自己的诺言，组建了一个财团，由沃那多房地产公司、喜达屋资本集团（Starwood Capital）以及沃尔顿街资本管理公司（Walton Street Capital）组成——这些都是重量级的房地产市场参与者，市场领导地位和资历无可置疑。1月17日，他们提交了一份每股52美元的初步报价，其中40%以沃那多房地产公司的股份支付，剩下的以现金支付。他们从众多金融机构取得了融资，包括摩根大通、雷曼兄弟、瑞银集团、巴克莱资本和苏格兰皇家银行等。几天之后，正如同我们对黑石集团所做的那样，我们也允许他们查看公司的会计账目信息，以便为他们正式报价提供支持。

这场游戏于是得以继续。

如果你以交易为生，就会体验到一笔大规模交易能迸发出多大的能量。这个过程令人目眩神迷，空气中满是期待的气息。你一整天都踮着脚尖欢呼雀跃，每天都是如此。简单来说，这个过程真的特别有意思。

但是，和其他所有交易一样，在跟沃那多房地产公司的这笔交易中，魔鬼也一样存在于细节之中，我看到他们的要约中也存在几个陷阱。

**

黑石集团报价中的撒手锏就是，他们提出全部用现金进行交易，而不同于沃那多房地产公司报价中有40%的本公司股票。黑石集团的报价也很坚决，可以迅速完成这笔交易，只要EOP按照事前计划好的，在2月5日召开股东会，他们就承诺在两个星期之内完成交易，而沃那多房地产公司则需要好几个月时间，等待股东投票，而且由于该公司计划发行股票，还要得到美国证券交易委员会的批准。在几个月时间里，一切都有可能发生，而我个人更偏向于黑石集团确定性的报价安排。

黑石集团的董事会主席兼CEO苏世民在记者招待会上公开表示，希望避免陷入竞争性报价的恶性循环。为了支持自己的观点，他将现金报价提高至每股54美元，或者说包括债务在内总计383亿美元。我们接受了黑石集团修改后的报价，同意将中止协议补偿金从2亿美元提高到5亿美元。现在，无论是沃那多房地产公司还是其他任何人，都需要额外拿出3亿美元，或者说每股0.75美元，才能比黑石集团的报价更有吸引力。

史蒂夫·罗斯极力劝说我重视他所提出的报价。我只是不断告诉他："史蒂夫，黑石集团的报价都是现金交易，而你的报价大约有一半是股票。为了推进这笔交易，你还得召开股东会，让股东会通过决议，你还得得到证券交易委员会的批准。也就是说，在我看来，这需要六个月的时间。你提供的报价要高50美分，但我们需要承担的成本，却是六个月的时间风险。我不能接受。"在如此动荡的市场环境中，六个月时间简直有一辈子那么长。

但史蒂夫并没有打算放弃。2月1日，沃那多房地产公司将报价提高至每股56美元，这次的现金交易比例为每股31美元，占收购价的比重是55%。相比前次报价，这次报价总额要高一些，但现金比重却略微低了一些。

根据最初的协议条款，黑石集团有权匹配任何竞争性报价。我们也发表声明，称将继续向股东推荐黑石集团的报价，因为他们提议的交易能更快完成，并且还将以现金支付。

2月4日是个周日，沃那多房地产公司继续提供了非约束性的报价，提出分两步实施并购，从而使得现金交易部分在公司接受报价后三周内支付完成。沃那多房地产公司的目的是缓解EOP董事会的担忧情绪，后者担心这笔交易的达成时限，还有股票支付部分的不确定性，这两个因素将会增加交易风险。

交易距离最终达成已经进入倒计时。EOP定于周一晚上的股东会日益临近，凝重的氛围让每个人都屏住了呼吸。

毫无疑问，黑石集团拔得头筹，不过了解一下他们是否可能进一步提高报价，又有什么坏处呢？于是周一早上的时候，理查德给格雷打电话，问黑石集团是否愿意将报价提高至每股54美元以上。格雷说，他当天晚些时候会给我们回复。

周一晚上晚些时候，格雷给理查德回电话。是的，黑石集团愿意将报价提高至每股55.25美元，只要我们能够将中止协议补偿金从5亿美元提高到7亿美元。我们讨论过后，让理查德给格雷回电话，问他是否愿意将报价提高至55.5美元。格雷很快就回电话说55.5美元没有问题，并再次提出，只要中止协议补偿金提高到7.2

亿美元，并且我们还得废除信息共享条款，这样在我们出售公司之后，他们就能迅速安排好资产出售事宜。这对黑石集团来说十分重要，因为这有助于他们降低风险。我们同意了，然后黑石集团立即开始以高价安排资产销售事宜（最终黑石集团在跟我们的这笔交易中获利丰厚，这是一个至关重要的原因）。

周一市场休市之后，公司董事会对这两笔报价进行对比。美林证券的银行家们按照当前的价值估算，考虑可能涉及的各种风险，沃那多房地产公司56美元的报价，实际估值介于每股54.81美元和55.07美元之间。在美林证券看来，黑石集团的报价更有优势——每股55.5美元，交易总价值390亿美元，包括我们所珍视的543栋建筑投资的债务在内。经过董事会投票，我们决定接受这个报价。盛德国际律师事务所（Sidley Austin LLP）的律师对协议进行了修订，第二天早上，也就是2007年2月6日，在股市开盘之前，我们宣布了这项决定。

这笔交易最终一锤定音。EOP在1997年上市时的股价是每股21美元。10年之后，其价格上涨到55.5美元，上市10年间，其发放的红利总计为每股16.48美元。就当时来看，这是史上规模最大的一笔并购——无论是在哪个行业。

随后，我给史蒂夫·罗斯、沃那多房地产公司CEO迈克尔·范希特尼（Michael Fascitelli），还有喜达屋资本集团主席巴里·斯坦利奇（Barry Sternlicht）都送了一块法兰克·穆勒手表，上面刻着一行字："时间就是一切"。

这个结果是否如我所愿呢？显然是的，存在竞争性的竞标者推高了资产价格，这样对股东来说可真是一笔划算的交易。人们经常问，我是不是在这场竞标中投注——我是否更偏爱其中一方？更具体地说，他们希望知道，是不是因为跟史蒂夫·罗斯之间的长期友谊，使得我更钟爱他的报价。答案当然是否定的。我决不允许让自己的个人情感掺入对股东的责任，甚至影响到自己的私人投资。对某项资产投注过多个人情感，将会导致自我约束的缺失。史蒂夫完全明白这一点，尽管多年之后，他还是会说，没有拿下EOP可真是一件憾事。坦白来说，如果我俩位置互换，他也会做同样的事情。对于这家从创立之初就由我一手培养壮大的公司，尽管自己在上面投注了很多的个人情感，但我已经选择了继续向前看。一旦交易完成之后，它对我来说就是过去式了，我绝不会后悔。后来我再也没去想这件事了。

如今，因为能够在市场高点将EOP出售出去，人们给予我很多的赞誉。现实情况是，这并不是我的个人意愿。尽管很确定当时市场泡沫已经很严重，但我并没有想过要通过出售资产来离开办公楼市场，我只是收到了一份难以拒绝的"教父要约"。

08
希望渺茫

2009年我所准备的年度礼物叫"希望渺茫"。这次不是往常的音乐盒,15年来,这是我首次寄出没有音乐的年度礼物,附带的便签上第一句就是"音乐已经停止"。

风险才是最终导致人生和职业出现分化的诱因。一直以来，我与风险之间有着一种深刻而复杂的关系。我可不算是无知无畏的毛头小子，但勇于承担风险却是我能够持续取得超出平均水平收益的唯一途径——无论是在生活中，还是在投资中。当父亲逃离波兰的时候，他已经身体力行地证明了这一点。

相比于其他大多数人，我可能更能做到对风险安之若素。这是因为，我总是尽我所能地把风险理解透彻。对我而言，承担风险意味着，必须具备看到所有变量的能力，然后识别出哪些将成就你，而哪些将毁灭你。

当然，我也一直在寻找那些未被释放的潜力，那些拥有强大基本面的企业，这些意味着高成功率。但每个人都想看到，一笔交易能够带来哪些好处，人们喜欢关注好的一面，认为那才是乐趣所在。而令我惊讶的是，他们经常十分肤浅地看待事物不利的一面。对我来说，对一笔交易进行权衡计算的时候，首要的考量就是其不利因素。如果能够确定这些因素，那么我就会知道自己承担的风险有哪些。如果事情不尽如人意的话，将会导致哪些后果？我们可以采取哪些措施？我是否能够承担相关成本？我是否能够成功渡过这样的难关？

我个人在这方面的最好的例子之一，是卡特·霍利·黑尔公司（CHH），这是我们在20世纪90年代所持有的百货连锁公司。CHH是泽尔/奇尔马克基金的首笔并购投资，它曾经是一家令人肃然起敬的公司，拥有80多家店面，曾经创立过像沃登书店（Waldenbooks）和内曼·马库斯（Neiman Marcus）这样的知名品牌。1984年是该公司发展的巅峰，当时它是全美第六大连锁公司，但是到了1991年，它却不得不根据《破产法》第十一章申请破产保护。当时，它已经将名下大多数真正值钱的业务售出，剩下的店铺主要位于美国西部，大部分都在加利福尼亚州，并且在当地面临日益严峻的竞争。

在我们对是否收购这家公司犹豫不决的时候，我派同事戴维·康蒂（David Contis）去开展尽职调查。我当时的妻子雪伦在戴维还很年轻的时候就认识了他，那时他在当地一家杂货店担任生鲜部经理。雪伦被戴维的干劲和上进心所打动，于是邀请他到家里见我。最终戴维为我工作了30多年，随后在房地产行业继续自己辉煌的职业生涯。

我告诉戴维："要去每一家店里看看，检查全部的库存情况，看看在情况不太妙的时候，这些货会卖给谁，能够换来什么东西。"这其实就是基本的减价甩卖分析，也就是如果需要把这家公司卖掉，那我们在最坏的情况下能得到什么。戴维回来告诉我："我们能够收回购买价的 80%。"于是我知道，我们在最坏的情况下将损失 20%。

我们以 2.2 亿美元的价格，买入了 CHH 价值约 5.5 亿美元的债券和贸易债权。当该公司走出破产境地的时候，这些债权将被转换成股份。经历了一系列操作之后，我们控制了该公司 70% 的权益。我们持有该公司三年时间，中间的过程真的是十分糟糕。在这三年里，CHH 在加利福尼亚州的分店轮番遭受了地震、暴乱和火灾的冲击，这就像是上帝降下来的十场灾难一样。1995 年该公司营收一落千丈，我们最终将其卖给了联合百货公司（Federated Department Stores）——按照我们最初买价的 80%。

我们大约损失了 5000 万美元——投资的 20%，但从今天的眼光来看，我觉得这笔投资可以说是取得了成功。我们对风险的分析完全正确，我们在进行这笔交易的时候，已经知道自己可能损失 5000 万美元，而我们愿意承担这项风险，以便获得潜在的收益。

除了确认最差的情形，我还关注投资的操作难易程度。目标越简单，实现目标的步骤越明确，那我获得成功的可能性就越大。如果一开始的投资并不容易，那我就会看一下，怎样才能厘清这种复杂的局面。

但无论花多少时间来认识风险，有时候总是存在一些不可预知的因素，会遮挡你的投资视线。如果能够及早介入的话，我们其实很善于解决各类问题，但意料之外的外部事件可能导致你根本就没有反应的时间，而且这些事件引发的后果可能是灾难性的。当然，在我们一生当中，没有什么比2001年的9月11日更糟糕的了。对我们来说，这是一次难以磨灭的心碎经历。在随后几个月时间里，整个美国都在重新努力站稳脚跟，与此同时，整个经济，尤其是旅游行业，遭受了毁灭性的打击。

1993年，我们投资了一家名为美国夏威夷游轮公司（American Hawaii Cruises）的破产机构，并将其并入名下已有的游轮公司——美国经典航程公司（American Classic Voyages）。美国夏威夷游轮公司拥有两艘建于20世纪50年代的游轮，但负债率很高，并且没有坚定的业务发展策略。它主要经营夏威夷岛际之间的短途旅游。对夏威夷的旅客来说，他们可以登上美国夏威夷游轮公司的游轮，在晚上往返于各个小岛之间，而不必花很多清醒时间在海上度过。

其中蕴含的市场机会在于，当时以《琼斯法案》为代表的《海商法》规定，外国建造或者挂着外国旗帜的船舶，不能在美国开展沿海贸易活动。在旅游业方面，外国船只必须在非美国港口接送旅客，这对夏威夷岛际之间的旅游业来说，显然极为不方便。

美国夏威夷游轮公司拥有在美国港口建造的最后两艘运营用游轮。该行业其他大多数在美国国内建造的游轮已经报废，而游客对旅游观光的需求却有增无减。因此，在夏威夷群岛的游轮市场上，美国夏威夷游轮公司具有垄断地位。而如果我们能想出办法在美国建造更多游轮，我们就能够继续保持这种垄断地位。

在美国本土，要想建造这种庞大的水平型浮动酒店，是一件极为不划算的事情，因为能够完成这项工作的船厂，早已经成为军队系统的服务商。要想说服他们建造定制化的、符合游客需求的游轮，这可真是一个雄心勃勃的挑战。

我们的计划是，首先将这两艘具有40多年历史的现有游轮装饰一新，然后再建造两艘新的。后者将会成为自20世纪50年代以来美国本土建造的第一批大型游轮。我们向国会进行游说，提出了重振美国制造业的想法，引起了国会的兴趣。国会为我们提供了贷款担保，这大幅降低了公司的资金成本。

坐落于密西西比州帕斯卡古拉的英格斯造船厂（Ingalls Shipbuilding）赢得了合同，并开始翻新我们的第一艘游轮。第一艘游轮原计划在2002年底投入运营，第二艘游轮计划在2004年。这些工作的开展，使得美国经典航程公司预计将拥有长达10年的黄金增长期。

随后"9·11"事件爆发了。由于美国经典航程公司的业务发展，是建立在旅客飞往夏威夷乘坐我们的游轮这个基础之上，而休闲航空旅游实际上陷入了停滞，这就导致公司一蹶不振。我们的股票价格大跌，美国经典航程公司被迫退市。我们的股东也损失了几百万美元，造船厂也是如此。我个人损失了大约1亿美元。我承担了风险，但自己控制之外的情况却突如其来，就这样发生了。

巧合的是，2000年，我本有机会竞标世界贸易中心的租赁权。当时，EOP是全美最大的办公楼运营商，纽约州港务局就世界贸易中心的租赁权进行公开招标时，我们公司位于名单的前列。我跟蒂姆·卡拉汉沟通，他当时是 EOP 的 CEO，我告诉他这将又是一笔"本土"交易，赢得这笔业务需要付出巨大的努力，而成功的概率却十分渺茫。顺便说一下，我当时还提到自己其实并不希望拥有一个像标靶一样的建筑。拉里·西尔弗斯坦（Larry Silverstein）赢得了这场竞标，并且在 2001 年 7 月与世界贸易中心签订了租赁合同。

"9·11"恐怖袭击事件发生时，蒂姆正在旧金山，直到那周的周末才回来。周五早上的 7：00 他来见我。他问："你是怎么事先知道的？"我回答说："我之前并不知道，但很明显，1993 年恐怖分子曾经袭击过世界贸易中心，它是一种象征性的建筑。"我可不愿意打这个赌。

美国经典航程公司并非第一起、也绝不是最后一起因意外事故而让我措手不及的投资活动。2006 年底，我得到一本投资手册，在推介拥有 159 年历史的论坛报业集团。这家传媒集团正在寻找买家，它旗下拥有众多令人印象深刻的知名品牌，整体上能够触及超过 80% 的美国家庭：《芝加哥论坛报》《洛杉矶时报》《巴尔的摩太阳报》《新闻日报》等主流报纸；超级电视台 WGN America；23 个电视台，其中许多都位于市场强劲的地区；电视美食网（TV Food Network），拥有一群忠实的观众；一系列发展前景被看好的互联网初创企业，包括 cars.com 和 careerbuilder.com；还有一支令人喜爱并保持盈利的本地球队芝加哥小熊棒球队，尽管在 2016 年之前有着接连不断的失败纪录。

对于有机会收购如此知名的一系列品牌，许多大型私募股权机构都表示出兴趣——这也是我一开始就主动退出的原因。报价竞赛实际上必定会导致售价迭创新高,因此即使我能够脱颖而出,也不见得能够得到多么亮眼的回报,来覆盖我投入的时间和最好的人才成本。当然,除非能够占据主导,否则我很不喜欢竞标。但是,随着该公司各项问题的复杂性日益暴露,竞标者一个接一个选择了退出。论坛报业集团成了烫手山芋——这种不确定性一定会把那些传统的投资人吓跑。从这个角度来说,这种情况并不罕见,其他大型传媒公司也同样饱受收入下滑的折磨。互联网的冲击及其提供的简易、免费的信息和无限的广告效应,导致传统媒体面临严重的生存危机——这种生存定位的冲击,是传媒行业未来数十年经营所需要面对的核心问题。论坛报业集团的出版发行业务面临重重挑战,但其整体的投资组合也提供了引人注目的投资机会,这需要该集团迅速做出改变调整,以避免形势更加恶化。

在拒绝竞标几个月之后,我接到论坛报业集团一个投资银行家的电话。他说:"出售流程失败了,没有达成任何真正的交易。"然后他让我帮个忙。"你能不能来论坛报业集团再看一下,看看是不是有可以投资的余地?"

于是我们又仔细查看了一下。我们是不是能够将该集团作为统一机构实施运营管理,而无须将其分拆?我认为我们可以,尽管该集团的某个板块可能不得不处理掉,那就是芝加哥小熊棒球队。对一家传媒集团来说,这可算不上是核心业务,而对于那些合适的买家来说,这可是一项令他们垂涎的资产,对此我们十分确信。

论坛报业集团是我们所面对的终极挑战，也是前所未有的机会。我们有无数种方式，可以让集团多元化的业务重新创造价值。而如今几乎所有竞标者都已经离场，因此这项资产就显得十分诱人。

我们建议，通过员工持股计划（ESOP）实施私有化交易。根据交易条款，我们将通过一系列交易步骤，以现金方式收购论坛报业集团所有的流通股。交易完成后，该集团100%的股票将最终归员工持股计划持有，而员工持股计划将属于集团员工。因此，论坛报业集团将变成一家员工持股的公司。

我们将向该集团投入约3.15亿美元，换取其2.25亿美元的次级本票，以及未来购买论坛报业集团40%股份的权利。这项员工持股计划安排无须员工做任何投入，根据新的方案设计，所有符合条件的员工都将被纳入员工持股计划的股票期权时间表。养老金计划已经对新员工关闭，仅对老员工有效，这样我们就能够设立一个新的退休计划，在集团发展过程中，把更多的员工包括进来。一家独立的机构——全美最有经验的员工持股计划受托人，将会在全方位的员工持股计划谈判中充分体现员工的利益。

通过即期和长远的税收权衡，员工持股计划也可以为集团创造不菲的价值，集团将无须为普通收入缴税，从而增加了可用现金，这将为集团省下数百万美元，用于偿债和日常运作。10年持股期结束之后，在员工持股计划下，无须因资产升值而缴纳资本利得税，从而又能节省数百万美元。

当然，人们对计划的不满之处主要集中在10年的锁定期上。员工持股计划、集团、投资人，当然也包括我在内，在10年时间里都无法享受到这些特殊的收益。几乎没有机构投资者愿意等待这么长时间，来获得投资升值的好处。但我属于长期持有者，对我而言，论坛报业集团是一项战略投资，我计划持有相当长的一段时间。

我对成为传媒大亨毫无兴趣。我是个商人，而在我看来，论坛报业集团是一个长期的投资机会，这是我对该集团的一贯看法。

投资当然蕴含着风险，但我们可以缓解这些风险，尤其是如果所有员工都押注于集团未来的成功，我们更有把握做到这一点。在经历了一次失败的出售之后，论坛报业集团的股票价格开始陷入低迷。与两年之前的峰值相比，该集团的市值已经缩水46%。集团董事会正在考虑实施一系列高杠杆交易，通过这种方式借入资金，以向股东支付资产的公允价值。

跟众多其他通过杠杆收购将上市公司私有化的情况一样，我们这笔交易也涉及数额巨大的杠杆资金。但相比之下，我们这笔交易也存在一个很大的不同。如果能够推动论坛报业集团成功经营发展，许多人都将从中获益，其中就包括集团员工，他们是最为直接而且也是最为重要的受益群体。员工持股计划将使员工能够分享到股价升值的好处，公司股票价格提高之后，增值的绝大部分都将被累积到员工持股计划中，并最终通过其员工持股计划账户归员工所有。因此，员工都强烈希望这项计划大获成功，这对我来说可是个好消息。每个人都应该参与进来，其中也包括我在内，这将是我职业生涯中最大的个人单笔投资。

于是我参与了竞标，坚信我们必将获胜。除了眼前的节税效应外，我个人的投资，以及对小熊棒球队的处置变现，这一系列组合措施实施下来，我坚信我们有很大的机会可以改善该集团的业绩表现，首先就体现在广播业务板块的业务增长上。我们希望通过5年战略计划，推动公司初步获得成功。我们计划，到2012年的时候，论坛报业集团可以偿还大约20%的债务，10年之内，大约可以还清一半的债务。2007年4月1日，论坛报业集团的董事会接受了我们的报价——每股34美元，交易合计82亿美元，12月20日，我们最终完成了这笔交易。

作为一家机构组织，论坛报业集团等级文化明显，十几个业务单元各自为战。当时我的经营思路是，放开集团的庞大业务平台，通过深度融合，从根子上推动集团各个部分和整体都更加强劲，更具有竞争力。

随着工作的深入推进，我们听到了一种类似魔咒的常见说辞："我们一直就是这样做的。"这种说法让我感到十分震惊，对我而言，这就是阻碍公司发展的根本因素所在。但透过公司森严的等级制度，我也看到了许多员工，他们富有创造性、主动性，并且总是充满工作热情。我希望向他们传递一种企业家精神——通过创新、开放和诚信负责，促进集团的发展变革。我知道，如果自己像其他华尔街投资人那样来领导公司，那我也只会深陷其中，庸碌无为。为了激励员工，我选择了一种更为强力、更为直接的方式。我也知道，我们采取的部分策略可能不怎么受人欢迎，但我从来没有逃避退缩，而是一直努力希望以全新的思维和方式推动该集团发展或者行业进步。

我也希望让员工能够发出自己的声音，通过设立对话机制，更好地利用公司内部的专业知识和经验。对于那些不惮于挑战权威，勇于提出新的创意，并且注重和基层员工沟通的管理者，我总是不吝自己的溢美之词。对于论坛报业集团的员工来说，这在很大程度上都属于一个全新的经营管理理念，我希望能够听到他们真实的声音。一种渠道是通过直接的电子邮件。对于员工发送的数百封电子邮件，我都会认真阅读并一一回复，这也是我在该集团任职时的业绩亮点之一。

当对这笔交易进行动议的时候，我们已经基于各种极为保守的假设条件进行了通盘考虑。举例来说，关于报纸广告销售额，这是论坛报业集团的首要收入来源，当时已经处于下降趋势，而我们在评估这笔交易时，假设了该项收入将出现大幅深度下滑。无论从哪个角度来说，我们都针对最坏的情形预留了充足的缓冲空间。但事实表明，我们很快即将面临史上前所未有的报纸广告销售额下滑，其下跌幅度出乎所有人的意料。2008年第一季度，就在交易完成后仅仅几个月时间里，全行业报纸广告销售的下跌幅度，远远超过了我们此前预计的最差情景。9个月之后，到了2008年第三季度，广播电台的广告销售收入也创下了历史新低。

当然,我们对论坛报业集团投资的大背景,是当时正值经济大衰退。我认为,没有人会预料到这场经济危机的严重程度,我当然也没有。金融危机导致市场资金荡然一空,因此潜在的买家根本融不到资,我们也就没法通过资产处置来创造现金流。

当时的市场可真是令人看不到希望。执行我们原先计划的方案的期限,从原本较长的时间,一下子缩短为一年甚至更短。我们努力营造出一种紧迫感,而当时集团上下可以说是充满了自满情绪。如果想要有成功的机会,集团的整个经营基调就必须进行调整。要想向大家传递这方面的信息,其难度就如同玩平衡木——在鼓舞员工士气和严肃正视现实之间,拉起一条紧绷的绳索。员工和工会都已经十分紧张疲惫了。

并购完成几个月的时间里,面对集团收入的大幅下滑,我们不得不调整经营策略。之前我们并没有考虑裁员,但如今不得不将其提上了议程。之前我们没有计划处置公司各项资产,但如今一切都可以摆上谈判桌。我们不仅不能再进行激进主动的投资行为,而且必须主动节省开支。论坛报业集团必须成为一家经营更加灵活、对市场反应更加迅捷的企业。

我们推行了所谓的50/50原则——50%的内容和50%的广告。结果完全可以预料,那就是周一、周二和周六的报纸厚度缩水,因为这几天的广告需求比较少。我们还以英寸为单位,精心缩减了报纸的尺寸。这两项变革措施,使得报纸的生产成本大约减少了15%。在当时那种情况下,15%已经是一个很不错的数据了。单从报纸用纸和用墨这两方面来说,就已经相当于节省下数千万美元。

这些改革措施,引发了新闻工作者的一片反对浪潮。有些抗议者反对我们在《洛杉矶时报》的头版设置大幅广告,论坛报业集团之前从未上版过横幅广告。新闻编辑部的同事认为这简直是一种亵渎,但如今这已经成为行业的通行做法。

当时集团每份报刊、每个广播电台都在独立运行,就如同它们是一家单独的公司一样。我们分析了数据资料,认为必须进行缩减规模和重新整合,首先就是要减少2%的员工,因此员工买断工龄的工作也开始了。从个人角度来说,要想向员工传递这样的消息并不是一件容易的事情,我曾经跟这些人站在同一条战线上,并且向他们承诺会推动集团成长发展。我曾经对这个愿景坚信不疑,如今依然如此,但我们已经走投无路了。

同样,我们也必须重新调整编辑部的组织架构。举例来说,在劳德代尔堡,我们拥有《太阳先驱报》(*Sun Sentinel*)和一家电视台。于是我们就把电视台搬到了《太阳先驱报》的办公大楼,创设了一种前所未有的新闻中心,既包括电台媒体,也涵盖印刷读物。这只是一项简单举措,使得电视台拥有了更多的新闻来源,而同时也没有损害报纸的发行。我们同时也在整个集团范围内寻求类似的改进和调整空间。

在削减集团冗余资源方面,我们本着严格的态度寻找解决方案。在报刊行业有一个传统,那就是固执而骄傲地维护着自己独特的报头。举例来说,《洛杉矶时报》有一项政策,那就是除非记者是该报的正式员工，否则报纸头版绝不会署他的名字。我觉得这项规定简直太可笑了。如果芝加哥那里出现了新闻热点，也就是论坛报业集团总部所在地，那么《洛杉矶时报》就会派记者前往现场，但其实该报原本可以打电话给芝加哥的同事，合作报道相关新闻。与此类似，《芝加哥论坛报》和《洛杉矶时报》分别派了驻外记者到喀布尔，报道阿富汗偶像秀。实际上，这出现了两篇报道——一篇是《洛杉矶时报》的报道，一篇是《芝加哥论坛报》的报道，每篇报道谈论的都是"阿富汗偶像秀"这一媒体盛事，在集团运营中，这简直是一项极不理智的行为。

　　论坛报业集团在华盛顿的分社更是进一步体现了这种不正常的经营理念。集团在当地拥有近100人的团队，分别服务于集团旗下不同的报刊，他们在经营运作的时候，就好像彼此是相互竞争的实体，而不是同一集团下的报刊子机构。《洛杉矶时报》甚至还拥有自己的独立入口，以及分社近一半的员工。我召集了一次会议，直截了当地告诉他们这个严酷的事实："我们承担不起这样的费用开支。"

　　我问他们："这里有多少是《洛杉矶时报》的人？"他们回答说47人。我于是说："所以，一份只给集团带来20%收入的报纸，人数却占了华盛顿分社的近一半？这样看来其实没什么意义，你们可以想办法解决这个问题，否则我就会动手。"他们最终解决了，但中间也是经历了重重险阻。这些人已经特别习惯于处于优越地位，但根本不理解自己在承担公司财务责任中需要遵守的基本原则。他们把我视为指手画脚的外来者，同时也是一个不理解他们业务运作的外行人，但基本的事实却无可争辩。

因为对论坛报业集团进行的改革，我受到了广泛的批评——人们批评我所采用的方法，同时也批评改革本身。我知道自己说话比较尖锐，措辞比较极端，大多数话语都比较随意。我希望能够激发员工的热情——让他们从当前的现状中走出来，让他们意识到自己需要进行改变，并帮助他们实现这一点。我不认为自己知道所有问题的答案，但越发显而易见的事实是，如果不严肃认真地让他们警醒，论坛报业集团，就如同所有报业公司一样，不会取得成功。那些作家、编辑和高管越固执，我就会越激动。他们似乎经常不理解我的意思，也许我太粗暴了，但在公司未来应该往何处去这个问题上，我自觉并没有犯错。

不管面临多少问题，我们一直保持专注，并且努力把注意力放在增加公司收入上。我们知道，必须想方设法让论坛报业集团已有的在线品牌创造价值，但当时其线上业务却是一团糟。相关技术早已经过时，每块业务都采用不同的技术系统，彼此之间不进行数据共享。《芝加哥论坛报》和《洛杉矶时报》分别拥有不同的团队，从事互不兼容的网站设计工作，还有很多其他人从事数百个线上项目，其中3/4的项目在未来4~7年不会带来任何收入。因此我们对项目进行了合并精简，并且设定了清晰的优先顺序。员工由此表达了很多不满，围绕着这场事关集团发展的危机，对于波及的范围或者是紧迫性，许多人表示出直接的抗拒。

***

我们本来计划保留所有的报纸。但现实情况很快让我们认识到，必须有一些战略性的处置和放弃。每个投资人都希望拿下的一份报纸是位于长岛的《新闻日报》(Newsday)。有三位主要的竞标者——鲁伯特·默多克(Rupert Murdoch)，他是新闻集团(News Corporation)以及《纽约邮报》(New York Post)的所有者；莫特·祖克曼(Mort Zuckerman)，他是《纽约每日新闻》(Daily News)的股东；还有多兰(Dolan)家族，他们掌握着有线电视公司(Cablevision)。对默多克和祖克曼来说，收购该报根本无须过多考虑，这样他们就有机会进一步巩固在纽约市场上的影响力，并且降低运营成本。有线电视公司对这笔并购的兴趣则让许多人大惑不解，并且在很长一段时间里，这家公司似乎也没有表现出多么认真积极。但我们坚信，如果能够让该公司参与进来，那么它可能是潜在买家中出价最高的一个。因此，当该公司看起来要无功而返的时候，我们都很失望，而且竞争形势愈发明了，默多克是最有可能达成这笔交易的人。

在与默多克的这笔交易中，纠结之处主要是交叉持股和反垄断等方面可能存在一定的问题。我们急需现金，不可能等待一年半或者更长时间，慢慢等着交易获得政府机构的审批。我知道默多克在收购《华尔街日报》的时候，曾经主动承担了反垄断风险，并且确保先行支付相关款项。默多克是否也能够以同样的方式对待我们呢？

吉米·李（Jimmy Lee）是摩根大通的副总裁，也是一位资深的交易撮合者，他当时代表默多克跟我们谈判。他的报价有点低，仅为5.8亿美元，但也不是不可以接受。随着谈判的深入，我不断告诉他：“各方面都不错，但谈判到了这个时候，我们需要达成一个切实可行的协议——必须有保证条款才行。”我们来来回回谈了很久，最终其实本来可以谈妥的，但随后有人把5.8亿美元的报价给泄露了出去，然后我突然收到查克·多兰（Chuck Dolan）的电话，他是有线电视公司的创始人和总裁，他说：“我希望跟你坐下来聊聊。”

我回答说：“当然，明天过来一起吃午饭吧。”看起来有线电视公司又回到了谈判桌上。

查克跟他儿子詹姆斯一起过来了。坐下来之后，查克说道：“我们对《新闻日报》很感兴趣，不包括应急条款，准备拿出6.5亿美元。你给句话吧，行还是不行？”这项决定简直再轻松不过了——一个无条件报价，高于默多克的报价，而且没有任何监管问题。我们一起用周末时间把交易合同细节确定了下来。

当吉米·李听到这个消息时，他气坏了。他大声说：“他们绝不会轻易得逞！这是不可能的！”当然，他只是希望他的客户能够得到这份合同。

我说：“吉米，你说说到底怎么解决反垄断的问题。要想搞定这笔交易，解决反垄断这个问题可要比价格问题更切合实际。”

他没法解决。有线电视公司并购根本不存在反垄断问题，而且是6.5亿美元的现金要约，它才是最终的赢家。

对论坛报业集团来说,这是一笔注入及时的流动资金,但仍然不够。

***

只是我们的转向调整仍然不够迅速。尽管很不情愿,但在 2008 年 12 月 9 日,我们还是根据美国《破产法》第十一章,为论坛报业集团申请破产,这也使得集团拥有了债务重组的喘息之机。

在 4 年的破产流程中,我一直担任集团的主席。我们继续向该集团投注了时间、精力和各种资源——在破产流程限定条件下,尽可能地推动集团发展进步。到了 2012 年底,论坛报业集团的发展前景已经日益明显,集团的高级债权人如今已经拥有了其所有权,他们觉得只有媒体人才能搞定这件事情(尽管事实表明恰恰相反,包括该行业一连串的其他破产申请在内)。我于是放手把集团留给了他们,但并不认同他们的看法。我认为,从长远来看,全新的经营视角才能够继续让论坛报业集团发展获益。自然,我们曾经推行的许多"激进"的改革措施,如今在传媒行业早已经屡见不鲜。

经常有人问我:是不是后悔从事论坛报业集团这笔交易?这算不算是一笔糟糕的交易?推动员工持股计划是不是我犯下的错误?但我并没有这么看。当时,我只是根据手头所能掌握的资源信息,尽可能做出最好的决策。我全身心投入到这家公司中来,不仅投入了资金,也投入了时间,在当时那个阶段,时间对我来说比金钱更加重要。对于在哪些领域投入时间资源,我的判断总是高度理智——一方面是考虑到自己不投资其他领域所带来的机会成本，另一方面也是因为时间才是我最为宝贵的资源。

投资论坛报业集团的时候，面对这个很有意思的行业，我看到了推动一种陈旧的经营模式转型升级的机会，我希望能够将这个行业拖出困境。我坚信我们的经营策略是正确的，如果能够拥有更多时间，那么这种策略必将见效。我们本来可以让该集团重焕生机。归根结底，这是我要承担的。我经常去做一些别人不愿做的交易，承担别人不愿涉及的各种风险，因为我坚信自己能够让这些陷入困境的公司重新获得成功。而且，坦白来说，我的这种信念也有一串长长的投资业绩记录作为支撑。

我一生都在致力于逐步深化对风险因素的洞见和认知。当然，每当回想起45年前自己承担的风险时，我会觉得，"是的，当时这样做可真是太冒进了"。但根据当时手头掌握的信息，我依然觉得那样做并没有什么不妥。在提升对风险认知和评估能力的漫长路途中，亲身经历和一手经验才是最为宝贵的财富。但不管任何时候，承担风险的过程，其实也就是要对最差的不利情景保持警觉并将其简化——要预见到最糟糕的可能，并做好准备。这项工作需要高度自律，需要避免意气用事。在了解到这些情况之后，你就可以决定是下场参赛，还是转身离开。

作为一名企业家，我本质上属于乐观派，"失败"一词并不存在于我的词典里。我绝对不会花很多时间，埋怨自己本来可以如何如何。我的理念是，自己不可能面面俱到，我总是逼迫自己为下一步做好准备。

我为2009年准备的年度礼物,体现了上一年的投资经历。它是对我们失去的论坛报业集团的纪念,也是对刚刚过去的经济大衰退的致敬,这场经济危机不仅给我们造成了很多混乱,也摧毁了全美金融市场、就业市场,并对银行业和房地产业造成了重大创伤,与此同时,也为美国未来重新锚定了发展的预期和方向。

礼物的名字是"希望渺茫",这次并不是往常的音乐盒,而是一个简单的三折板,背后印着美国国旗。礼物还包括一副不透明的太阳镜。15年来,这是我首次寄出没有音乐的年度礼物,附带的便签上第一句就是"音乐已经停止"。

下面是根据美国国歌改编的歌词,印在这份三折板的中央:

你能看清楚,是谁熄灭了明灯?
当前一片黑暗,未来难言光明
市场停滞混乱,沉浸在危机和恐惧之中
阴霾集聚不散,迷雾既深且重
要想快速找到答案,注定徒劳无功
到底谁能知道——如何才能成功
未来命运取决于天上闪烁的群星
——还是掌握在我们自己手中?

我对后者坚信不疑。

09
无远弗届

当我得知路易威登和其他高端零售品牌正在蒙古国开设店铺,不禁心生疑问:蒙古国只有不到300万人,其中超过70万人属于游牧民,那些游牧民怎么会需要路易威登呢?于是我就踏上了对蒙古国的考察之旅。

2009年，我得知路易威登（Louis Vuitton）和其他高端零售品牌正在蒙古国开设店铺，这不禁引起了我的注意。蒙古国只有不到300万人，其中超过70万人属于游牧民，那些游牧民怎么会需要路易威登呢？而且蒙古国最大的城市乌兰巴托根本算不上是国际大都市。但是，蒙古国当时正在开发全球最大的铜矿和金矿，也就是奥尤陶勒盖（Oyu Tolgoi）矿。这座矿山的位置很优越，正好可以满足邻国中国对此类商品旺盛的需求，中国边界距离该矿山仅有大约80公里。这座矿山预计将使蒙古国的国内生产总值（GDP）每年提高20%，同时也让一部分蒙古国民变得极为富有。

于是我去了蒙古国进行考察。我见到了奥尤陶勒盖矿的开发商，他带着我四处参观了一番。这座矿山的规模之大让我极为震惊。此前我一直倾向于避免对采矿行业进行投资，而本次经历更是进一步加深了我的这种观点。对于这座潜在产能超过50年的矿山来说，要想对地表之下1.2公里处的矿产进行开发，所需要的资本支出令人瞠目结舌——100亿美元，而这仅仅够将这座矿山投入生产。我之所以选择不投资，也是因为在每个商品周期结束时所必然会发生的情况——供过于求。

这真是一趟不错的旅行，但是吃的东西却是个例外，这种品味必须后天培养。在第一次闻到牦牛酥的味道之后，尽管这是当地的主食，但在接下来的旅途中，我的食物就只剩下香蕉和面包了。

作为移民的后代，我天生具有国际化的冲动，这其实丝毫不值得惊讶。在年纪轻轻的时候，我就对全球范围内发生的事情很感兴趣，也关注这些事情将如何影响我未来的发展。这种思维可不仅仅体现在企业经营中，我内心深处的好奇之心，也驱使我成为一个全球旅行者。我总是沉迷于各地发生的变化和动态，变化会带来新的体验，创造新的机遇。每当读到或者听到某个地方发生了引起我兴趣的事情时，我就会动身前往一探究竟。一直以来，我都是如此，尤其是在过去超过25年的时间里，我刻意努力，尽可能多地用心去观察和体验这个世界。有时候，我会一时冲动就开始摩托车之旅，这会让我更近距离纵览美丽的风光，体验独特的文化习俗。有时候，则是源于有趣的事物或者不同寻常的现象——我看到的一些信息会激发我的好奇心，将其视为可能蕴藏着潜在的投资机会。但在很多情况下，我的旅行属于上面两种情况共同作用的结果。

对我而言，世界万物都是相互关联的。我认为，全球化给我们带来了更多的机遇，而不是造成了更多的威胁。社会需求只限于自己国家内部的日子，已经一去不复返了。如今，在任何不同领域之间，比如美国国内对公寓市场的需求、国际贸易、国际货币以及其他国家的稳定前景等，你都可以找到某种联系。未来几十年内，这种相互连接和相互依存将以何种方式演变，我认为我们甚至还没有开始真正理解。

在我看来，要积极推动全球化业务的发展，即使不体现在企业的具体经营中，至少也要体现在思维模式上，这其实根本不是一个选择题，而是一项必须完成的任务，是一项必须承担的责任，也是一项激动人心的体验。因此，在90年代末期，我将企业经营的注意力转向了国际市场，诚心努力希望创建另外一家私人投资机构，也就是股本国际投资公司。

当时，我们已经将在美国国内的商业房地产投资组合拆分上市，我坚定地认为，在房地产行业，流动性才是价值。这个行业即将迈入史无前例的流动性时代，其增长幅度和规模经济效应也是前所未有。我们旗下的公司进行融资时，融资渠道之多简直超出了我们的想象。这一切都是革命性的，我知道，其他国家也存在同样的发展潜力和发展趋势，而在美国国内积攒的经验将会让我在国际竞争中占据先机。

跟以前一样，我又听到许多人说我这样做简直是疯了。当时，对国外投资者来说，新兴市场国家在很大程度上属于不可涉足的投资领域。它们依然笼罩在20世纪80年代债务违约的阴影之下，墨西哥爆发的龙舌兰风暴（Tequila Crisis，比索大幅贬值）导致整个拉丁美洲国家的货币竞相贬值。更糟糕的是，众多新兴市场国家都受到1997年亚洲金融危机和1998年俄罗斯债务违约事件的冲击。

当时，新兴市场投资风险根本不是那些意志力薄弱的投资者所能承受的。不过对我来说，这提供了一个没有竞争对手的资产并购良机，这是一个激动人心的全新投资机遇。

我坚信，不管在什么地方，房地产领域的基本要素都是相通的。也就是说，供给和需求、人口结构、资金流动等等，无论是国外还是国内的房地产行业，都会面临这些问题。但是，我们有关国际投资的初步论述仅仅持续了几个月。能够看到潜在的投资机会是一回事，而知道如何利用这种机会则是另一回事。

我们首次海外投资的尝试，也充分体现了我们在美国国内所采用的投资策略。我们会投资于房地产，设立一个控股"母"公司，作为各项资产的总持有者。我们更进一步的目标，是希望推动这家公司成功上市。但是，在以自有资金进行了几笔国际化投资之后，显而易见的事实是，机构投资者不会（或者不愿）参与在多个不同国家拥有资产的REITs所开展的复杂跨境投资。各国不同的税收规定和交易货币，也导致REITs更不透明，投资前景也更加难以预测，而这一切与我在美国努力希望实现的目标恰好背道而驰。

雪上加霜的是，当时新兴市场国家的商业地产的所有权非常复杂。大多数建筑都是业主自用，这也就意味着一栋办公楼可能有数百位业主。在这些市场上，并不存在针对房地产项目的投资资金池，开发商也因为成本过高，无法一直持有新建筑直至其租赁出去。他们不得不将空间逐层或者逐户出售给最终使用者或者小型投资者，以便回笼资金用于下一个开发项目。但是，随着更多的国际机构进入新兴市场国家，对租赁办公空间的需求在不断增长。对于买下自己的办公空间，这些国际机构表示既不习惯，也没什么兴趣。

因此，我们重新将投资重点放在房地产公司上，而不是直接投资于房地产本身——这种投资策略在其他行业也给我们带来了不错的回报，比如说制造业。我们的投资理论终于开始发挥作用，一个全新的投资领域实际上已经向我们敞开了大门。

这同时也带来了全新的挑战。当在一些新兴市场国家进行投资时，其实是在用法治换取增长。如果你觉得自己在外国法庭上能够得到公平对待，那你可能需要重新考虑一下。因此，第一个问题总是："你的合伙人是谁？"也就是说，"那些每天在当地维护你的投资利益的人是谁？"

我们在当地寻找我们可以信任的合伙人一起投资，他们能与我们保持利益一致，与我们志趣相投，认同透明合作理念，致力于建立长期的合作关系。我们希望能找到善于理解沟通、忠诚可靠的合作伙伴——在我们说"我们相信你，我们会把这件事做成的。我们能给你哪些支持？怎么帮助你？"的时候，他们可以予以积极热情的回应。他们跟我们一样全身心投入，他们也能够意识到，通过跟我们长期合作能够实现其自身更好的发展。他们对当地投资经营事务的了解十分重要，他们的人脉关系通常能够让我们相比于其他外方投资者在市场繁荣时取得更好的发展，而在市场不利时避免损失过大。

以我们在查韦斯政府治下的委内瑞拉投资作为例子。那是一家当时拥有拉丁美洲规模最大的顶级办公大楼的公司。该公司的租户名单都是大型国际机构，包括埃克森美孚、花旗集团等，并准备在这个地区进行扩张。2004年初，查韦斯频繁发表关于扩大政府权力的言论，我们当地的合作伙伴说："不用担心他的言论，注意观察他的行动。"随后在当年晚些时候，合作伙伴打电话告诉我们，"查韦斯开始采取行动了。现在是需要留心后路的时候了"。当时整个市场都在疯狂出逃，而我们当然不是唯一惊慌失措的人。但由于在当地拥有优秀的合作伙伴，我们很快就把投资头寸给处理掉了。这笔交易当然也造成了损失，但是多亏合作伙伴在当地的投资经验和广泛影响力，我们才最终取得了一个比较好的结果。

因此我们就特别注意寻找那些优秀的合作伙伴——当地的开发商和经营者，我们会协助他们设立高质量的运作平台，用以开发、持有和租赁大型商业房地产投资组合。我们也寻找那些拥有增长潜力的企业，这样我们最终能够创造的价值，就会远远超过房地产本身。我们会向投资机构进行注资，指导他们合理调配资源，还会教导他们严守财务纪律和公司治理原则，把我们在复杂投资和经营操作中的经验传递给他们，与他们共享有关资本市场的相关知识和理解，把我们的银行渠道和其他关系网引荐给他们，通过这一系列措施，让合作伙伴成为具备相当水准的标杆企业。我们齐心协力，共同创造出1+1=3的协作局面。

巴西BR商场就是这类合作的一个优秀典范，同时也是我们在新兴市场所抓住的一次整合良机。2000年初，在巴西的圣保罗和里约热内卢，新的购物商场如雨后春笋般迅速兴起，而正如我此前所说，这个行业的所有权高度分散。2006年，我们与当地一家公募股权投资公司合作，设立了BR商场作为增长平台，并投入了8600万美元。大约一年之后，我们推动BR商场在巴西的圣保罗证券交易所上市，公司总市值迅速增至约21亿美元。在资本市场的支持下，BR商场在行业并购整合中占据了先机，5年后，已经拥有了近50家购物商场。股东的总回报率超过26%，BR商场的市值已经达到了107亿美元。到2010年我们完全从这笔投资中退出的时候，BR商场已经成为巴西最大的购物中心，我们也取得了4.2倍的投资回报，或者说内部回报率高达48.6%。

这就是我们实施国际投资的主要思路——把企业改造升级为机构级平台。我们的投资从墨西哥开始，然后来到巴西，随后又去了哥伦比亚、印度和中国。到目前为止，我们总计在15个国家投资了约30家企业，其中有4家已经上市。

新兴市场国家之所以吸引我去投资，是因为这些市场的内在需求尚未得到满足。我一直坚信，要买入那些有现成需求的资产，而不要试图去创造需求。对我而言，国际投资在很大程度上就是关于追随人口版图的一段经历，只要看一下各地人口增长状况就行了。大多数发达国家（比如说英国、法国、日本、西班牙、意大利等）都拥有大量老龄人口，结果导致每年的人口增长率都陷入停滞或者为负值。举例来说，我们不怎么关注西欧的情况，这里就跟迪士尼乐园一样，到处都是美酒、城堡、奶酪，但是不见增长和生气。此外，欧洲还有全世界最为庞大的领取养老金的人口，那些不工作的退休者的人数要接近美国的两倍，并且绝大多数西欧国家每年都是通过税收来为养老金发放提供资金支持。这不免引发一个问题，那就是在劳动力队伍不断萎缩的背景下，这些资金将从何而来？

与此形成鲜明对比的是，大多数新兴市场国家（比如说印度、墨西哥、哥伦比亚、南非、巴西等）的人口要更加年轻，人口增长率也更高。虽然自2007年以来，几乎所有国家的人口增长率都有大幅下降，但这些新兴市场国家依然领先于发达国家，这就意味着这里存在更多的内在市场需求。

21世纪早期，在几个新兴市场国家，由于人口结构的变动和财政纪律的加强，这些国家的中产阶层规模出现了迅速增长。我知道，这类增长将带动对住房、零售和房地产行业的其他产品需求，因此，我们就在这些地区寻求投资机会。

除了人口状况，我们还关注国家政权的稳定性。新兴市场国家发展一日千里，因此政治领导就显得尤为重要。最理想的情况，是有一位注重经济发展的领导人，同时还能有效执行财政纪律，对社会发展保持宽松的态度，也就是从中产阶级成长起来的领导者。

巴西就是一个受领导人深刻影响的典型例子——既有好的影响，也有坏的影响，而且是同一个总统。巴西总统卢拉在2002年当选，延续其前任的三举并重的宏观经济政策模式——维持财政结余，紧盯通货膨胀率，同时执行浮动汇率政策。总体来说，卢拉并没有特别关注经济增长。他削减了巴西的财政赤字，控制了通货膨胀。因此，巴西能够维持投资级别的信用评级，并从十年的强劲出口和全球经济繁荣中充分获益。巴西的房地产行业也得到了迅速发展，同时由于卢拉减少了政府干预，新兴中产阶层开始涌现。但在第二个任期的时候，卢拉的纪律性减弱，等他离任的时候，此前巴西经济发展取得的许多成绩被浪费了。

卢拉的继任者继续引入政府主导的经济模式，制定各类法规和监管规定，挑选国有企业和特权企业，为它们提供补贴和优惠贷款，这一系列措施导致大多数私人企业备受打击。政府和这类企业之间的密切联系，培育了容易滋生腐败、滥用权力的土壤。巴西国家石油公司（Petrobras）的腐败丑闻曝光后，丝毫不令人感到意外，但这桩丑闻的范围之大、影响之深却令人震惊。它摧毁了机构投资者的信心，而且导致巴西被国际投资界所唾弃和鄙视。曾经一度在巴西竞相下注的投资者，如今纷纷从这个市场逃离。

如今，巴西正努力回到正轨上来，但要想完全恢复到此前的状态，该国必须承担起已经造成的损失，坚决实施各项改革措施，鼓励经济增长，同时降低政府对市场的干预度。从经济整体基本面来看，巴西的粮食和能源能够自给自足，经济发展潜力巨大，我坚信，从长远来看，这个国家依然拥有值得期待的未来。

就新兴市场来说，国家稳定与否有一项重要的参考指标，那就是该国是否即将获得投资级评级。很早的时候，我就得出结论，任何一个国家，只要足够自律、足够透明，那么它在一两年之内必定能够得到投资级别的信用评级。信用打分排名能给一个国家带来立竿见影的好处，因此这是最符合其国家利益的行为。投资级别的信用评级能够增强一国的货币信用，使得外国投资者更愿意进来寻找投资机会，提高全球对该国经济发展的信心——因为它已经在现有政治体系下展示出了自我约束的能力——这使得这个国家能够以更低的成本、更广的渠道与资本市场进行接触。我们在墨西哥、巴西、哥伦比亚等国家即将达到投资级别信用评级的时候进行了投资，并直接从这方面获得了好处。

有些新兴市场几乎符合所有的条件，比如强劲的人口增长、不断扩大的中产阶层规模、接近投资级别的信用评级、优秀的领导人，以及对资本的渴求等，却不具备确保投资变现的一项因素，那就是经济规模。不成规模的话，你就无法获取足够的流动性。你将缺乏对未来的选择，实际上，你被困住了。非洲就是一个典型的例子。我认为许多国家，比如说博茨瓦纳，拥有投资发展的潜力，但是这些国家的中上层阶级规模都太小了，很难对其展开投资。智利是另一个例子，该国拥有完善的政府机构和领导体制，但是人口只有1 700万，无法形成规模经济。

从全球范围来看，我认为至少在未来10年内，拉丁美洲拥有最佳的投资机会。2011年拉丁美洲梅尔卡多资本市场联合体（Mercado Integrado Latinoamericano，简写为MILA）设立，将哥伦比亚、秘鲁、智利及几年后加入的墨西哥的资本市场整合在一起，为该地区注入了流动性，持续推动当地经济发展。印度市场也比较值得期待，但历史上却多次让国际投资者失望而归。虽然在印度经商比较困难，但我们认为这里也存在着投资机会。

尤为值得一提的是,墨西哥也把我们吸引了过来。自从2011年日本福岛核事故爆发之后,跟我交流过的几乎每个跨国企业高管都在哀叹亚洲出口产品的延误和供应不足所带来的成本。我不禁想,这些公司一定不希望再次陷入这种境地,因此它们会选择一个替代性的制造场所,并且还要距离国内市场近一些。唯一可行的选择就是墨西哥。因此,我们投资了一家墨西哥仓储物流公司,我坚信这里未来的发展,将使这笔投资获得丰厚回报。果然,不到4年,墨西哥就迎来了制造业的繁荣,墨西哥工厂的出口额度以两位数的速度快速增长。

我们继续在全球范围内寻找投资机会。在我看来,跨境投资是一项挑战,需要把多个因素联系起来才能得出结论和判断。我的工作一直是确认那些值得关注的投资因素,以及将这些因素联系在一起的诱因和动机——所有这一切都是为了确保实现最好的投资效果。

***

我之前说过,我喜欢在别人的主场与他们展开交流对话。但在海外市场,这种交流会更具深度。根据我的经验,身为客人,你往往会拿出更多的时间与对方相处。双方谈论的内容更加广泛,也更加深入。你们会谈论各种投资机会,当然,还会谈到世界事务、当地的关系网络、文化传统、他们对美国和热点事件的看法，以及其他话题。令人惊讶的是，人们能够以坦诚自然的态度与我分享他们的想法，我很喜欢这种方式。

一直以来，我都十分重视建立长期的合作伙伴关系，但是伊特尔公司集装箱租赁业务的前主管谢约翰（John Hsieh）让我明白，如果没有这些关系，你根本没法在一国获得成功。约翰拥有丰富的海外经营经历，交友也十分广泛。他把我带入他的关系网中，我们一起满世界会见伊特尔公司的客户和供应商——从在荷兰鹿特丹与英国和德国客户一起参加鸡尾酒会，到在中国香港跟中国航运企业共进晚餐等。他与客户建立起来的深厚联系让我备受启发，我逐渐明白，在新兴市场国家与在美国做生意存在的最大不同之处，可能是这种对个人关系的极端依赖。

这种个人联系可能会带来一个前所未有的交易机会，培育一段持续一生的深厚友谊，并让人留下难以忘怀的人生经历。有时候，一笔交易甚至会带来长期持久的影响。这里就有一个例子。

胡安·加亚尔多（Juan Gallardo）是墨西哥一家大型糖业和饮料公司的董事长和CEO，多年以来，我跟他通过业务往来，迅速成了好朋友。2008年，他向我提出了一个疯狂的建议。他跟几个来自墨西哥的私人投资者希望跨越美国和墨西哥边境，建造一座人行大桥，将圣迭戈最南部的一座新建筑直接与蒂华纳国际机场连接在一起。这个机场恰巧位于美国以南仅150米处。此前从来没有这样的通道。当时的情况是，每天穿越边境进出机场的人流量要超过200

万人。那些借助现有边境通道的乘客，必须绕道蒂华纳才能到达那里，然后还要等上几个小时才能过境。这就是内在的市场需求。

于是，我们加入进来。我们的团队开始了一场长达 8 年的审批流程，与美国国土安全部门和一系列其他政府机构进行沟通，希望能够顺利得到批复。2015 年 12 月跨境快线开通，对于推动墨西哥下加利福尼亚地区的商务、旅游和贸易发展起到了重要作用。对我来说，这就是投资的全部意义所在。正如我在新闻发布会上所说的那样："当一些人试图在这里建起一堵围墙时，我在这里建起了一座桥梁。"

我们在墨西哥的投资活动也让我跟阿拉伯联合酋长国联系起来。在墨西哥这笔成功的投资，引起了该国王室的关注，2005 年我跟他们还有阿布扎比王储见面，这也让我收获了一段伟大的友谊。

作为美国人，面对一些我们所不能理解的文化背景，我们有时候会对其中的人们产生刻板印象，尤其是对中东地区的人来说更是如此。这位王储之前在美国读书学习，一直致力于增进阿联酋与西方的联系——不论是从政治方面，还是从经济方面。在听到我们在墨西哥的投资活动以及在低收入人群住房方面所做的工作后，他邀请我去阿联酋参观访问。当时阿布扎比这座城市在迅速发展，为那些不断涌入的劳动力提供住房是当时政府的一项优先工作任务。

第一次见面时，我说："有人说你也喜欢骑摩托车。"他笑了起来，说是的。

"嗯，如果可能的话，我想和你一起来一趟摩托车旅行。"

他说:"明天晚上怎么样?"

我自然很乐意。第二天晚上 11 点的时候,我来到他的住宅,10 辆摩托车已经排成一排等着我们了。他说:"随便选一辆你喜欢的。"我于是选了一辆杜卡迪 1000,他则骑上了一辆凯旋。

我们骑车逛遍了阿布扎比,这真是一趟美好的旅程,景色美极了。在某个时刻,我们在等红绿灯时,一辆汽车停在我们旁边。司机和车上乘客都透过车窗瞪大眼睛看着我们。我很确定,他们之后一定有段子可以讲给他们的朋友听了,他们的领导人竟然骑着摩托车在飞奔!当我提到司机的反应时,王储不禁笑了起来,告诉我说,这正是他只会在晚上骑摩托车的原因之一,如果白天这样做的话,会让交通陷入彻底瘫痪。

当看到人们体现出对自己国家的自豪感,并且热切地想要炫耀时,我总是无比感动。我最难忘的一次旅行,是乘坐直升机跨越奇异瑰丽的泰普(或者说平顶)群山,这是我们在委内瑞拉的合作伙伴组织的。该山脉坐落在该国首都加拉加斯东南 560 公里处,只有乘坐飞机或者步行三天才能抵达,从上看,泰普群山山顶一片平坦,这只能说是大自然的鬼斧神工了。这样的山体大约有 100 座,它们矗立在峻岭丛林之间,如同一根根巨大的蜡烛。这些群山就像是一张张巨大的桌台,周围全都是悬崖峭壁。有些山脉近乎 3000 米高,其中的罗赖马山(Mount Roraima)据说是全球最为古老的地质构造之一,已经有超过 20 亿年的历史了。我们乘坐飞机,围绕这些古老的庞然大物参观游览,观察其底部的构造。我们还参观了安赫尔瀑布（Angel Falls）的最高处和最底端，这是全世界未受外界破坏的最大瀑布，然后我们降落在一个偏僻的印第安村落里。这是我经历的最为激动人心、最难以忘怀的一趟旅行。

那些常年不对游客开放的地方，尤其能吸引我的关注。2004年，美国与利比亚关系恢复正常之后，利比亚向美国开放了许多项目，其中就包括航空客运业务。于是妻子海伦和我计划了一次旅行，跟我的姐姐朱莉和她丈夫罗杰一起出行。通过在阿联酋的熟人，我认识了一位利比亚的企业家，他邀请我们过去参观游玩。在利比亚首都的黎波里降落后，我们发现入境和海关并不相关。我们的汽车直接开到了飞机前，然后我们上了车，就这样，没有任何入境检查，什么都没有。

这趟旅行中最为吸引人的地方就是加达梅斯古镇，它已经有超过2500年的历史了。加达梅斯古镇由泥土和石灰石建成，城市分层而建，实际上形成了一座相互叠加的城市建筑。最低的一层是一个隧道纵横的迷宫，唯一的光线来自从隧道的通风孔透进来的微弱光芒，还有几块反射光线的镜子立在那里，聪明的建筑者用这种方式保护当地居民免受沙漠热浪的折磨。第二层是露天的通道网络。这完全是一个自给自足的小社会，拥有复杂的灌溉系统，独立运作的下水道，繁荣的经济，还与地面上其他人开展贸易活动。令人惊奇的是，直到20世纪80年代中期，这里还住得满满当当，当时利比亚开始在周边地区建造房屋，并鼓励当地居民搬迁，声称现代房屋更加舒适和人性化。但是这些居民并不愿意离开，最后一户居民直到90年代末期才最终搬走。这简直太神奇了。

在 90 年代中期的另外一次旅行中，我们来到远东地区，飞机在堪察加半岛停下来加油，这里曾经是苏联绝密军事设施所在地。飞机在这座古老的机场降落时的情形比较诡异。跑道上杂草丛生，每个缝隙里都长满了杂草，跑道两侧是掩体和机库，里面还停放着军用直升机和喷气式飞机，看起来好像被废弃很多年了，我猜也确实如此。这就像是冷战所发出的最后喘息一般——阴影依然没有散去。

当你觉得自己缺乏历练的时候，你只需要动身多做一些事情，即使这可能与自己的个性和角色并不相符。就像我来到摩洛哥猎杀火鸡一样。我选择成为唯一一个没有枪的人。一个善良的犹太人带着枪来这里干什么？我担心自己可能不小心射中其他人。

让自己融入当地文化是一项深刻的体验，但有时候，这种体验可能会超出你的预期。90 年代中期，在一次泽尔天使旅行中，我们来到了东欧。我们从布拉格出发，第二天去往克拉科夫，骑行时间大约有五个半小时。在去往波兰边境时，我们走的是苏联在 60 年代入侵捷克斯洛伐克时走的那条高速路。我们中的几个人因为超速被警察拦了下来。当然，我们试图跟警察套近乎蒙混过去，但因为说两种不同的语言，要想过关可不容易。这个时候，我必须说明白，每次骑行，我们都会穿上定制的 T 恤、帽子或者是运动衫，上面印着我们将要参观的城市名称，而且我们也总是会多带一些装备。那次旅行的衣服是令人恶心的墨绿色[①]，别问我为什么会选择这

[①] 墨绿色与纳粹德国军服同色。此处可能是想表达这个颜色令二战时被纳粹侵略的东欧国家人民感到不适和厌恶。——编者注

个颜色。因此，当跟拦下我们的警察沟通似乎要失败的时候，我们建议他也许会喜欢一件西方纪念品作为礼物，我们于是把运动衫拿了出来。警察停下了，然后看着我们，用蹩脚的英语问道："你们这衣服还有其他颜色吗？"

随后，当我们进入波兰时，路边有两个警察举起了白色的警棍。他们朝我们挥舞警棍，于是我们也挥手回应。十分钟之后，我从后视镜里看到，一名警察拦下了我们队伍中的一个人，并拿枪对准了他的头。我们不了解的是，在波兰，当警察挥舞白色警棍的时候，你需要靠边停车接受检查。但我们也准备了秘密武器。我们的骑行队伍中有位骑手是名誉警察，每次旅行他总是随身携带一些警官徽章，徽章上有美国国旗图案，他会用这些徽章跟当地警察换一些皮带、铜扣等纪念品。正是这样，我们才没有被边境警察拦下而成功穿越了边境。

所有这些经历，包括各地旅行、各段友谊、各笔交易，还有各位伙伴，都让我对周围的世界有了更好的认识和体会。从这些经历中，我更清楚地知道了自己该如何融入这个世界——不仅仅是外面的世界，也包括回家之后。

10
幕布之后

许多企业都是遵照丛林法则运营的——一个人的成功，必然导致另外一个人的失败。但这在我们公司行不通，因为我们这里十分强调分享，一味遮遮掩掩只会让你埋没不显。我会挖掘出员工最大的潜力，而他们也会让我展示出最好的自己。这是一个双赢的局面。

我经常说，我是各项事务的主席，却不是任何机构的 CEO。我总是致力于自己擅长的领域——洞见未来、指引方向、制定战略，这才是我能够创造最大价值的地方。我几乎整天都在聆听别人的报告，我会提出问题，深入探究，提出各种可能性。

如今，股本集团的业务范围已远远超出了我在近 50 年之前创办的私人投资机构。它还包括我后来创立的以"股本"命名的公司——总计有 5 家，以及我担任主席或者因持有重大股权而能够施加影响的众多公司。我挑选合适的人来经营这些公司，我不会参与日常的经营活动，但会一直与负责经营的人员保持密切联系。

我一直信奉业务经营的半径理论，也就是说，一个人经营成功的程度，最终取决于这个人和做决策之间间隔的人员数量。这是因为，你距离做出决策的跨度越长，你对风险的控制能力就越弱。历史经验表明，如果不能充分授权，各项业务经营就会陷入一团糟的境地，当然，如果授权过度，也会如此。

从我跟鲍勃·卢瑞刚开始创设公司，到公司业务不断发展壮大，我一直把一件事置于最前列：企业文化为王。在清醒时的绝大部分时间里，你处于哪种工作氛围，这一方面体现了你的个性，另一方面也体现了你希望与什么样的人共事，希望什么样的人为你工作。企业文化可以激发各种创意，也可以泯灭各种想法。企业文化能够为一段长达几十年的牢固关系打下基础，也可以像洗牌一样，轻易地将之翻篇，导致你对各种联系一晃而过。企业文化就是你公司的脉搏和心跳。

接下来，我谈一下有关企业文化的内容，因为我觉得自己的成功在很大程度上受到它的影响。

从最本质上来说，我们公司属于精英管理体制，这种管理文化是我跟鲍勃在早期培育起来的。在精英管理体制下，我们摒弃华而不实，让每个人展现真实的自我，对个人的评价只取决于他的成就。实际上，这就像是一款均衡计量仪一样，让每个人都只关注那些重要的东西，这样他们就可以把自己最好的一面展示出来。一旦在这种精英管理体制下工作过之后，你就很难再安于其他平淡枯燥的工作氛围了。

除此之外，我们公司的文化还强调自我驱动、富有创意、轻松有趣、专注高效和灵活机动。我们鼓励每个人树立自信，拥有自己独立的见解。我也经常说，我们推行开放信息共享的商业政策。没有秘密，没有闲言碎语，没有闭门会议，所有事情都放到台面上来。这是我们对风险实施管理的关键方式之一。

有时候，这种政策措施是可以切身感知的。为此我可以举一个例子。35年来,我一直在同一间办公室里办公,4年之前,在一次创意活动中,我突然发现办公室有门,我此前从来没有注意过这一点,因为这扇门是一个折叠门,这么多年来从来没有关上过。

对于来我办公室的每一个人,我都会表示欢迎,从公司的高级主管到邮件收发室的人,都是如此。以此类推,既然公司头号人物这么好接触,那么如果其他人不这样的话,就只会表现得自己像个笨蛋一样。我公司的每个人都不会躲在办公室里面私下开展工作。

与此形成鲜明对比的是,我曾经访问过洛杉矶一个知名建筑师的办公室。他对办公室的设计是,靠近窗户边是留给公司高管的一排透明办公室,然后往里是一排内部秘书办公桌,而他的办公室则位于最里面的角落。有一天我站在那里跟他的秘书聊天,秘书告诉我:"你知道,每天老板走过的时候都会向我问好,但当我回答他的时候,他已经进了自己的办公室了。"我看着她回答说:"嗯,那些牛人一旦忙起来,可不能随随便便就停下来。"

我们公司坚决杜绝此类行为,要随时准备好被其他人开玩笑,随时准备好自己的观点被质疑,也要与每个人保持联系。

作为一个敢于冒险的人,我最大的担心就是,无法获取能帮助避免错误决策的足够信息。对此我唯一能做的,就是营造一种没有孤岛的企业文化——在这种氛围下,每个人都知道所有正在发生的事情。我告诉人们,"没有什么特别惊讶的事情",当这样说的时候,我是认真严肃的。我可以自信地说,如果我能够及早发现问题,就会足够明智地解决它。因此,不要藏着掖着,要放松心态。在公司里，我们不会切断人们的信息传播渠道。

与此同时，我还在公司大力培育企业家精神。我会向员工充分授权，我喜欢那些积极主动的员工，我希望他们能够主动行动，追求卓越，不断质疑，不断挑战。当然，享受这种自由的氛围，同时也必须承担相应的责任，因此优秀的判断能力至关重要。幸运的是，我一直都很擅长挑选和发掘优秀的人才。

公司团队的相互信任，在很大程度上与我们的招聘流程息息相关。这个流程有点儿与众不同。当寻找高层管理人员的时候，我不会简单写下职位描述，然后找到某个适合该描述的人选。我会找到那些适合公司的有才干的人，然后通过各种方式让他们充分发挥才干。大多数时候，这套招聘体系的运作都符合我们的预期，但有时候也会不尽如人意，这种情况显而易见。

多年之前，我聘用过一位优秀的女主管，她曾经在全球一些规模巨大的公司工作过。6个月之后，我把她解聘了。为什么呢？她就像个政客，在她所接受的企业文化中，一直把信息作为价值交换的媒介，无论从哪个工作角度，她都会体现出这个问题。我并不会责怪她的处世方式，事实上，许多企业都是遵照丛林法则运营的——一个人的成功，必然导致另外一个人的失败。在那种环境下，她可能表现得十分优秀，但在我们公司，她并不适合，因为我们这里十分强调分享，一味遮遮掩掩只会让你埋没不显。我敢肯定，这位优秀的女主管此前从来没有被解雇过，我也十分确定，她未来一定会继续创造辉煌的职业生涯，但是利用信息作为资源交换手段，这种想法在我这里根本行不通。

要想在我们这里工作，需要一定的智商，但我其实也并不需要员工的智商跟火箭科学家一样。除此之外，你未来是否能在公司获得成功，要取决于你的自我奋斗、内在动力、专业态度、职业判断、坚定信念和满怀激情，以及直指问题核心的能力。任何时候，如果具备这样的品质，我甚至可以考虑把对智商的要求降低 20 分。我手下已经有一大群聪明伶俐的家伙，他们有时候难以出彩，就是因为不懂得如何思考一笔投资交易。我还记得有一次在晚上 8 点钟来到办公室，发现有个伙计在为我们打算购买的一个房地产项目做未来十年规划。我看了一下他手头正在做的工作，就知道他在这种数据计算上花了很长的时间，他所采用的计算方法简直烂透了。我说："你得好好琢磨一下这笔交易，看看有哪些关键因素会影响这笔交易的成败。如果你意识到关键部分可行，那么你再通过数据进行验证。你不能在辛苦 8 个小时后，才确定这些努力到底值不值得。"我确定他的智商一定比我高，但我们公司根本不是这样投资运作的。你必须能够有效评估最初的方案，确认最大的风险最有可能出现在哪个领域，否则的话，就可能导致你一直对着数据资料努力工作，最终却发现这笔交易可能根本就不可行。而这些被你浪费的所有时间，原本可以用于寻找其他投资机会上。

我一直让员工不要随便"接纳我的意见"，我希望他们能够勇敢挑战我的观点，就跟我质疑他们的想法一样。不论是哪笔投资交易，我们都要能够简明扼要地捍卫自己的立场，这会让我们双方思考得更加透彻清晰。我会挖掘出员工最大的潜力，而他们也会让我展示出最好的自己。这是一个双赢的局面。

过去二三十年来，我一直设法让员工不要把我当成老板来对待，让他们不要那么紧张，这样各种创意才会得以展现。不要误会了我的意思，我还是喜欢当老板的，我承担了相关的责任，并且在这个位置上也做得很好，但不希望周围全都是马屁精。对我来说，最差的情况就是，每时每刻周围每个人都只会说，"好的萨姆，你说什么都行"。对企业文化来说，这无异于宣告了死刑。我告诉员工："不要像鹦鹉学舌一样复制我的想法，也不要费尽心思去琢磨。我希望能了解你自己的看法。"我会一直不停地重复这个过程，直到得出正确答案。当跟一群人坐在办公室里的时候，我不寻求尊重，我在意的是想法和创意。在这种情况下，每个人都处于同一水平线上，他们的每一次努力表达，也都是在我心里投下的一注筹码。

到目前为止，你已经很清楚，我属于追求共同利益的坚定信徒——风险共担，利益共享。从我们在EGI的第一笔投资开始，我就特别注重投资机会的共享，其中既包括风险，也包括收益。我们与合作伙伴共同投资，我还经常为员工提供"特别支持"，允许他们在我的投资资本基础上，一起分享收益。这就是说，我会以自己的资金为他们提供支持（比如说，我自己投入15万美元，而他们只需投入3万美元）。而如果我们的投资或者基金达到了预定的最低额度，那我的员工就可以根据总的投资额度（也就是18万美元）获得回报。实际上，我们都在为彼此的成功投资。这不仅仅是激励的问题，我要求双方必须展开合作，整个团队要对投资机会和面临的风险展开讨论、质疑和探讨，因为每个人都对其他人的投资享有权益。最令我感到振奋的是，我曾经为员工创造了数以千计的就业机会，为他们营造了看似无限的发展机会，我还曾经让数百人成为百万富翁。"你在我们的团队能够得到发展成长"，这句话我可不是说说而已。

因此，我们的高管不会故步自封。我们可能在内部有一些争论，但这一切都要让步于那些推动公司更好发展的决策和共识。这种合作共事的文化，不仅盛行在我的私人投资机构，而且扩展到了我主管、持有或者能够施加重大影响的众多企业。目睹这一切，是非常令人惊叹的。我们拥有全球最为资深、最具竞争力的一群高管，每天，你都会发现他们中有些人放下手头的工作，去热心帮助其他同事。对我名下公司网络的高管来说，他们有机会接触到大量资源，有无数的同行随时愿意提供帮助，这让他们在几乎每个业务领域都能迅速上手并且提高效率。除此之外，我们还招募了数以千计的毕业生，他们之中有些人在我们公司工作超过45年，说到这里，估计你对我们公司文化所蕴含的力量可以有一个初步的感受。

我看人很准的，一旦决定信任一个人，我就会迅速给他交办很多任务，为他提供支持。我会承担起用人的风险（正如同杰伊·普利兹克对我一样）。如果我判断对了，那么这个人就会十分努力地工作，来向我证明，同时也证明自己——能够负担得起那份重任。你将有机会以此前从未有过的方式去发挥自己，这个过程会令人沉迷，而且我听说这会让人产生强烈的忠诚感，而这种忠诚和信任其实也是相互的。

我告诉我的员工："一旦在我们公司工作之后，你再到其他地方工作就再也不会感到快乐了。"我对此坚信不疑。我们公司有些员工从来没有离开过，还有很多离职后希望再次回来。我们员工的任职期限之长令人惊讶，许多员工跟随我长达20多年甚至30多年——这个范围涵盖了工作助理、中层经理到CEO等。我们这里总是有新的机会，每次我们变换发展方向，我们都会为员工创造新的发展机会。你经常会看到，我们有员工从集团旗下一家投资公司调到另外一家，在新的岗位上抓住机会实现自身的成长。

在极少数自愿离开的高管中，有一位最终又回到了公司。他在我们公司工作了20年，离开的时候是为了更高的薪水和更大的权力，因此当他回来的时候，我很好奇他这样做的原因。我说："我不明白你为什么这样做。你赚的钱翻了两番，你的职位也要高得多，你为什么选择回来呢？"

他回答说："原因其实很简单。在这里的时候，如果遇到问题，我就会走到你的办公室，找你问这个问题，你也会给我答案，我有快速接触的渠道。在新公司，每个问题都需要给一堆人写各种备忘录，当最终走完所有流程之后，所有的创意都已经没用了，我可能连最初的想法都给忘了。"对他来说，工作中的快速决策机制和高度的自主权，就如同氧气一样，须臾不可或缺。

还有一个例子，我们需要从无到有，在几个月内建立一支全新的团队，负责管理一家价值高达 60 亿美元的办公楼运营公司。我们瞬间被各种电话所淹没，其中有些人曾在我们出售 EOP 之前在那里工作过，有些人则在我们股本集团的其他子公司工作过。仅仅用了几周时间，我们就招募了 30 名员工并且开始运作起来，这些人当中有 26 人是来自股本集团的子公司。

***

作为一家公司，以及作为一个个人，这两方面的创新表述经常会出现重叠。

我们也都比较随意，互相之间喜欢开玩笑——自嘲、互嘲，尤其是嘲笑那些官僚主义者。在我们办公室里，这些人被描绘成坐在沸腾的油锅里、被各种繁文缛节束缚、推诿扯皮的雕塑。我鼓励员工时不时地开展乒乓球比赛，或者玩投沙包的游戏，也会期盼每年的含羞草晚会，此时可以观看芝加哥黑鹰队的斯坦利杯巡游。但当然，对我来说，额外的福利其实并不能让我觉得多么开心，只有工作才会让我提起兴趣。

拥有乐趣的秘诀之一就是，在工作过程中你可以表现得很深刻，而许多人却往往意识不到这一点。我坚定地认为，沟通交流是一门艺术，这项工作涉及方方面面。但是，沟通并不见得一定用言语，而信息也不见得必须枯燥生硬才能有效。

从本质上来说，我是一名推销员，在所有推销的物品当中，我最喜欢的就是各种创意。我喜欢做出令人印象深刻的表述，不论是关于一笔投资交易，还是关于经济形势，抑或其他任何内容，与此同时，我也向对方传达这样的理念，即EGI是一家与众不同的非凡机构。

在我早些年开始挖掘我的创造力时，有个名叫彼得·肖乐西（Peter Szollosi）的伙计在这方面帮我提升到一个全新的高度。我是1988年在一次科罗拉多州的摩托车旅行中认识彼得的。他是一个创意十足的天才，有着与众不同的视角来看待世界。他的思维不会受到任何局限，这点令我望尘莫及。彼得在丹佛拥有自己的平面设计公司，这家公司主要承接一些一次性项目，而且在很大程度上处于原地踏步的状态。当我俩见面的时候，我对于我们一起做什么还没有清晰的概念，但我预感到合作的前景一定很美好。

我知道，如果能够在资本市场上打出品牌或者引领潮流，那我们就可以更好地募集资金。于是我邀请彼得来到芝加哥，一起好好聊一下。我给他展示了自己早期的一些想法，并说明我们可以利用那个年底礼物和其他稀奇古怪的想法来提醒客户，这样当开展生意往来的时候，他们就会觉得我们与众不同。随后我问他："你愿意过来做这份创意工作吗？"我说我还不知道这是不是一份全职工作，但紧接着补充说："反正你一时也没有更好的选择，不如就过来一起干吧。"于是他就来了。随后这不仅成了他的一份全职工作，而且随着时间的推移，还逐渐变成了一个完整的部门，至今仍代表了我们公司文化的一个核心要素。彼得获得了自己理想的工作，而我也得到了公司的创意节拍器。在彼得的带领下，我们开始以更加灵活而且经常是不拘一格的方式向外界展示自己，包括那些印有 IPO 关键信息的 T 恤衫，或者是传递来年经济主题的年度礼物等。

不幸的是，2007 年，因为癌症，我们永远失去了彼得。这是自失去鲍勃以来，命运对我个人和职业的又一次沉重打击，没有任何事情能够与此相提并论。但他一手创建的创意部门，在其继承者和好朋友比尔·巴特罗塔（Bill Bartolotta）的带领下，如今依然在稳步发展。

这个创意部门的项目之一，就是设计出我的"商业名片"——一本红皮书，里面收录了我认为特别有意义的"萨姆之言"。比如，"试图在所有时间里都做到完美无缺，最终只会停滞不前"，"传统观念不过是参考"，还有我最喜欢的"我是不是太含蓄了？"，当然，每句话旁边都配有卡通图案。

最后，每隔两到三年，我还会举办自己的生日宴会，邀请大约 800 位朋友参加。我其实并不怎么在乎生日，但这是一个由头，可以把我的朋友聚在一起，共同参与一个创意十足并且难以忘怀的盛大活动。宴会最早是从 20 世纪 60 年代末期以寻宝游戏的形式开始的，这个创意来源于我在拉玛夏令营的经历，该夏令营是我孩童时期参加过的一个犹太夏令营。在这个夏令营里，各项线索要根据《圣经》诗文进行判断，在夏令营场地中找到各个地点，最终找到相应的目标。我的宴会没有利用《圣经》诗文，而是每年都会挑选出不同的主题，引导客户去往芝加哥的各个地点，有一年主题是医院，有一年主题是宾馆，还有一年主题是慈善机构，凡此种种。每个团队都会拿到一个清单，上面列了100个可能的地点，因此这对外地朋友来说也很公平。活动给出的线索类似于：对教堂来说，线索是"无锋之人"，答案就是圣母无染原罪教堂；对一座建筑来说，线索是"专横独断"，答案就是贸易委员会；对市政工程设施来说，线索是"河狸之力"，答案就是沃兹路大坝，诸如此类。

在每次活动时，我们会把客人分为几个小组，大概每六人一组的规模，他们乘坐豪车出发去满城"寻宝"。胜利者除了吹嘘一下，也没有任何奖励，而这对我的那些客人来说，实际上已经足够刺激他们积极踊跃地参加了。

当一支队伍卡壳时，他们就会打电话求助。我会一边喝着红酒，一边守在电话旁，在给他们额外的提示之前，好好地戏耍他们一番。

这些寻宝游戏其实是改编自我们公司的运营方式。当我观察到一种趋势或者异常之后，会勾勒出一个大概的发展方向，然后说"出发"。我们的员工就会聚在一起，讨论该发展方向可能涉及的所有变量，然后他们各自去尝试证明自己的独特见解是正确的。这是面对市场机会进行投资研究的一种方式。通过这种方式，我们能够营造一种健康的内部竞争氛围，在这种气氛中，每个人都被其他人激励着，要将自己最优秀的一面展现出来。与此同时，如前所述，无论是哪种方案最终胜出，所有人都会共同分享利益和承担风险。因此即使你的主意没被采纳，你依然希望其他人能够大获成功。

而如果有人在这个过程中卡壳了,他们就会折回来寻求我的帮助。当然,在寻宝游戏中,我知道所有的答案,而且不会拿数百万美元作为赌注。在工作中,我们会一起努力克服各项困难,然后我会设定下一个奋斗目标。

我赋予员工较高的自由度,让他们自主探索和解决问题,在这个过程中,我主要通过重大决策做好风险控制。这种高度自主权加上快速决策的通道,对公司同事来说很容易上瘾。他们知道我很信任他们。我从不用说出口,我会用行动展示这一点。当公司同事经过探索、研究、协商交流并最终敲定一笔投资之后,我会为此投入数百万美元,这样就营造了一种充满活力和令人振奋的工作氛围。

无论如何,在经过26年的发展之后,寻宝游戏的规模已经从30名参与者增加到240名。此时,人数之多,已经超出了我们的组织能力,我就把寻宝游戏换成了宴会活动。

把这些宴会活动全部挪到一个地方进行,进一步对我们的创意提出了挑战。我的目标是给参与者带来新颖而又可以拓展思维的复杂体验,让参与者第二天难以简单地描述自己的体会。或者如果可以描述的话,那每个人的体会都跟其他人大相径庭。我们还会邀请当红明星,比如说艾尔顿·约翰(Elton John)、杰·雷诺(Jay Leno)、贝蒂·米勒(Bette Midler)、老鹰乐队(The Eagles)、海滩男孩(The Beach Boys)、佛利伍麦克合唱团(Fleetwood Mac)、艾瑞莎·弗兰克林(Aretha Franklin)、詹姆斯·布朗(James Brown)以及太阳马戏团(Cirque du Soleil)等。我最喜欢的一次宴会是在

2006年。活动开始时，客人们登上小船，前往印第安纳州和伊利诺伊州交界附近的一个船坞。我们准备了450个远洋集装箱，每个重量约有4吨，然后把它们集中摆放到一个3250平方米的空地上。集装箱的盖子都朝里面打开着，展示了我们在约瑟夫·柯内尔（Joseph Cornell）创意启发下描绘的各种情景。保罗·西蒙（Paul Simon）在宴会上进行了表演，还有来自法国的焰火专业表演团队奉献了精彩的演出。每隔几年，海伦和我都会主持召集这样的宴会，以此作为借口把大家都叫过来增进感情，受邀宾客的名单也在不断增加。

关于这些宴会还有一件事情——我不喜欢人们来参加宴会的时候，竞相攀比自己穿的衣服是由哪位大牌设计师设计的。成功与否看衣着的做法会给人们带来压力，我对这样的做法一直深恶痛绝，但我也知道这就是现实。于是，为了让大家更加平等自如，我用T恤衫制作邀请函和入场券。

不管是谁，如果不穿T恤衫，就不会被允许参加宴会。我希望努力避免的衣着竞赛，随机而完美地演变成了一种如何才能"穿好"T恤衫的创意竞赛。你无法想象，当我走到集合的地方，看到800名宾客用同一款T恤衫打扮成各种样式的时候，我有多高兴。这个过程让人十分愉快，而且立即能够让人们熟识起来，迅速开启对话的由头。这些也给参与者提出了智力挑战，因为T恤衫既是这次活动的主题，同时还涉及本次活动的谜语，谜底就是当年庆祝活动的主题。

※※※

我把在 EGI 工作的人视为一个大家族。而从很大程度上来说，他们也是这样看待对方的。也许最准确的词是"部落"。从接待员到 CEO，我们向每个人传递着公司的核心企业文化。我们希望他们能够理解在公司所承担的共同责任，以及共享的忠诚不渝和相互信任。一旦一个人加入 EGI，"内部绝对不会有任何敌人"。说到底，集团也就如同我的家族办公室一样。

正如我的家人一样，我希望每个人都能够开心幸福——热爱自己手头的工作，而且我会不遗余力地推动其实现。几年之前，我的一个高级主管来到我的办公室，说自己在为公司工作了 20 年之后，准备离开了。她想去神学院读书。我问："我们为什么不试试兼职呢？如果你真的喜欢这里，那就试试兼职。而如果行不通，那也没关系。"

我非常重视她，无论是从职业角度还是从个人角度，我都希望她能够收获幸福。最近她从神学院毕业了，而且依然是公司的员工。她很开心，我也很开心。在经营企业的过程中，你永远不会知道，什么时候神学院的视角会派上用场。

11
"他让世界有所不同"

美国的发展成长离不开企业家精神，而这在很大程度上是由移民所带来的。从本质上来说，来到这里的移民都是自己选择的。他们选择冒巨大的风险，离开自己的祖国，远离自己熟悉的一切，追求未知的未来。这是理念和信仰的力量。

要想做一名成功的企业家，不仅看你做了什么，更重要的是看你是如何思考的，是如何看待周围世界的。身为企业家，就是要持续不断地寻找机会，让世界更美好。他们不仅仅能看到问题，还能找到解决方案。他们总是能够提出新的创意，而且不惮于尝试。他们都是自我驱动者，勇于承担风险，主动采取行动。他们总是在思考，"我可以做得更好……我能解决这个问题"。这是一种持续不断的永恒动力。在我们公司，每个人都需要成为一名企业家。

我一直保持着这种思维状态，在很大程度上，我要感谢受移民影响的成长环境。美国的发展成长离不开企业家精神，而这在很大程度上是由移民所带来的。从本质上来说，来到这里的移民都是自己选择的。他们选择冒巨大的风险，离开自己的祖国，远离自己熟悉的一切，去追求未知的未来。这是理念和信仰的力量。他们来到这片大陆，开始创业创新，他们是创造美国这个世界强国的主要引擎。

如今，"企业家"一词几乎成为科技创业公司的代名词，但在我看来，这个定义过于狭隘。我认为，你能够在每个领域发现企业家。他们可能来自创业机构，也可能来自企业集团、商业机构、学术机构、医疗机构、非营利机构等各个领域。任何人只要能够自立自强、富有创意、善于创造，并且愿意承担风险，都可以成为企业家。

企业家都是充满动力的。企业家会不断地为自己设定目标。动力是什么呢？我并不觉得对许多身价亿万美元的企业创始人而言，激励他们奋斗的目标，只有或者说主要是金钱。可以肯定的是，赚很多钱是一个巨大的诱惑。但我也敢说，大多数伟大的企业家只是很喜欢他们的工作——不管是解决问题，从头创立一项事业，还是对自己的产品或者服务满怀热情。

伟大的企业家也必须是优秀的推销者。在《推销员之死》(*Death of a Salesman*)中，阿瑟·米勒（Arthur Miller）塑造的威利·罗曼（Willy Loman）这个人物，给全世界带来了伤害。在他的描绘中，推销员的生活枯燥乏味、毫无生气，是一副见不得光的绝望形象，这与我的真实感受完全相反。我跟公司高管不仅需要向外界传达我们的理念，还需要把我们的观点推销给公司内部的同事。我们需要不停地给他们"打鸡血"——不管是在顺境中，还是在逆境中。如果他们都不认同的话，那我们绝对不会取得成功。除此之外，我们别无选择。

人们经常问我："企业家精神是能够通过后天教育实现，还是天生的？"我的回答是，我认为有所谓的创业基因，尽管某些人在这方面相比其他人体现得更加明显。教育，能够让学生更好地确认、增强和实施他们的创业倾向。

我在创业教育方面投入了巨资。这是我慈善事业的核心内容，因为我坚信通过这些措施，将会让世界有所不同。成功的企业家会让社会福利水涨船高，他们能够创造就业岗位、勇于创新并且为GDP增长做出贡献。他们是社会发展的中枢。

***

从20世纪70年代末期我就已经开始推动创业教育。作为密歇根大学的校友，鲍勃·卢瑞和我一直参与学校活动，并且与时任商学院院长小吉尔·惠特克（Gil Whitaker, Jr）持续保持联系。在查看学院的课程和培养方向时，我首次意识到课程设计与实际应用之间存在巨大的鸿沟。密歇根大学商学院，跟当时其他的商学院一样——都忽视了创业教育的内容。他们只会教学生死记硬背各种公式，但有时候从数字或者公式里并不一定总是能够找到正确的答案。

1988年，我在哈佛商学院演讲时，跟学生们分享了下面这个故事，以此来阐释上面这个观点。

亚伯和莎拉是一对60岁的夫妇，他俩结婚快40年了。有一年他俩各自去旅行，并向对方寄送明信片。亚伯写道：

亲爱的莎拉，

　　这里天气不错，我也很快乐。今天早上我坐在池塘边，遇到一个20岁的美女。我们一起游泳，共进午餐，谈天说地，今晚她还会来我房间共进烛光晚餐。我可能要走运了。希望你也过得很开心。

爱你的，亚伯

　　莎拉回复道：

亲爱的亚伯，

　　这里天气也很好，我也很快乐。今天早上我也坐在池塘边，遇到一个20岁的帅小伙。我们共进午餐，无所不谈；今晚他还会来我房间共进烛光晚餐。我也可能要走运了。

爱你的，莎拉

　　又及：别忘了，20岁的小伙子跟60岁的我玩起来，相比于60岁的你跟20岁的姑娘春风一度，可要更有意思得多。

　　看到了吧？其实数字并没有那么重要，数字代表的含义才是最重要的。

　　演讲结束之后，学生们跟往常一样围上来挨个跟我交流。第五个学生走过来问道："有大虾吃吗？""啊？"我愣了一下，"什么？"他回答说："哪里有大餐？你过来是想招聘我们，对不对？"显然，即使是嘉宾演讲,也变成了了无新意的走过场。

批判性思维是身为企业家的重要标志。这种能够独立评估一项事物的开放心态,与一成不变的僵化思维截然不同。商学院不仅未能培养批判性思维,反而教育出一群没有感情的"机器人",这是对智力资源的极大浪费。企业家精神被扫地出门,贴上了"垃圾学科"的标签,因为人们根本不了解其真正的内涵。鲍勃和我希望改变这种状况。

我们开始跟吉尔沟通,讨论可以采取哪些措施把这门课纳入学校的课程体系。最终我们决定,鲍勃和我会出资发起一场全国性的比赛,邀请任何领域的专家,撰写有关企业家精神的教学大纲,优胜者将会获得2.5万美元以及在密歇根大学任教一年的机会。1981—1986年,我们总共选出了六位优胜者,他们来自不同的学科背景。出人意料,排名第一位的是位音乐老师,还有一位在大学教英语,最令人印象深刻的是来自休斯敦大学的一位工程学教授,他的课程名称是"101次失败",这样设计的理念前提是,要想获得成功,企业家必须能够经历困难,思维透彻,并且完全不怕被拒绝。在期末考试的时候,他给每个学生拿来10根冰棒棍,让他们用这些冰棒棍去创作作品,然后他又让学生到四方广场(学生活动中心),以每件不低于10美元的价格把自己的作品卖出去。

你完全可以想象其他学生对此的评价和嘲讽。当然,班上所有人都没有卖出去一件作品。事后,这个教授利用这段经历让学生明白失败的含义,告诉他们如何从失败中走出来。这真的是一堂优秀的课程。

随后在1996年,密歇根大学联系我,说有位校友去世,留下一笔遗赠,用于让某人针对本科优秀学生开设一门为期一个学期的课程。授课题目由讲授人决定,于是学校邀请我围绕自己的创业经历进行讲授。我选择以"风险"作为讲授的主题,因为理解风险、管理风险对企业家来说至关重要。我要求学校为我找来一个挪亚方舟式的班级——由来自大约15个不同专业的20个学生组成。我的目标是向他们传授各类风险知识,这不仅涉及金融领域的风险,也涉及在决策制定中的风险。在最后一课时,我开场就给学生提出一个挑战:"敏妮阿姨去世了,给你们每个人留下10万美元,你需要做出投资决策。你可以把这些钱投资于5年期、7%收益率的投资标的上,也可以投资于10年期、7.5%收益率的标的上。"

经过一段时间的思考之后,他们全都选择了5年期、7%的收益率。当我问道,在这个决策过程中他们承担了什么风险时,他们回答说,"没有风险"。他们的理由是,通过选择短期投资,这样获得的收益就不会像长期投资那样,被未来的通货膨胀所侵蚀,而且5年期满之后,他们还有自主选择的权利。

但他们都忽视了再投资的风险。他们过于关注投资期间的表现,而没有考虑5年之后的情况。如果收益率仍然能够继续保持在7%或者更高,那么一切都没有问题。但如果收益率下跌了呢?那就有问题了。关注过度和视角遗漏都会造成风险,一旦学生明白了这一点,我的教学目标也就达到了。

这门课结束后不久,我感到是时候建立起更加长效的机制了。

于是我跟密歇根大学商学院的老师们说:"如果你们能够合力支持的话,我准备出资赞助一门创业课程。"他们回答说:"太棒了,我们回头联系你。"如今我还在等他们的电话。而这已经是20年前的事情了。

密歇根大学从来没有来电话,这让我意识到,要想在这方面发挥重要影响,慈善项目——就如同一笔投资一样——也需要有一个所有者。有人需要站出来,高瞻远瞩地看待问题,时刻保持对项目的关注,不断提出各种问题,不断鞭策相关人员,不断推动项目落实见效。这就是我对成立捐赠基金一直犹豫不决的原因。我更喜欢基于取得的成果,逐步增加捐款。这跟在企业经营中一样,也涉及透明度、诚信度,以及如何推动别人取得成功。只要有钱,不论是任何人,都可以把自己的名字刻在其捐赠的建筑物上。

于是在1999年,我们主动采取措施,通过泽尔和卢瑞家族基金,在密歇根大学设立了泽尔-卢瑞创业研究学院。这个项目的目标,是帮助学生识别和开发自身的创业潜能。我们在设计这个项目时既注重学术性,也强调应用性。我们希望学生们无论面对何种情景,都能够学会像企业家那样思考,然后把这种思维运用到解决现实世界的问题中。这个项目的核心内容之一,就是在实践中学习,真正地开展创业设计,并且要参与企业竞争,通过这种方式,可以让学生进一步深化认识,从社会上的独立第三方那里获得效果反馈。

我们还启动了1000万美元的泽尔创业者基金,为那些由学生创立的新企业提供启动支持。最后，这个研究学院还为其他4个学分课程项目提供支持，帮助学生了解如何成为投资人：泽尔早期创业基金（Zell Early Stage Fund）、金刚狼投资基金（Wolverine Venture Fund）、社会创业基金（Social Venture Fund），还有商业化基金（Commercialization Fund）。

我很喜欢跟学生互动交流，也很乐于把此前他们从来没有考虑过的各类创意介绍给他们。每年我大概要发表40场演讲，其中大约有一半是在大学里。在每次演讲中，一定会有学生站起来问我这个问题："你已经做了这么多，但如今市场机会明显少多了，我该怎么办呢？"我的回答是，市场机会是一直存在的。它可能不见得是某种行业性发展趋势，也不见得是众所周知的市场波澜，但这些机会其实一直就在那里。你需要积极寻找它，当找到机会之后，你要做好基础性工作，评估其中蕴含的风险和回报。它需要有心人的无畏胆略，这一切并不是那么轻而易举就能实现的。但如果你天生就善于发掘和抓住各种机会，这将是一段波澜起伏的壮阔航程。

除了密歇根大学，我还利用自己的家族基金启动了其他几项创业培训，其中有两项是在西北大学凯洛格管理学院，一项在以色列的荷兹利亚跨学科研究中心（Interdisciplinary Center，简写为IDC）。2011年在凯洛格管理学院，我开设了泽尔风险研究中心（Zell Center for Risk Research），随后在2013年，还是在这个学院，我们启动了创业孵化和加速项目，为学生开启创业公司提供指导和帮助。由于这个项目大获成功，IDC直接把这个项目全盘照搬了过去。

我回顾一下以色列项目的由来。1991 年，我受邀去 IDC 发表演讲，而我自然选择"企业家精神"作为演讲主题。演讲结束之后，这所大学的创始人找到我说："你的演讲主题跟我们的学生培养特别契合，也许我们可以在这个领域展开合作。"我也很动心，并且承诺一定会全力支持和配合。我们设计了一个加速项目，指导学生在真正创立企业的过程中更好地应用创业技能。学生被分配到不同的小组中，每个小组要花一年时间创立一家公司，历经从创业概念设计到实际项目启动等在内的全部流程。这种沉浸式的培养方式帮助学生们跳出了纯粹理论的范畴，切实体会到实际创业的艰巨。

几乎所有学生都曾经在以色列军队中服役，因此相比于美国的学生，以色列学生往往年龄更大一些，在现实世界中也更有经验，这是 IDC 的一大特点。以色列这些学生已经十分熟悉边干边学。对于生活中可能遭受的困难和重大挑战，他们当中的大多数人已经多有体会，他们把这样的创业经历视作极为难得的宝贵机会。他们全身心投入其中，当然，并不是说美国学生不主动，但是以色列学生真的是对一切都保持着极度饥渴的求知欲。这才是关键所在。实际上，在我面试新求职者的时候，我一定会提出的一个问题就是："你对未知的世界有多么饥渴？"饥渴意味着主动探索，也就是持续不断地提醒自己，要一直勇于探求，一直让思维拓展。这是一项无价的宝贵特质。

IDC 项目始于 2001 年，这已经成为创业教育的一块里程碑。

15年来，300名校友在12个国家创立了超过80家企业，其中有一些是学生创立的，有一些是由毕业生发起的。这些新公司涉及的范围十分广泛，业务领域不拘一格。大多数创业公司都集中于科技领域，校友们为他们集体创办的企业募集资金超过4亿美元，这些企业的变现，有的是通过出售给谷歌和易贝等公司，有的是通过IPO得以实现。

由泽尔校友基金会支持的一些较为著名的新兴企业包括：Gogobot，这是一家旅游咨询网站；24me，这是一款屡获殊荣的新一代个人助理应用程序；kano，这是一款针对孩子的电脑编程工具；礼品项目（The Gifts Project），使用户可以通过社交网货和电商网站收发礼品，后来卖给了易贝公司。这些学生设计开发的创意项目还有很多。以色列学生被激发的创意，不仅仅是其在全球扩展的缩影，其影响力也远远超出了地图上该国这一小块领土的范畴。在塑造"创业国度"下一代领导者的过程中，我看到了这个项目所带来的价值和产生的影响。关于这个项目，我最喜欢的一个数据就是，在我们基金会支持下设立的公司，目前已经在全球提供了1500个工作岗位，具体涉及以色列、纽约、北京、孟买等。

对于这个项目，有位毕业生这样评价："掌握了作为企业家所需的所有知识，然后结合导师指导，再加入一些整合和激发因素，你就会看到泽尔创业项目的雏形。"这样的表述简直再贴切不过了。

这个项目还附带一项成果，那就是建立了校友联络网。我知道，如果能够加强学生和热心校友之间的联系，实际上也就是建立创业导师之间的关系网，那将会引发相互叠加的指数效应。2015年，我们扩展了IDC的校友联络网，把三个学校的创业项目都纳入进来，称之为泽尔全球创业网（Zell Global Entrepreneurship Network，简写为ZGEN）。我预计，随着时间的推移，它将发展成为全球雇员和风险投资人眼中的"产品质量许可证"。

***

对我来说，慈善从来不仅仅是一个抽象的概念，父母早就教过我，除非能够给他人施与，否则一个人永远不会真正成功。如前所述，当我还是个孩子的时候，慈善的概念就已经深深地印刻在我的脑海里。我从来不会忘记战后父母的难民经历，他们如何乐于捐款支持犹太人的事业，父亲也曾经花了那么多时间帮助别人解决难题。

我一直很幸运，这让我既有机会，也有义务去对他人的生活产生积极的影响。如果说到自己的遗产——人们也经常问我这个问题——我会说，慈善将占很大的一块。

在这方面，我最亲密的伙伴是妻子海伦。我俩都毕业于密歇根大学，但此前一直不知道对方，直到我开始在法学院读书，和她当时的丈夫成了朋友，我们才真正认识。海伦的丈夫跟我经常在图书馆地下室里一起进行班级之间的桥牌比赛。一天，我问他妻子是不是也打桥牌，他回答说是的。当我们都搬回芝加哥并且有了孩子之后，我们两家还经常一起活动。但是珍妮特和我在经历了12年的爱情长跑最终劳燕分飞，此时海伦也跟我失去了联系，直到1995年我们才再次相见。

当时是在海军码头上举办的一场大型艺术博览会上，有3000人挤在一个大厅里，这正是我最不喜欢的人山人海的场面。但是，由于对艺术作品日益感兴趣，于是我就陪着鲍勃的遗孀安·卢瑞（Ann Lurie）一起过来参加。我在展厅四处溜达，认真观看每幅展品，突然撞到了一个娇小的女士，几乎把她撞倒在地。我赶紧伸手扶住她，并且道歉，然后她喊道："萨姆！"我看着她："你是海伦？"我俩激动地看着对方，不知不觉间，我们已经20年没见面了。

我们很快就聊得火热。海伦告诉我，她已经和丈夫分居一年半了，再过六个星期就可以办理离婚手续。当时我也离婚了，于是我说："我现在也离婚了，你也很快就会离婚，要不要一起吃个晚饭？"

她回答："当然可以，给我打电话。"然后就走了。她离开之后，我才意识到她根本没给我留电话号码，而且在宾客名单里也没有联系方式。经过一番打探，我还是找到了她，两个星期之后给她打电话。她来跟我共进晚餐，然后一切顺其自然。此后我们很快就结婚了。

这可真是缘分天注定。雪伦和我在前一年已经离婚，同时我刚刚走出因鲍勃去世以及公司流动性危机所造成的困境。这些事情的发生，让我重新对生活中的各项内容进行优先级排序。同时，海伦和我分别已经是 54 岁和 55 岁的年纪，我们都清楚地知道自己是谁，想要去哪里。我们不需要伪装，也没有时间可以浪费在各种愚蠢的事情上。我俩完全合拍，从小经历一致，文化和家庭背景也都相同，并且，最重要的是，我俩的价值观也完全契合。

海伦无声无息地潜入了我的世界，给我带来了新的生活体验。尤为值得一提的是，她促使我更加关注慈善和艺术，这是我此前未曾涉足过的领域。这种共同的兴趣将我们凝聚在一起，变得更加紧密。

海伦领导我们的慈善事业迈上了全新的台阶。我们家族基金会的工作，在很大程度上主要围绕教育、艺术、犹太人和医疗事业展开，并且一直特别关注我们的家乡芝加哥。

我们同时还关注幼儿发展问题。欧文·哈里斯是我早期的投资人，也是我的职业导师，他向我阐述了这个问题的重要性。作为一位相当成功的企业家，欧文一直认为，确保孩子人生起步正确是很重要的一个问题。1982 年他设立了盎司预防基金（Ounce of Prevention Fund），支持对孩子从出生到五岁之间的教育和引导。这是一个公私合作的基金组织，其中由政府提供一部分资金，但欧文承担了绝大部分。他在这方面领先于所处的时代。当他开始这方面工作的时候，几乎没有人注意在儿童早期护理和教育方面的投入问题。

我们也以我父母的名义，设立了伯纳德·泽尔安乐伊美特走读学校（Bernard Zell Anshe Emet Day School）以及罗切尔·泽尔犹太高中（Rochelle Zell Jewish High School），通过这种方式为孩子们提供早期教育机会。犹太教育和文化传承对于我父母十分重要，我们在这方面继续发扬光大，相信父母的在天之灵也一定会感到十分欣慰。

我的兴趣主要体现在对企业家精神的培养上，而海伦则主要关注艺术和文化领域。她同时还投入了巨大的精力，在我们的母校密歇根大学设立了相关资助计划。海伦·泽尔作家培养计划（Helen Zell Writers' Program）是一项为期三年的研究生计划，为学生的创作提供全额资助，直到他们获得艺术硕士学位。与我们在以色列的创业支持项目类似，这个创作计划也是一个加速孵化项目。项目给每个学生提供了申请"泽尔奖学金"的机会，通过为研究生阶段的学习提供财务支持，让作家可以全身心地投入到写作当中，这样就可以帮助他们完成自己的作品。这个项目已经成为美国的精英创作支持计划之一——通过这种方式，可以促进那些重量级作家的涌现。同时，我们也对芝加哥交响乐团、当代艺术博物馆、芝加哥公共教育基金提供了支持和帮助，这也体现出我们对家乡的关怀和热爱。

海伦对于艺术的热情也让我受到感染，在她的帮助下，我与艺术领域的联系更加深厚。大学四年级的时候，我曾经选修过艺术史，在这个过程中，我对艺术产生的浓厚兴趣，让我自己都感到惊讶。我发现，自己在看待绘画作品或者故事和想法的时候，思维和角度经常与其他人存在差异。这其实与我看待投资机会的方式比较类似，但是艺术作品却以完全不同的方式考验着我想象力的极限。我特别关注超现实主义的作品，我也把艺术看作社会的一面镜子。艺术作品展示了世界上正在发生的事情，并且对于如何解读这些事情，艺术还为观者提供了全新的思维视角。实际上，艺术作品是历史进程的一个创新表现形式。

1972年，就在我开始涉猎艺术领域的时候，有个住在伦敦的律师朋友给我打电话。他是代表彼得斯堡出版社（Petersburg Press）跟我联系，该出版社当时是全球最优秀的石版画出版社之一。该出版社拥有许多著名的艺术家，包括弗兰克·斯特拉（Frank Stella）、吉姆·戴恩（Jim Dine）、詹姆斯·罗森奎斯特（James Rosenquist），这里只是随便列出几个。当时行业经营模式发生变化，要求出版商在出版前就支付艺术家报酬，该出版社出现了现金流问题。朋友问我是否愿意为彼得斯堡出版社提供一定的信用额度。我答应了，而且一做就是10年，直到彼得斯堡出版社最终资不抵债。最后我获得了50件艺术作品，以抵偿该出版社欠我的40万美元债务。我把这些艺术作品认真装裱，并挂在了公司各间办公室里。最初我的同事都不太喜欢，但随着时间的推移，他们越来越想把最中意的作品据为己有。他们的这种愿望十分强烈，以至于每次更换办公室的时候，我们都需要把这些艺术作品重新盘点一下。如今，所有这些作品依然挂在我们的办公室里，而且我们的会议室也以这些艺术家的名字命名。

到 20 世纪 90 年代早期，我买下了几件重要的艺术作品，但除此之外，并没有特别关注其他内容。随后海伦步入我的生活，让我燃起对艺术和音乐的无限热爱。我们决定一起收藏有价值的艺术品，重点关注超现实主义艺术品动态。如今，全球的艺术爱好者都会来参观我们的收藏。每当看到海伦娴熟地向观众介绍我们所选艺术品之间的关联性时，感觉就像再次回到学校上课一样。

当比尔·盖茨和其他人一起公开做出捐赠承诺的时候，也就是承诺将自己大部分财富都捐给慈善事业，我接到了许多电话，问我是否也会在捐赠承诺上签字。一想到要公开声明，我就觉得不太舒服，而且一旦被逼到角落里，我就会感到十分恼怒。对我来说，捐赠是一件极为私人的举动，这跟我父母的想法一脉相承。这就像是家庭事务一样，而且你可能已经注意到，我在家庭问题上并没有落下多少笔墨。但是，我也很欣赏这些承诺书中所体现的公众情怀，我也承诺一定会利用自己掌握的资源去多做善事。我只是不喜欢被逼着告诉公众，关于慈善事业应该怎么做、什么时候做，以及在哪些领域做。

人们经常问我，希望能留下什么样的遗产。对我来说，最理想的答案就是，"他让世界有所不同"。为此，每天我都会不断挑战自己的极限。我需要在微观层面影响事件的进度，这样它们才会在宏观层面产生广泛影响。

著名建筑师丹尼尔·H.伯纳姆（Daniel H.Burnham）的话语一直对我影响很深，他努力说服芝加哥的城市领导人，不要在水边建造过多住宅楼，而应当沿着湖畔和河边打造永久的绿地公园——这是我所热爱的城市建设过程中最重要的决策之一。他说："不要制订小计划，它们没有让人热血沸腾的魔力……要制订宏伟的计划，心存高远，脚踏实地。"

12
我的工具箱

一天，我跟芝加哥公牛队的主教练菲尔·杰克逊共进晚餐，聊到了迈克尔·乔丹，感叹这位运动员的优秀和伟大。菲尔说："真正让乔丹与众不同的，是他能够让其他所有人都变得更好。"我简直想象不出比这更高的赞美之词了。

多年来，由于鲍勃·卢瑞的原因，我一直对芝加哥公牛队有一笔小额投资。20世纪90年代中期的一天，我跟当时公牛队的主教练菲尔·杰克逊（Phil Jackson）共进晚餐。我们谈到了迈克尔·乔丹，感叹这位运动员的优秀和伟大。菲尔说："真正让乔丹与众不同的，是他能够让其他所有人都变得更好。"我简直想象不出比这更高的赞美之词了。

我坚信我的人生目标就是产生影响力，在我看来，产生影响力就是推动成长。不管是帮助一位青年管理者，让一家摇摇欲坠的企业重焕生机，为一批创新企业设立孵化器，还是其他任何方面，这都是进步、前行，一股不断向前的冲劲。

我用来实现目标的工具箱中，包括了我被赋予的能力。有些人擅长绘画，有些人擅长唱歌，有些人擅长跳舞，而我擅长赚钱。我能够发现市场机会，将其变成有形的资产。赚钱这件事对我来说，是一件再自然不过的事情了。

人们总是很好奇我是如何做到的，但对我来说，"如何做到"

的重要秘诀并不在于我所做的交易本身，而蕴藏在我从事这些交易的方式当中。我对待投资交易，就如同对待生活一样。在本书的最后，我将会把自己的一些主要理念与大家分享。

随时准备调整自己

我绝对不会因为此前从来没做过类似的事情，就停止对新事物的尝试，我会利用自己的经验来应对各种情况。我把自己看作前沿参与者，这意味着我能够预见市场需求将出现在哪里，或者说不会出现在哪里——不仅仅是未来 5 年的情况，而是未来 20 年或者 30 年的情况。这就意味着，要及早发掘市场机会，这样才能具备先发优势；也意味着，不能墨守成规，不能因为脑子里的条条框框而限制自己对机会的把握。

因此我一直保持灵活性，随时准备做出调整。我对行业没有偏见，我曾经投资于房地产、制造、医药、物流、能源以及其他一系列行业。我是一名机会主义者，有时候我是买家，有时候我扮演卖家；有时候我是权益投资者，有时候我会更加关注债务。很多时候，我会同时关注二者。我绝不会让自己过于依附于某个行业，也不会因为对投资交易的热爱而影响我的行动。当市场机会来临时，我会筹集资金充分利用这些机会。当好的投资机会比较少的时候，我会变得更加挑剔，主要利用自有资金。

事实是，我更喜欢不拘一格，而且生活的乐趣就在于，能够不断接触全新的未知领域。要随时准备做出变化，如果不能持续向前，你其实就已经落在了后面。

保持简单

我一直忠于那些最基本的真理：供需法则、流动性就是价值、有限竞争、长期关系，以及其他我介绍过的内容。它们共同构成了我的思维框架，是我寻找潜在投资机会的基础。清晰认识法规变化的影响，让我能够充分利用净经营亏损延后抵扣规定、REITs 以及杰科尔公司等投资机会。对人口情况的关注，指导了我对股本集团投资策略的转变。"简化风险"这个词已经深深地铭刻在我的脑海里，以至于如今我一天可以跟 50 个人讨论投资想法，听他们每人列出 20 个问题，然后说"就是这个问题，集中精力解决它"，把他们打发出去各自忙碌起来。

我特别喜欢解决各类问题，从猜字谜游戏，到数十亿美元的投资交易活动。不管问题是我自己的、合伙人的，还是朋友的、员工的，甚至是我孙子的，解决问题总是令我激情澎湃。我会把问题分解成最基本的元素，简化它们，找到其中的核心。

每个人都可以学会这种本领，正如同杰伊·普利兹克曾经对我的指导一样。从此以后，经验就会起作用——一遍遍重复，直到其变成我们的本能。经验能够让我们更加自律、更具洞察力,有时候可以让我们在步入险境之前就预见到各种陷阱。这就是风险意识。

当开始用这种视角进行思考的时候,我常常会想起父亲的思考方式。我认识的父亲,是一个特别保守的人,极为厌恶风险。但在我出生之前,他却甘冒奇险——当时他根本无法预见未来将如何发展。当他跟母亲从波兰逃离的时候,甚至连未来是否能够活下去都不可知。这会改变一个人,而且我认为他身上残留的那种恐惧感可能永远都不会完全消失。当抵达美国的时候,父亲一心想的就是如何努力工作,保持低调,并且避免冒任何风险。

但是,他还是有了儿子,也就是我,而我属于全新的一个世代。通过观察和聆听,我从父亲身上学到很多,而这让我更加适应风险。但我从没有直接经历过战争和反犹太主义的磨难。我所成长的世界看起来敞亮开阔,充满了各种可能。如果父亲跟我一样,也是在美国长大成人,我毫不怀疑,对于我所取得的成就,他一定能够信手拈来。

保持思维开阔

你是不是曾经怀疑,为什么犹太人没有采取任何措施,就让纳粹进入波兰了呢?在很小的时候,我就这个事情问过父亲,我永远不会忘记他的回答。当时波兰的犹太社区极为短视,对世界上正在发生的事情一无所知。最终这让他们大多数人付出了最沉重的代价。与此相反,父亲一直从宏观角度关注全球时事进展,并且坚定地采取行动,这也挽救了我们一家的性命。

我也采用了同样的策略,只不过是在根本不涉及生死的更小范围内。不管是在投资活动中,还是在管理投资公司的时候,我都会借助宏观分析视角,发掘各类市场机会,做出更好的投资决策。我一直在提问和质疑,总是在权衡宏观事件将会造成的影响。全球紧缩货币政策将如何影响资本流动和世界贸易活动?这是否会为跨国公司的国际业务扩展创造机会?它们将会在办公楼业务领域产生哪些需求?我们在进入新市场的过程中,怎样才能获得先发优势?类似的问题还有很多。幸运的是,我个人每天不需要睡太长时间。

如果说有一个永恒的主题,那就是我一直在寻找一个产业、一个市场或者一家特定公司中的异常现象或躁动。发现某种市场的极端情况,会为我们进入这个市场提供诱人的切入点。任何不寻常的突发事件或者运作模式,就好像是一个信号灯,告诉我一些有趣的新投资机会可能正在出现。

尽管此前已经说过,但我要在这里再次强调:我总是会贪婪地吸收各类信息。经过磨炼培养之后,我可以消化大量信息,然后筛选出可能最有用的内容,保留在脑子里,当需要用的时候再拿出来。每天我要阅读至少5份报纸,每周要读5本商业杂志。我能够记住所有的内容,或者至少所有有用的信息。我也很喜欢阅读逃避现实的小说,包括悬疑小说、间谍惊悚小说等,每周我都会浏览一本书，通常我不会记忆这些书的情节内容，除非突然之间遇到了有用的相关信息。

有一次，我和我的摩托车旅行团一起去智利旅行。最后一天的时候，天气预报说有特大暴雨，因此我们没有骑车，早早离开了。途中我们意识到，估计得到凌晨3点才能到家，这其实没什么意义。于是我们开始琢磨，沿途是否有地方可以停下来休息一下。但我们发现几乎没有什么选择。随后我突然想起来几年前读过的一本侦探小说中的一个细节，小说最后的场景是在多米尼加一个叫田园之家的度假村发生的枪战。书中提到，这个度假村还拥有自己的国际机场。于是领航员核实了一下，果然这个地方是真实存在的。我们打电话进行了预订，随后出发，到达多米尼加吃晚饭，在那里度过了美好的一天。你根本没法预测，什么时候或者通过什么方式你就会学到一些知识，你只需要把自己的眼睛和思维时刻向外界敞开。

还有一点也非常重要，那就是要关注人。成为一名好的倾听者，将会使得事情全然不同。在职业生涯早期的时候，我在安阿伯投资房地产，我们即将跟一位女士签署房屋出售协议。我们计划把这所房子拆掉，然后盖一栋公寓楼。房主在最后一分钟反悔了，我当时很不理解，无论从哪个方面来说，这对房主都是一个很不错的选择。我花了很长时间跟她沟通，最后终于明白了事情的真相。她告诉我，自己的爱犬埋在后院里，一想到一栋巨大的公寓楼要建在爱犬的坟墓之上，她就觉得很难接受。

这个新发现确实会让情况有所不同，如果不是一直追根究底的话（这可不是双关语），我可能根本不会发现事实真相。面对这个貌似棘手的问题，我立即发现其实存在着一个简单的解决方案。我在销售合同中加入了一项条款，规定在把房子拆除之前，我会留出足够多的时间，这样她就可以把爱犬挖出来埋在别的地方。事实也一如所料。

实际上，你根本不知道什么时候会出现投资机会，如果不时刻保持关注的话，你可能还会丧失这些机会。1988年，伊特尔公司收购亨励集团（Henley Group）的时候，该公司CEO保罗·蒙特龙（Paul Montrone）邀请我到新罕布什尔州的沃尔夫伯勒一起参加周末的室外地滚球比赛。尽管对这种运动一无所知，但我觉得为什么不试试呢？把几个球扔出去有什么难的呢？如前所述，我很好胜，而且这种好胜心不仅仅局限在我擅长的领域。在接下来20年的时间里，我参加了保罗组织的各项世界级（算是吧）体育赛事，参加者都是一些极为优秀的人士。多年来，我的竞争对手包括波士顿前市长汤姆·曼宁诺（Tom Menino）、已故的安东宁·斯卡利亚大法官（Justice Antonin Scalia）、大都会歌剧院的保罗·普利西卡（Paul Plishka），此外还有很多其他名人。

"寻欢作乐最为轻浮无聊"，每当回忆起父亲的这个警告，我觉得自己总是在努力证明父亲是错的。举一个例子，我曾经因与某个客人的沟通而做了一笔大生意，对方是比肯房产公司（Beacon Properties）的CEO艾伦·利文斯（Alan Leventhal）。比肯房产公司是一家新设立的股权REITs，主要业务集中在波士顿的办公楼建筑。在地滚球比赛的裁判大喊大叫的间隙，艾伦跟我聊起了EOP收购比肯公司的事宜。这次沟通最终让我们在1997年达成了一笔金额高达40亿美元的并购交易。

如果你是信息的搜寻者和认真的观察者，你就会发现周围一切都值得学习。但面对如今信息过载的情况，由于大部分信息都没什么实际内容，这个时候你就需要着重关注那些有价值的信息。

要做一只领头羊

"你若不是领头羊，那你视野中的风景将一成不变。"这句话最初源于幽默作家罗伯特·本奇利（Robert Benchley）之口。我一直很喜欢这句话，因为它体现了我最基本的投资方式。在投资活动中，我喜欢成为领头羊，主动控制每个所投资领域的"风景"。这就是说，不管是哪个行业，都要做到不低于第二名的水平，最好成为行业第一名。如果不是领头羊，那你的一生都只能跟着别人亦步亦趋。

这种投资理念在我名下的公司中得到了充分体现。宜居生活资产信托公司是全美最大的预制住宅和房车公园运营商。住宅地产公司是全美领先的住宅公寓所有者。EOP在出售之前，拥有全美规模最大的A级办公楼投资组合。卡万塔公司（Covanta）是全美最大的废弃物回收利用公司之一。希利公司（Sealy Corporation）是北美最大的床上用品制造企业。雷夫科公司（Revco）是美国第二大连锁药店，仅次于来德爱公司（Rite Aid）。

我最得意的一笔领头羊投资经历，是对亚当斯呼吸道治疗制药公司（Adams Respiratory Therapeutics）的投资。1999 年，我们跟该公司展开谈判，这是一家规模不大的制药公司，但经营策略却令人叹为观止。1938 年，《联邦食品、药品及化妆品法案》通过之后，尽管美国食品药品监督管理局的权限得以扩大，但已存在的药物可以不受新规约束，继续销售。如果有企业能够证明自己可以令其中一种药物的疗效显著提高，就可以因为这项改进而获得垄断特权。亚当斯公司开发了一种全新的缓释、长效的呼吸化痰愈创甘油醚，而且免受新规约束。因此公司计划成功完成药物试验，证明亚当斯公司新药的临床功效。如果能够成功，该公司就可以大幅限制愈创甘油醚制造企业之间的竞争，而事后的市场发展也一如所料。

2002 年美国食品药品监督管理局批准了亚当斯公司的新药之后，联邦政府给市面上所有的长效愈创甘油醚制造商和经销商都发出警告，要求他们撤回所有的商品，直到通过食品药品监督管理局的审批。这当然给我们在这个市场上创造了巨大的先发优势，并给其他竞争对手设置了巨大的进入门槛。与此同时，我们开始了大规模的市场宣传，将亚当斯公司的产品——美清痰（Mucinex），推向市场。这种策略发挥了作用，美清痰的销售额不断飙升。亚当斯公司的销售额，从 2003 年的 1400 万美元，增加到 2007 年的 3.32 亿美元。2005 年我们还推动公司上市。2007 年，亚当斯公司以 23 亿美元的价格被利洁时集团（Reckitt Benckiser）收购。我们获得了 3.8 亿美元的收入，而最初的投资金额仅为 2600 万美元，投资收益将近 15 倍。

做正确的事

当你着眼于长远发展时，你就会做正确的事。伦理道德是一切的基础。我最亲密的朋友之一威利·温斯坦（Willie Weinstein），在一所大学教授商业伦理学。我们每天至少沟通两次，我也经常把各种创意想法和投资交易拿到他那里，让他帮忙参考。我希望他能够向我提出问题，让我知道某项活动是不是会造成道德方面的问题。威利从来不会犹豫，总是直截了当地把他的想法告诉我，我极为重视他所起到的制约和平衡作用。我们在许多事情上都会展开争论，但是从来不会在道德问题上产生分歧。

我一直清醒地知道，要想获得成功，必须坚持一些原则和底线。为此，有一些投资交易我是不会涉及的。举例来说，20 世纪 90 年代中期的时候，有位银行专员给我打电话，说他们看到了一笔很有意思的生意。银行不会对其进行投资，但他觉得我可以看一看。这是一种被称作发薪日贷款的生意，也就是短期高利率的贷款，可以帮助一个人渡过难关，直到发薪日。我来到纽约，仔细了解这项业务的细节。从风险收益的角度来说，这可真是一个很棒的创意，因为这既满足了借款人的需要，同时还给贷款人提供了可观的回报。但听完之后，我最终回复说："这个商业模式很不错，可能也很赚钱，但我不会对此进行投资。我不会涉足发薪日贷款业务，我不可能只为了两个星期的借款，就向一个劳动者收取300%的利息，然后自己还能心安理得。这笔投资的好坏其实并不重要，因为这根本就不是我会从事的投资领域。"

在选择合作者的时候，我也希望对方具有同样的认知。就像老话所说的那样，"近朱者赤"。我还记得几年前，我们有机会买入一家商场的股份。有人提前警告说，这家商场的老板很难对付。当我走进办公室坐下来跟他沟通的时候，他说的第一句话就是："事先必须跟你说一下，没有人希望跟我做第二笔生意。"这简直太经典了，我不禁哑然失笑。正如人们常说的那样，如果别人不惮于向你展示自己的特点，那不妨就相信他们。

如果要描述我自己的话，那我跟他截然相反。我所做的每一件事情，都是建立在未来还会再次打交道的假设之上。而要想进行第二笔交易，你就应该诚实无欺。我知道曾经有人认为，一个人不可能做到事业成功，同时还道德高尚，对此我可有不同的意见。这是失败者对世界的看法——他们抬头看着成功者说，"那家伙之所以那么成功，肯定是投机取巧，或者招摇撞骗"。一开始的时候，不思进取的人就抱着这样的观点，对此我并不认同。

20世纪80年代末期，有人请我对艾派科斯石油公司（Apex Oil）进行注资和重组，这是一家位于圣路易斯市的公司，通过它的克拉克零售站（Clark Retail）出售汽油，公司还拥有几家炼油厂，并且在石油贸易方面投入不菲。当时随着石油价格的不断下跌，艾派科斯石油公司在借款方面陷入了困境。实际上，这已经变成了一笔巨大而复杂的烂摊子，但我从中看到了潜在的投资机会，于是同意向其注资2000万美元。

这笔交易可真是艰难曲折，我们总共花了六个多月的时间。随后，就在我们即将完成交易的时候，有谣言称我将从这笔交易中抽身而退。因此，各家银行变得十分紧张，就是这一点点的市场动态导致交易活动大受影响。就在那个周末，我恰巧在威斯康星州骑摩托车旅行，该州有很多艾派科斯石油公司下属的克拉克加油站。周五早上我们第一次休整的时候，我接到电话说银行已经坐不住了。我知道自己必须说服银行，证明我还会继续跟进这笔交易。

第二周的星期二，我们回到芝加哥并在尼克伯克酒店（Knickerbocker Hotel）召开了银行家会议。会议室里每个人都有点紧张。会议一开始，我让谢莉·罗森博格给所有30位参会者发放了一封普通的马尼拉信封。我告诉与会者，等我讲完开场词之后再拆开。于是，我首先澄清了自己可能退出交易的谣言，我向他们明确保证，自己一定会持续跟进这笔交易，直到达成解决方案。随后我让他们拆开信封。每个信封里都装了一张20厘米×25厘米的照片，是我骑着摩托车摆着著名影星约翰·特拉沃尔塔（John Travolta）的造型，站在一个巨大的克拉克加油站前面的情景。毫无疑问，这让会议室里的紧张气氛大幅缓解。我说："如果还有人怀疑我的承诺，那这张照片可能会让他们放宽心了。"

在谈判过程中，我会花很多时间，考虑谈判桌对面的人的想法，梳理他们的动机和诉求。我会努力去了解哪些问题对他们来说是交易的关键——在我们讨论的20个问题中，他们真正关心在意的是哪3个。当然我也很清楚，哪些对我来说是最为重要的。通过这种方式，我们能够各取所需。这是双赢，也是最完美的交易。

在华尔街，我因为合理定价让买家也能从中获益而为市场所熟知。我不会把最后一点利润都压榨干净。举例来说，20世纪80年代末期，在向市场发行伊特尔公司可转债的时候，有一天我跟美林证券公司纽约办公室的一个十分严肃的银行代表进行沟通。他告诉我："美林证券准备以6.5%的回报率购买2亿美元的可转债。"

我说："很好。我们把回报率定为6.75%好了。"

他瞪大眼睛看着我，根本不能理解。"你说什么？"

我重复了一遍："就定在6.75%吧。"

他说："但是泽尔先生，6.5%就能发行了啊。"

我回答说："我知道。但在这笔交易中，0.25%对我们来说无足轻重，却能保证每个买家在买入债券的时候就能立即获益。如果每个人都是赢家，那他们还会回来的。"我知道，所有这些买家未来都会回来继续购买我们的债券。

我对"赢"的定义并不是非此即彼的，这并不是零和游戏。如果通过谈判造成一方获胜而另一方损失，那这种谈判很难会促成成功的交易，或者是未来的另一笔交易。

这种理论伴随了我全部的职业生涯。有时候我的团队会跟我争吵，他们不觉得我们每次都要在谈判桌上让对方获益。但我希望营造一种氛围，让每个人都希望继续参与到交易中来。

言行一致

我的女婿曾经认为，我的企业跟我个人就如同是一个品牌，而我总是在思考如何保护好这个品牌。这是一个很有意思的思维方式。他所表达的意思是，无论做什么事情，我都能做到前后一致，而且绝对不会做一些有损自身名誉的事情。事情会出错吗？当然会。但我决不会走歪门邪道，如果出现这种情况，我就会尽力把它纠正过来。

在企业经营中，人们总是希望知道你到底是谁——你是否言行一致，你是否会成为一名可靠的合作伙伴。还记得在1978年的时候，当时我还没有退出房地产开发行业，有家百货商店公司在密歇根大街有一块地皮，他们有意在那里盖一座内曼·马库斯（Neiman Marcus）商店。他们找到我，问我是否感兴趣。当时规模最大、最有名的开发商之一，是一家名为卡迪拉锦绣集团（Cadillac Fairview）的加拿大公司，我们跟这家公司的CEO见面沟通，讨论这块地和这个投资机会。

当我介绍完毕之后，这位CEO看着我问："如果你是你所说的那个人，我怎么会从来没有听说过你呢？"我说："好吧，市场上有 5 家主要的房地产公司，你可以打听一下我的名字。"当时是周三。周五早上 7：00，我坐在办公室里，电话响了起来，是那位 CEO 打过来的。他说："我得告诉你一个好消息。"我问："什么好消息？""你就是你所说的那个人。"

每当想起这件事，我总是会心一笑，因为事实确是如此，我总是能够做到言行一致。

奖励忠诚

我坚信，忠诚最能体现一个人的品格。在情况不利的背景下，你是否能够坚守自己对朋友、同事或者合伙人的承诺？你是否能够跟考虑自己的状况一样，妥帖考虑对方面临的形势？我跟业务伙伴合作关系的时间之长、程度之深，以及股本集团下属各公司的员工任职时间之久，是我最为骄傲的成就之一。我受到的批评很多，但前面这些事实能够做出最为有力的回应。

杰伊·普利兹克对我的忠诚总是让我感动不已。还记得在 20 世纪 90 年代早期的时候，我当时被牢牢绑在了伊特尔公司的身上。总体来说，我买下了公司的集装箱业务，付出的是现金，还有为期四年的看跌期权。也就是说，四年之内如果股票价格不能够位于特定的区间，卖方默多克就可以要求我们买回股票，或者他可以在市场上按市价卖出股票,市价与约定价格之间的差价必须由我们补足。

你可能还记得,这是我人生当中特别困难的一段时间——无论从职业角度,还是从个人角度。我们刚刚失去了鲍勃,经济出现衰退,美联储打压垃圾债券市场,融资被冻结,我们被市场做空,有几个星期,我甚至担心没有足够的钱给员工发工资。伊特尔公司的股价正在回升,但关键是在1991年1月,我很清楚默多克的看跌期权正逐渐临近,到3月31日将有5000万美元的做空额度需要应对。2月,默多克给我打电话说,"我要对你行权了",而且他很清楚地表明,不会给我丝毫的喘息空间。

到了3月1日,我正在纠结到哪里去搞到这5000万美元,市场资金面很紧张,我根本无法获得贷款。同时,默多克每隔一天就会给我打电话,说我要么给他5000万美元,要么直接让他卖掉股票。我显然不希望他把价值5000万美元的股票直接抛售出去,但他真的在给我施加巨大压力。默多克不停地问:"你是给我现金呢,还是让我把股票卖掉?"而我也只能不断地回复:"我现在还不知道。"

最后,在3月15日,距离截止日还有两个星期,我去找杰伊,跟他说:"杰伊,我需要5000万美元。"我把自己面临的情况跟他和盘托出。

然后他说:"好的。"事情就这么搞定了——好的。30分钟之后我就收到了钱。这就是杰伊,作为受到信任的一方,我永远不会忘记这种感受。为此，即使为杰伊肝脑涂地我也在所不惜。

你可以想见，对处在我这个位置的人来说，忠诚和信任都是无价的，而且这也都是关乎彼此的。

恪守第十一诫

永远不要高估你自己。这里我必须重复一遍，因为很多人容易高估自己。自负和骄傲当然不容忽视，但是如果不能做好自我管理，那这即使不会对他人造成损害，也绝对不会带来什么正面影响。不过对我来说，第十一诫的含义不止于此。简而言之，这还要求我们首先敢于嘲笑自己。能否做到自嘲，与你自负的程度其实并没有什么必然联系。如果说有的话，你完全可以说，你是你自己快乐的源泉，这充分体现了你如何看待自我价值。

对我而言，第十一诫意味着，我们都是居住在这个世界上的普通人，而且都被赋予了见证世间繁华的权利——只要我们自己不要刻意与这个世界隔离开来。我的办公室十分舒适，充满艺术气息，充分体现了我个人的喜好和品位。办公室并不算宏伟气派，也没有矗立于这座城市之巅——我的办公室在6楼，而不是在60楼。但我确实搭建了一个户外露台，那是一座郁郁葱葱的户外花园，吸引了这座城市所有的白鸽。同时在这个露台上，还有两只气派肥胖的鸭子，它们拥有自己的恒温水池，我猜测，这种举动可能让我这个亿万富翁显得有点儿与众不同。

以下是关于这两只鸭子的题外话。多年之前,有天早上我走到露台,发现上面有一只绿头鸭。此前我从来没在露台上见过鸭子,因此我觉得这件事很不同寻常。第二天早上,那只鸭子还在那里,并且还有三只小鸭子。一夜之间它就孵出来三只小鸭子。

面对这个鸭子家族,办公室的每个人都激动不已,在接下来几个星期的时间里,许多人过来参观。随后的一天,鸭妈妈和两只小鸭子飞走了,把第三只鸭子抛在了身后,这只鸭子好像是这一窝当中个头较小的一只,而且腿也有问题。我们叫它杜威。那么,接下来该怎么办呢?EGI的员工都特别有创新精神,并且很善于解决问题,他们喜欢妥善解决问题的过程。于是有人把鸭子带到了兽医诊所,该所又向我们引荐了一位动物脊椎指压治疗者。杜威去接受物理治疗了,我可不是开玩笑。我们在露台上给它盖了一座恒温水池,杜威在这里住了大约一年时间,随后它就完全康复了。天气太冷的时候,我们就把它带到屋子里。随后交配季节到来了,杜威也远走高飞了。

我跟同事们一样,也都很怀念它。每个人都喜欢有一只可爱的鸭子陪伴左右,但我们不希望不断与它们分离。随后有人建议:"找一只不会飞的鸭子怎么样?"于是,我们就开始研究,最终找来了两只居家的鸭子。它们身形巨大,仪表堂堂,蓝绿色的脖子引人瞩目。我们给它们分别取名叫休伊和路易。如今鸭子已经是第三代了,它们已经成为EGI的一分子。

之前我就说过，我从来不会把办公室的门关上。因此如果需要私密沟通的时候，我该怎么做呢？如果天气好的话，我就会把客人带到露台上，在这里，四周环绕着芝加哥的摩天大厦，鸭子的嘎嘎声响彻耳旁，我们就开始洽谈业务了。我很享受这样的沟通方式。

全情投入

一旦承认某个问题难以攻克，那你就已经失败了。如果只是认为此路不通另有别法，那你通常就会找到它，而且会充分释放自己的创意，努力做到这一点。

在我看来，这一基本事实与企业家思维是等价的。它涉及不屈不挠的韧性，永不言败的乐观，积极主动的上进，还有坚定无畏的自信。它就是决心把事情搞定，把问题看透，让方案切实可行。在我的世界里，这就是所谓的主人翁精神。

对我来说，这意味着既需要投入时间，也需要投入金钱。这意味着，不管是针对公司，还是针对一个项目，都要在脑海里为它留出空间。我对此不断进行思考，如何才能做出改进，如何才能发掘新的投资机会。所有这些都是为了达到一个目标，那就是产生影响力，让事情往好的方向不断发展。

因此，我通常不会允许个人感情影响商业判断，这是一项原则。这是我的基本准绳，也是我跟鲍勃在创业之初就私下协商一致的共识。只有一个例外。

鲍勃是一个疯狂的体育迷。每当芝加哥白袜队开赛日的时候,他就会通过扩音器让整个办公室都回响起比赛声。有一年,当球队从赛季开始连续赢下7场比赛之后,鲍勃举着一个写着"7∶0"的巨大标识牌,像疯了一样满办公室跑来跑去。

1981年的一天,鲍勃来到我的办公室,一本正经地说:"我们今天一起吃午饭吧。"好吧,这其实没什么特别的。我们几乎每天都会一起吃午饭,通常会在181餐厅,就在我们大楼的一楼那里。我们都很喜欢烤肉包,而这里的餐厅做得最好吃。于是我俩一起坐下吃午饭,然后我问道:"到底什么事?"

"我想让你给你的朋友杰瑞·雷因斯多夫(Jerry Reinsdorf)打电话,看看我们能不能买入白袜队的一些股份。"当时,雷因斯多夫为了买下这支球队,正在组建一家有限合伙机构。

我说:"好的,我会给杰瑞打电话,确认一下我们参与这笔交易的概率到底有多低。"

鲍勃的反应是:"不行。我希望你给杰瑞打电话,问问他如果希望能够在球队管理中拥有一席之地,到底得花多少钱。"

而这正是我们随后所做的。鲍勃加入了白袜队的董事会,随后又进入了公牛队的管理层,他到现场观看了许多比赛。我还记得当我们2007年接管论坛报业集团的时候,该集团当时仍然拥有芝加哥小熊棒球队的所有权,杰瑞给我打电话说:"你一定很清楚,如果卢瑞依然健在的话,他绝对不会让你卖掉小熊队的。"毫无疑问,他是正确的。

我很喜欢鲍勃谈起棒球时的激情和热度。2016年小熊队赢得了世界职业棒球大赛的冠军,如果鲍勃看到这一幕,一定会欣喜若狂。这种对体育的热爱让我十分羡慕。当妻子海伦谈到慈善项目,尤其是说到她赞助密歇根大学的写作项目时,也总是能给我同样的感觉。对海伦而言,开展慈善活动可不仅仅是签发支票那么简单,这项工作需要她自己全身心地沉浸在项目当中。

***

让我用下面这句话来作为结尾。一个所有者,总是竭尽全力利用现有资源创造出最大的价值,把自己所有的筹码都押上去;一个企业家,总是在不断寻求新的投资机会,探索和追求从未止息。

我认为,这些基本的原则不仅在企业经营中适用,在生活中也同样适用。读者朋友可以好好琢磨一下。

我从来不会逼着我的孩子给我打工。我见过一个家长,他创立了一家零部件制造企业,希望由儿子或者女儿永远继承下去,我跟这样的家长不同,我从来不会指望通过事业传承让自己永垂不朽。公司只关乎我自己的梦想,我不会把它强加到其他任何人身上。

我告诉自己的孩子和孙子们:"你们的责任,是把自己学到的技能充分利用起来。但不管你们决定从事什么行业,投资任何领域,一定要做到出类拔萃。我想要给你们树立的榜样并不是我过去取得的成就,我希望你们效仿的是我干事创业的方式和方法,那就是保持专注,勤勤恳恳,全情投入。"

人生没有彩排,我努力希望自己生活得轰轰烈烈。我坚信,自己生而为人就是为了产生影响力,为此必须不断挑战自己的能力极限。每天我都会通过各种方式来做到这一点。毕竟,孔夫子曾经说过:"言必信,行必果。"奋斗永无止境,卓越庶几可期,这就是我自己的追求和理想。

致谢

过去 25 年里,很多人都建议我写一本书,讲讲自己如何走到今天,在这个过程中学到了哪些经验和教训。本书就是为了实现这些目标,通过通俗易懂的方式,既给读者以阅读的乐趣,也力争留下深刻的印象。

我必须感谢负责任的图书团队,包括企鹅兰登书屋投资组合部门的伙伴,还有许多热心提供帮助的人,感谢他们在这个过程当中无私分享自己的不凡创意、丰富经历和辛苦投入。

在我的冒险经历中,曾经做出贡献、提供智慧的人士不胜枚举,我都不知道该从何说起。那些我倚重的人,曾经挑战、支持、激励或者取笑我的人,他们的信任和忠诚让我一直常怀感恩之心。

我们如今所实现的革命性成就,所取得的不凡地位,是众多杰出人士奋发努力的共同结果。我认为自己的成功,很大程度上就体现为他们个人的成长进步和优异成绩,我为他们感到自豪和骄傲。这种感激之情,不仅仅是对那些目前供职于公司的同事,同时也要献给从股本家族毕业的众多伙伴。